LADRÓN DE LADRONES

VOLUMEN 3

CREADO POR ROBERT KIRKMAN

ECC

LADRÓN DE LADRONES VOL. 3

Edición original: *Thief of Thieves* núms. 26-43 USA
Primera edición: Enero de 2024

ECC EDICIONES
Santa Tecla, 1. 08012 Barcelona.

Original lettering: Rus Wooton. Editors: Sean Mackiewicz, Jon Moisan, Arielle Basich.

SKYBOUND ENTERTAINMENT. Robert Kirkman: Chairman • David Alpert: CEO • Sean Mackiewicz: SVP, Publisher.

IMAGE COMICS, INC. Todd McFarlane: President • Jim Valentino: Vice President • Marc Silvestri: Chief Executive Officer • Erik Larsen: Chief Financial Officer • Robert Kirkman: Chief Operating Officer • Eric Stephenson: Publisher / Chief Creative Officer.

Traducción: Felip Tobar Pastor. **Rotulación:** Juli Cases, Esteban Carmona. **Ilustración de portada:** Shawn Martinbrough y Adriano Lucas. **Diseño:** Isaac Romana. **Edición:** David Fernández.

Impreso en España DL B 4911-2023 ISBN O.C.: 978-84-19733-87-0 ISBN: 978-84-19972-92-7

Andy Diggle
Brett Lewis
Guion

Shawn Martinbrough
Dibujo

Adriano Lucas
Color

Shawn Martinbrough
Adriano Lucas
Portadas

CAPÍTULO CINCO

TÓMAME

TRES MESES MÁS TARDE.
SOY YO.
¿MAMÁ? DIOS, TE ASEGURO QUE NO ES BUEN MOMENTO...
POR FAVOR, AUGUSTUS, DAME SOLO UN MINUTO. ODIO CÓMO DEJAMOS LAS COSAS DESPUÉS DE... YA SABES.
LO QUE PASÓ.
¿TE VA BIEN?
NO. O SEA, SÍ, TODO VA BIEN, PERO...
PERO NO. NO VA BIEN.

N-NO PUEDO DORMIR. Y CUANDO ME DUERMO, VUELVO A ESTAR EN AQUEL CAMIÓN. O EN AQUEL SÓTANO...
AHORA TODO ESO FORMA PARTE DEL PASADO, CARIÑO. SE ACABÓ.
ESAS PERSONAS YA NO PUEDEN HACERTE DAÑO.
ESO ES PORQUE... PORQUE LAS MATAMOS. O SEA, MATAMOS A MUCHA GENTE...
AUGUSTUS. ESCÚCHAME.
PODEMOS EMPEZAR DE CERO. AHORA DEBERÍAS ESTAR PENSANDO EN EL FUTURO, NO RECREÁNDOTE EN EL PASADO.

SÍ, ESO ES LO QUE ESTOY HACIENDO.
ESCUCHA, TENGO QUE COLGAR.
¿AUG...?
BIP.

¡AUDREY! ES UN PLACER VOLVER A VERTE.
¿HOY QUIERES EL *SHIATSU* O PREFIERES QUE PROBEMOS CON ALGO DISTINTO...?
SORPRÉNDEME.
¿Y QUIÉN SABE? A LO MEJOR HAY UNA SORPRESA RESERVADA PARA TI TAMBIÉN...

MMMM.
NNNNGH.
POR DIOS, ESO SIENTA BIEN. NO TENÍA NI IDEA DE LO TENSA QUE ESTABA...
DÉJAME VER QUÉ PUEDO HACER AL RESPECTO. SIEMPRE HAS DICHO QUE SOY BUENO CON LAS MANOS...

¿CONRAD? ¿¡QUÉ COÑO ESTÁS HACIENDO AQUÍ!?
YO... ¿TE ESTOY DANDO UN MASAJE...?
¿DÓNDE ESTÁ ZANE?
¿"ZANE"? SI TE REFIERES A ESE ADICTO AL GIMNASIO / CHULO DE PLAYA, ACABO DE PASARLE 50 PAVOS.
OYE, PERDONA SI TE HE ASUSTADO. SOLO QUERÍA DARTE UNA SORPRESA...
NO TODO GIRA EN TORNO A LO QUE TÚ QUIERES, CONRAD. NO PUEDES COLARTE EN MI VIDA PRIVADA CADA VEZ QUE TE...
BAH, OLVÍDALO. ¿QUÉ SENTIDO TIENE?

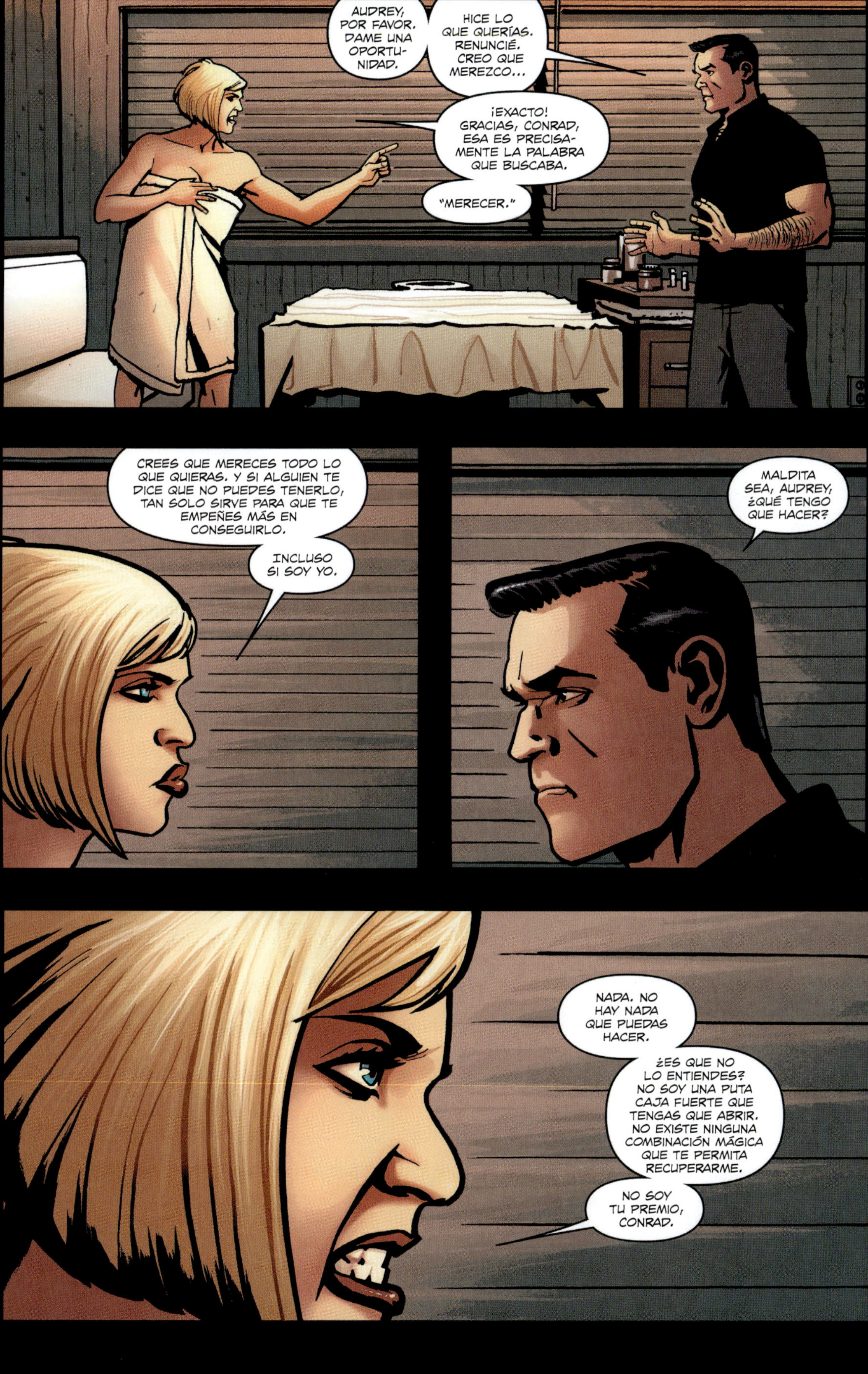
AUDREY, POR FAVOR. DAME UNA OPORTUNIDAD.
HICE LO QUE QUERÍAS. RENUNCIÉ. CREO QUE MEREZCO...
¡EXACTO! GRACIAS, CONRAD, ESA ES PRECISAMENTE LA PALABRA QUE BUSCABA.
"MERECER."
CREES QUE MERECES TODO LO QUE QUIERAS. Y SI ALGUIEN TE DICE QUE NO PUEDES TENERLO, TAN SOLO SIRVE PARA QUE TE EMPEÑES MÁS EN CONSEGUIRLO.
INCLUSO SI SOY YO.
MALDITA SEA, AUDREY, ¿QUÉ TENGO QUE HACER?
NADA. NO HAY NADA QUE PUEDAS HACER.
¿ES QUE NO LO ENTIENDES? NO SOY UNA PUTA CAJA FUERTE QUE TENGAS QUE ABRIR. NO EXISTE NINGUNA COMBINACIÓN MÁGICA QUE TE PERMITA RECUPERARME.
NO SOY TU PREMIO, CONRAD.

LO SIENTO, PERO ES QUE... YA NO PUEDO SEGUIR CON ESTO. CON ESTA MISMA CONVERSACIÓN CONTIGO, UNA Y OTRA VEZ...
TIENES QUE DEJARME IR.
VALE...
SI ES LO QUE QUIERES.
LO ES. GRACIAS.
Y ADIÓS.

T-TE DEJO A SOLAS.
NUNCA HE DICHO QUE QUI-SIERA ESTAR A SOLAS.
POR FAVOR, DILE AL MASA-JISTA QUE VUELVA.
¿YA LA HAS CALENTADO UN POCO PARA MÍ?
NO TE PREOCUPES, TÍO, CUIDARÉ BIEN DE ELLA.
LA CUIDARÉ MUY BIEN...

¡JODER!

GENIAL. NO HAY COPAS. Y YO QUE HABÍA TRAÍDO WHISKY...
CALMA, TIPO DURO... NO HE VENIDO A ECHARME EN TUS BRAZOS.
JAMÁS COMETO EL MISMO ERROR DOS VECES.
CELIA. ¿QUÉ HACES TÚ...?
NO, CREO QUE LO QUE DEBERÍAS PREGUNTARTE ES: ¿QUÉ HACES TÚ AQUÍ?
ULTIMAR MI DIVORCIO.

BIEN. UNA DISTRACCIÓN MENOS, ¿NO?
AUNQUE DEBO DECIRTE QUE... ER... TODAVÍA PARECES BASTANTE DISTRAÍDO.
ESTÁ ABAJO. FOLLÁNDOSE AL MASAJISTA.
VAYA... CALMA, TIGRE. TÚ MISMO LO HAS DICHO: ESTÁIS DIVORCIADOS.
NO PUEDES CONTROLAR LA VIDA SEXUAL DE AUDREY.
¿QUÉ...?

ESPERA.
PARA.

VAMOS A HACERLO BIEN.

UNA PREGUNTA...
¿ME QUIERES?
¡JA!
JODER, NO.
BIEN.
ENTONCES, ¿TE IMPORTARÍA DECIRME POR QUÉ NO ESTÁS EN ISLANDIA?
¿EN SERIO? NOS LIBRAMOS DE AÑOS DE TENSIÓN SEXUAL PENDIENTE EN UN ESTALLIDO DE SEXO SALVAJE DIGNO DE UN CAMPEONATO MUNDIAL... ¿Y ESA ES TU FRASE?

ESTO HA SIDO... SEGURAMENTE UN ERROR.
UAU, TÚ SÍ QUE SABES LO QUE QUIERE OÍR UNA DAMA. NI ME IMAGINO POR QUÉ AUDREY TE HABRÁ DEJADO ESCAPAR.
¿DEMASIADO PRONTO?

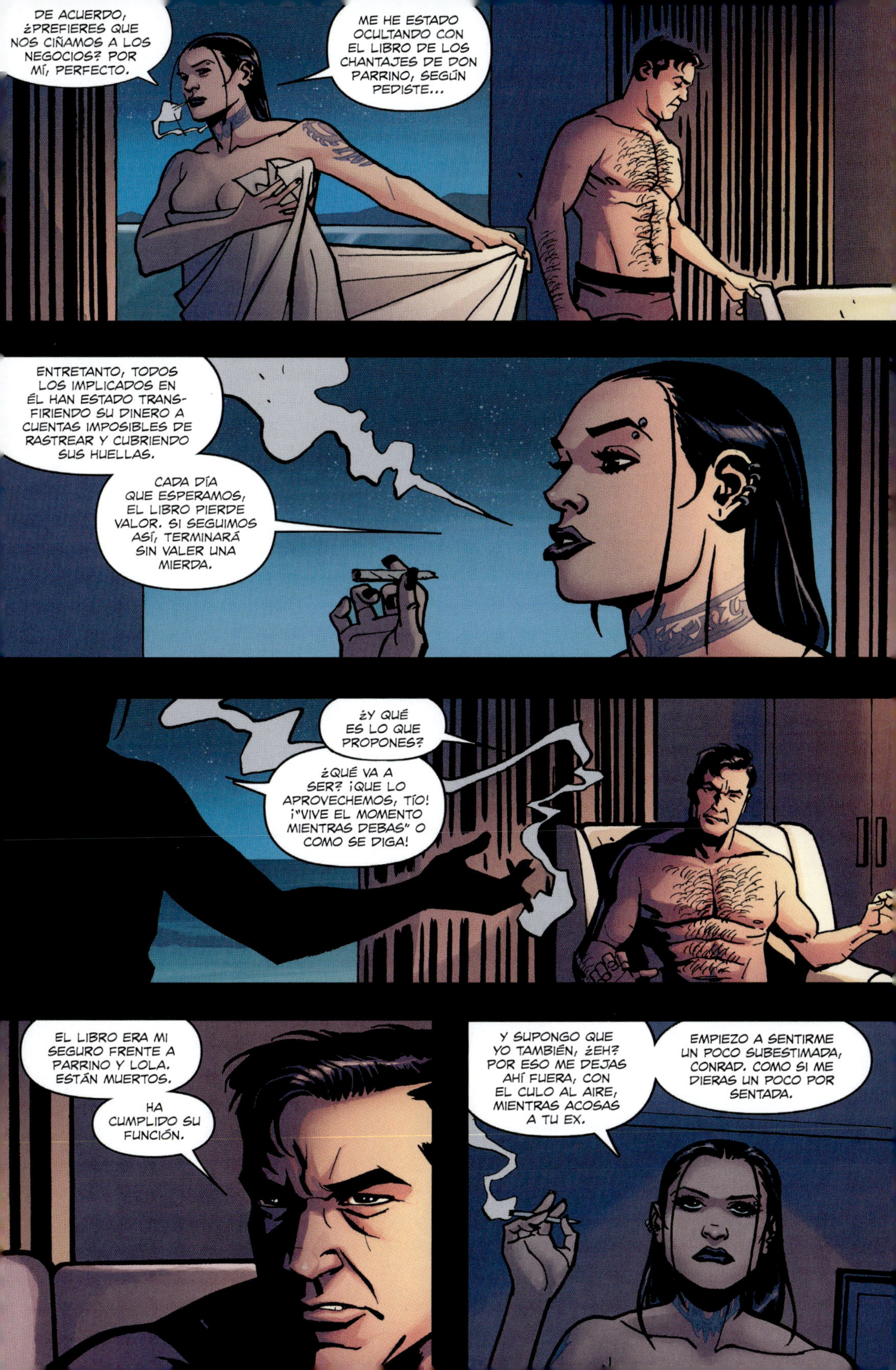
DE ACUERDO, ¿PREFIERES QUE NOS CIÑAMOS A LOS NEGOCIOS? POR MÍ, PERFECTO.
ME HE ESTADO OCULTANDO CON EL LIBRO DE LOS CHANTAJES DE DON PARRINO, SEGÚN PEDISTE...
ENTRETANTO, TODOS LOS IMPLICADOS EN ÉL HAN ESTADO TRANS-FIRIENDO SU DINERO A CUENTAS IMPOSIBLES DE RASTREAR Y CUBRIENDO SUS HUELLAS.
CADA DÍA QUE ESPERAMOS, EL LIBRO PIERDE VALOR. SI SEGUIMOS ASÍ, TERMINARÁ SIN VALER UNA MIERDA.
¿Y QUÉ ES LO QUE PROPONES?
¿QUÉ VA A SER? ¡QUE LO APROVECHEMOS, TÍO! ¡"VIVE EL MOMENTO MIENTRAS DEBAS" O COMO SE DIGA!
EL LIBRO ERA MI SEGURO FRENTE A PARRINO Y LOLA. ESTÁN MUERTOS.
HA CUMPLIDO SU FUNCIÓN.
EMPIEZO A SENTIRME UN POCO SUBESTIMADA, CONRAD. COMO SI ME DIERAS UN POCO POR SENTADA.
Y SUPONGO QUE YO TAMBIÉN, ¿EH? POR ESO ME DEJAS AHÍ FUERA, CON EL CULO AL AIRE, MIENTRAS ACOSAS A TU EX.

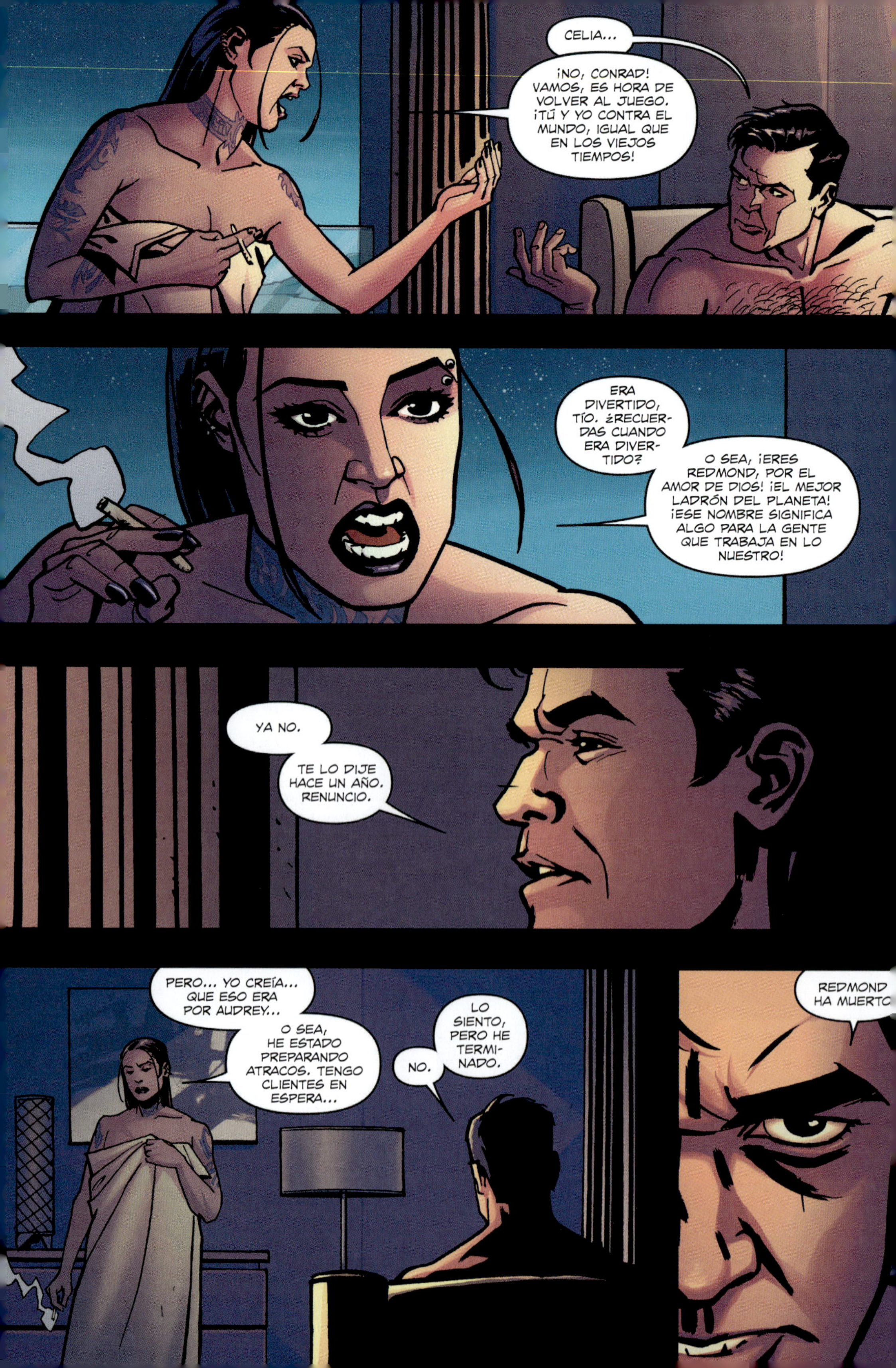
CELIA...
¡NO, CONRAD! VAMOS, ES HORA DE VOLVER AL JUEGO. ¡TÚ Y YO CONTRA EL MUNDO, IGUAL QUE EN LOS VIEJOS TIEMPOS!
ERA DIVERTIDO, TÍO. ¿RECUERDAS CUANDO ERA DIVERTIDO?
O SEA, ¡ERES REDMOND, POR EL AMOR DE DIOS! ¡EL MEJOR LADRÓN DEL PLANETA! ¡ESE NOMBRE SIGNIFICA ALGO PARA LA GENTE QUE TRABAJA EN LO NUESTRO!
YA NO.
TE LO DIJE HACE UN AÑO. RENUNCIO.
PERO... YO CREÍA... QUE ESO ERA POR AUDREY...
O SEA, HE ESTADO PREPARANDO ATRACOS. TENGO CLIENTES EN ESPERA...
NO.
LO SIENTO, PERO HE TERMINADO.
REDMOND HA MUERTO

AERO-
PUERTO.
BIP
BIP
BIP.
¿DIGA?

SOY REDMOND.

...DICEN QUE UN RAYO NO PUEDE CAER DOS VECES EN EL MISMO SITIO, PERO AL PARECER ASÍ FUE PARA UN HABITANTE DE SAN DIEGO.
DEPARTAMENTO DE JUSTICIA
OFICINA FEDERAL DE INVESTIGACIÓN (FBI)
FIDELIDAD BRAVURA INTEGRIDAD
FOX 5
SE COMENTA QUE CONRAD PAULSON, ASESOR DE SEGURIDAD, HA RECIBIDO UNA SUMA DESCONOCIDA DE SIETE CIFRAS POR SU SEGUNDO ARRESTO ILEGAL A MANOS DEL FBI.
FOX 5
LA AGENTE FEDERAL ELIZABETH COHEN, DESCRITA COMO "UNA RENEGADA DE LA ORGANIZACIÓN EN POS DE UNA VENGANZA PERSONAL" POR FUENTES CERCANAS AL CASO, QUEDÓ EXPULSADA DEL FBI POR SU PAPEL EN AMBOS ARRESTOS.
FOX 5
MIENTRAS TANTO, EL CÉLEBRE LADRÓN TAN SOLO CONOCIDO COMO REDMOND, CUYA IDENTIDAD REAL SIGUE SIENDO UN MISTERIO, CONTINÚA EN LIBERTAD...
¡BLAM!

NO.
TÚ NO VAS A GANAR.

POR DIOS, LIZ...
¡CHK-CHAK!
¡SNIK!

¡SKASSHH!
HOWARD

OFICINA DE SEGURIDAD Y SERVICIOS DE INVESTIGACIÓN.
SÍ, HOLA. ME GUSTARÍA PRESENTAR MI SOLICITUD PARA UNA LICENCIA DE INVESTIGADORA PRIVADA.
Y SI PUDIÉRAMOS HACER CUAL-QUIER COSA POR ACELERAR EL PROCESO, SERÍA GENIAL...
TENGO MUCHO TIEMPO PERDIDO QUE COM-PENSAR.

EH, HER-MANITA.
AH. ERES TÚ.
DEBERÍAS HABER LLAMA-DO ANTES.
YO TAMBIÉN ME ALEGRO DE VERTE, PENNY.
¿VAS A DEJARME AQUÍ FUERA TODO EL DÍA...?
"¿...O PUEDO VER A MI HIJO?"

PARECE FELIZ.
LO ES. LO SOMOS.
SIEMPRE SE TE DIO MEJOR ESTA MIERDA DE LA MAMAÍTA. YO TENGO CIERTAS HABILIDADES, PERO LA DE LA MATERNIDAD NO FIGURA ENTRE ELLAS.
SIN DUDA LAS TIENES.
¿QUÉ QUIERES DECIR CON ESO...?
¡O SEA, MÍRATE! CON TUS TATUAJES, TUS *PIERCINGS* Y DIOS SABE QUÉ MÁS. ¿QUÉ PRETENDES QUE PIENSE LA GENTE?
¡JODER, PENNY! ¿QUÉ CREES, QUE ME DEDICO A PENDONEAR POR LA ESTACIÓN DE AUTOBUSES O ALGO ASÍ?

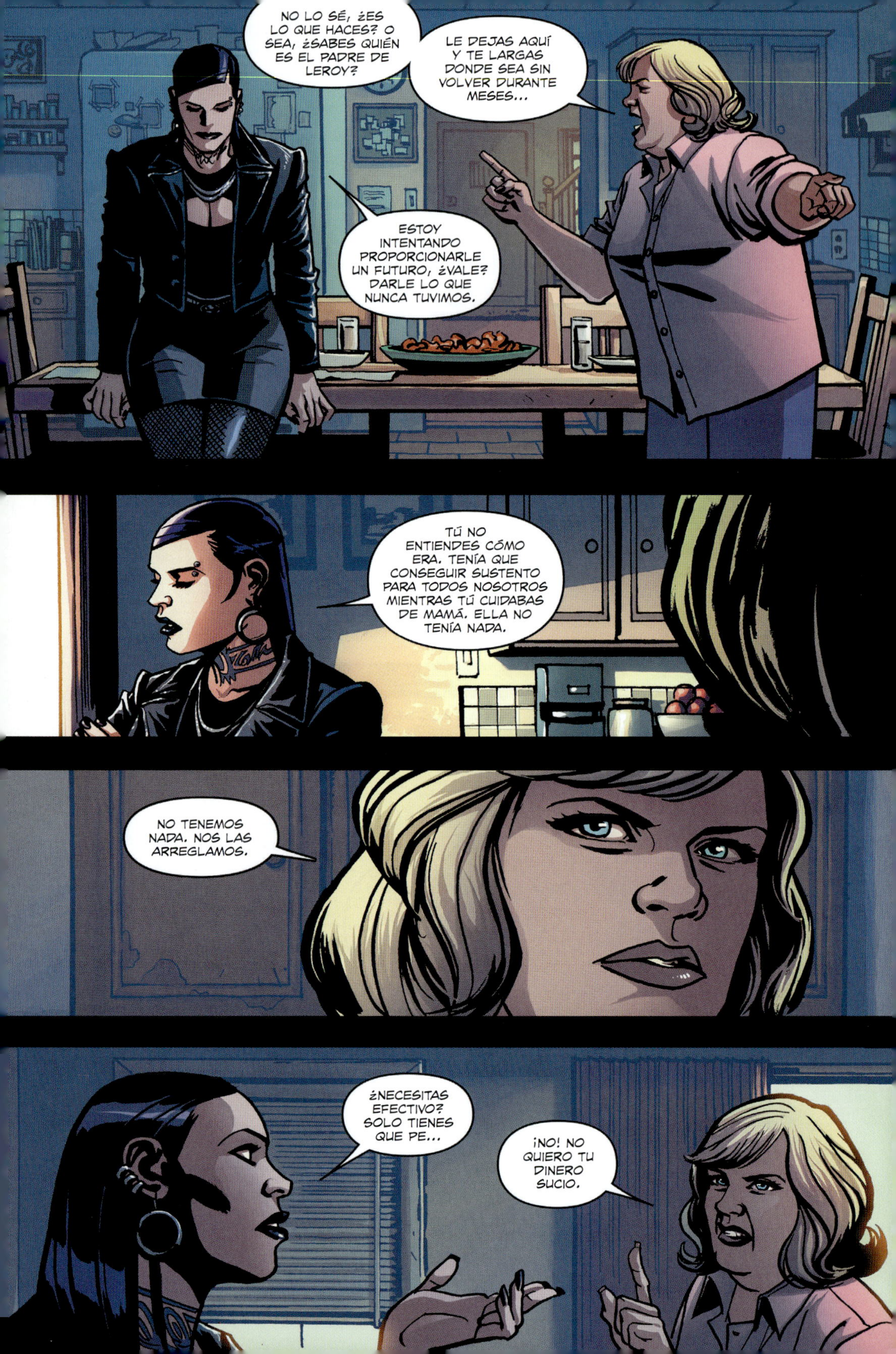
NO LO SÉ, ¿ES LO QUE HACES? O SEA, ¿SABES QUIÉN ES EL PADRE DE LEROY?
LE DEJAS AQUÍ Y TE LARGAS DONDE SEA SIN VOLVER DURANTE MESES...
ESTOY INTENTANDO PROPORCIONARLE UN FUTURO, ¿VALE? DARLE LO QUE NUNCA TUVIMOS.
TÚ NO ENTIENDES CÓMO ERA. TENÍA QUE CONSEGUIR SUSTENTO PARA TODOS NOSOTROS MIENTRAS TÚ CUIDABAS DE MAMÁ. ELLA NO TENÍA NADA.
NO TENEMOS NADA. NOS LAS ARREGLAMOS.
¿NECESITAS EFECTIVO? SOLO TIENES QUE PE...
¡NO! NO QUIERO TU DINERO SUCIO.

¡MAMÁ!
¡EH, TIGRECILLO! ¿QUÉ TAL HAS ESTADO?
¿ESTA VEZ VAS A QUEDARTE?
PRONTO, CHAVAL. MUY PRONTO.
PRIMERO TENGO QUE HACER UN PAR DE COSAS. Y LUEGO TODO IRÁ BIEN.

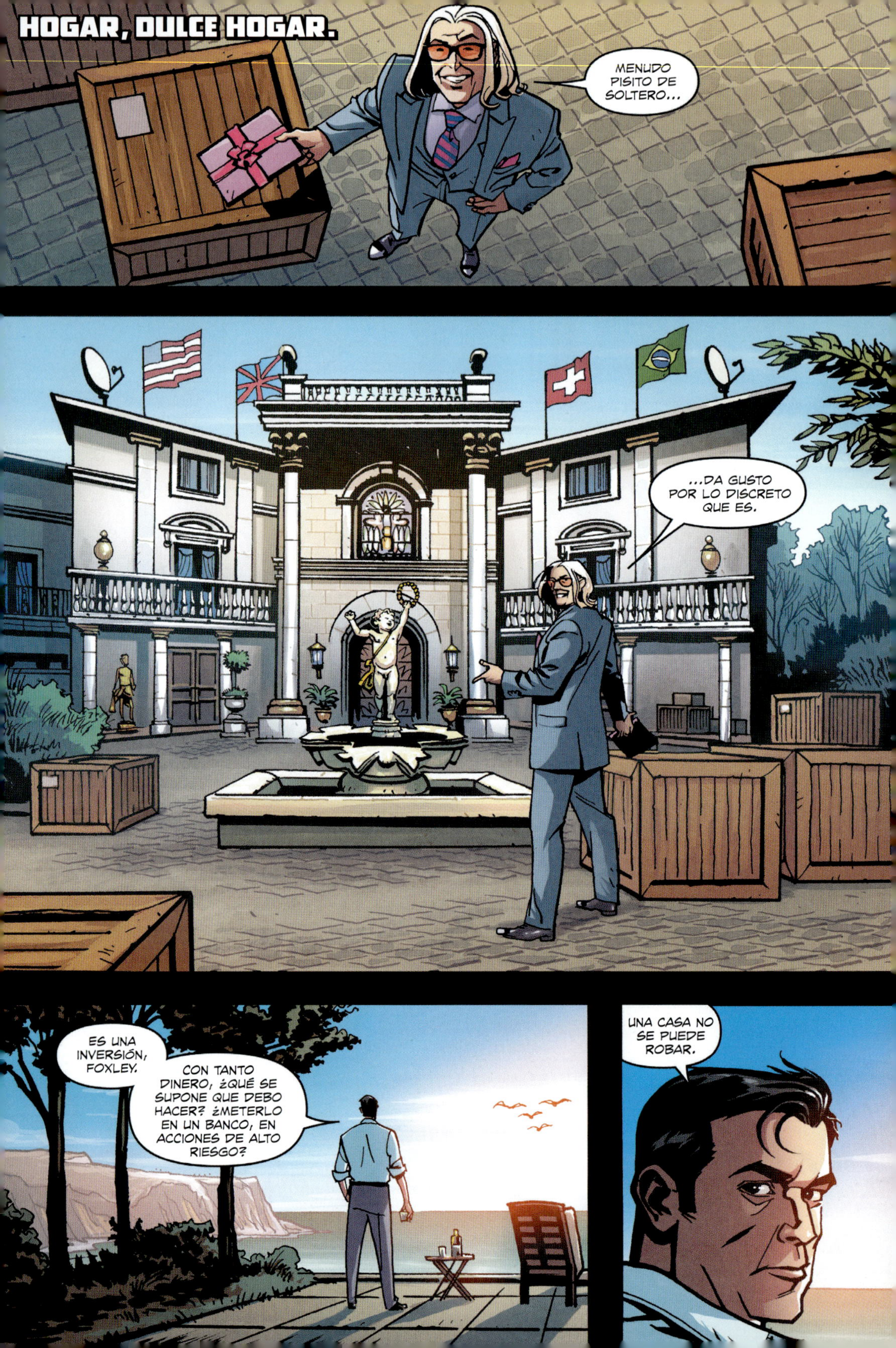
HOGAR, DULCE HOGAR.
MENUDO PISITO DE SOLTERO...
...DA GUSTO POR LO DISCRETO QUE ES.
ES UNA INVERSIÓN, FOXLEY.
CON TANTO DINERO, ¿QUÉ SE SUPONE QUE DEBO HACER? ¿METERLO EN UN BANCO, EN ACCIONES DE ALTO RIESGO?
UNA CASA NO SE PUEDE ROBAR.

HABLANDO DE DINERO...
FELIZ NAVIDAD. POR CORTESÍA DEL FBI.
¿EL NUEVO ACUERDO? POR DIOS, ¿QUÉ DEBERÍA HACER CON ESTO...?
NO HAY DE QUÉ, ¿EH? YO AL MENOS TE AGRADEZCO MI PORCENTAJE. Y PENSAR QUE MI MADRE SE DECEPCIONÓ CUANDO PREFERÍ DERECHO AL CLERO...
BUENO, ¿AHORA QUÉ?
¿AHORA?
¡ERES LIBRE Y NO TIENES COMPROMISOS! POR LO QUE AL FBI RESPECTA, ERES RADIOACTIVO. NO SE ATREVERÁN A ACERCARSE NI A UN KILÓMETRO DE TI.
¡PODRÍAS HACERTE UN SELFI SAQUEANDO FORT KNOX Y SE MATARÍAN POR DEMOSTRAR QUE NO TUVISTE NADA QUE VER CON ESO!
CONRAD

ESTÁS VARADO, QUERIDO MUCHACHO, Y EN CALIDAD DE AMIGO PERSONAL Y CONSEJERO LEGAL, TE ALENTARÍA SIN TAPUJOS A APROVECHAR ESTA OPORTUNIDAD PARA INVOLUCRARTE EN UN ROBO DE ALTOS VUELOS.
ASÍ QUE... ¿AHORA QUÉ?
ESTOY JUBILADO.
¿QUÉ?
ESTOY ESPERANDO EL CHISTE.
¿CREES QUE NO LO DIGO EN SERIO?
TE DOY UNA SEMANA. TERMINARÁS SUBIÉNDOTE POR LAS PAREDES.
LITERALMENTE.

HASTA ENTONCES, SUPONGO QUE SIEMPRE PODRÍAS DISTRAERTE CON UN POQUITO DE DESEMBALAJE...
¿QUÉ SENTIDO TENDRÍA? SON SOLO... COSAS.
NO NECESITO COSAS.
¿Y QUÉ ES LO QUE NECESITAS?
NECESITO OTRO TRAGO.

FANTASMAS DE ATRACOS PASADOS.
ES TERRIBLE DESPERDICIAR UNA BUENA BANDA.
REDMOND HA VUELTO AL NEGOCIO. ¿TE APUNTAS?
OÍ QUE CONRAD LO DEJÓ.
ASÍ ES. AHORA REDMOND SOY YO.
MIERDA... ¿Y ÉL ESTÁ DE ACUERDO?
OLVIDA A CONRAD. TENÍA ALGO BUENO Y LO ECHÓ A PERDER. QUE SE AHOGUE EN LA BEBIDA, SI QUIERE.
YO TOMO EL MANDO.

¿PARA QUÉ? DESPUÉS DEL GOLPE DE VENECIA ESTOY DE RECHUPETE. HE COMPRADO CABA-LLOS. DEMONIOS, HE COMPRADO EL HIPÓDROMO.
¿POR QUÉ ARRIESGARLO TODO? TAMPOCO ES QUE NOS HAGA FALTA EL DINERO...
HABLA POR TI. MI PARTE SALIÓ DE LA DE CONRAD, Y ÉL SE HA NEGADO A PASAR POR UN PERITO.
¿CÓMO DICES?
LE PAGARON POR DEVOLVER SU PARTE DE LAS OBRAS DE ARTE A SUS PROPIETARIOS ORIGINA-LES. LA RECOMPENSA ES SOLO UNA FRACCIÓN DE LO QUE HABRÍA OBTENIDO EN EL MERCADO NEGRO.
MALDITA SEA. ASÍ QUE LO HA HECHO DE VERDAD. ESE HIJO DE PERRA SE HA CONVERTIDO EN UN CIUDADANO HONRADO.
ÉL PUEDE PERMITÍR-SELO.

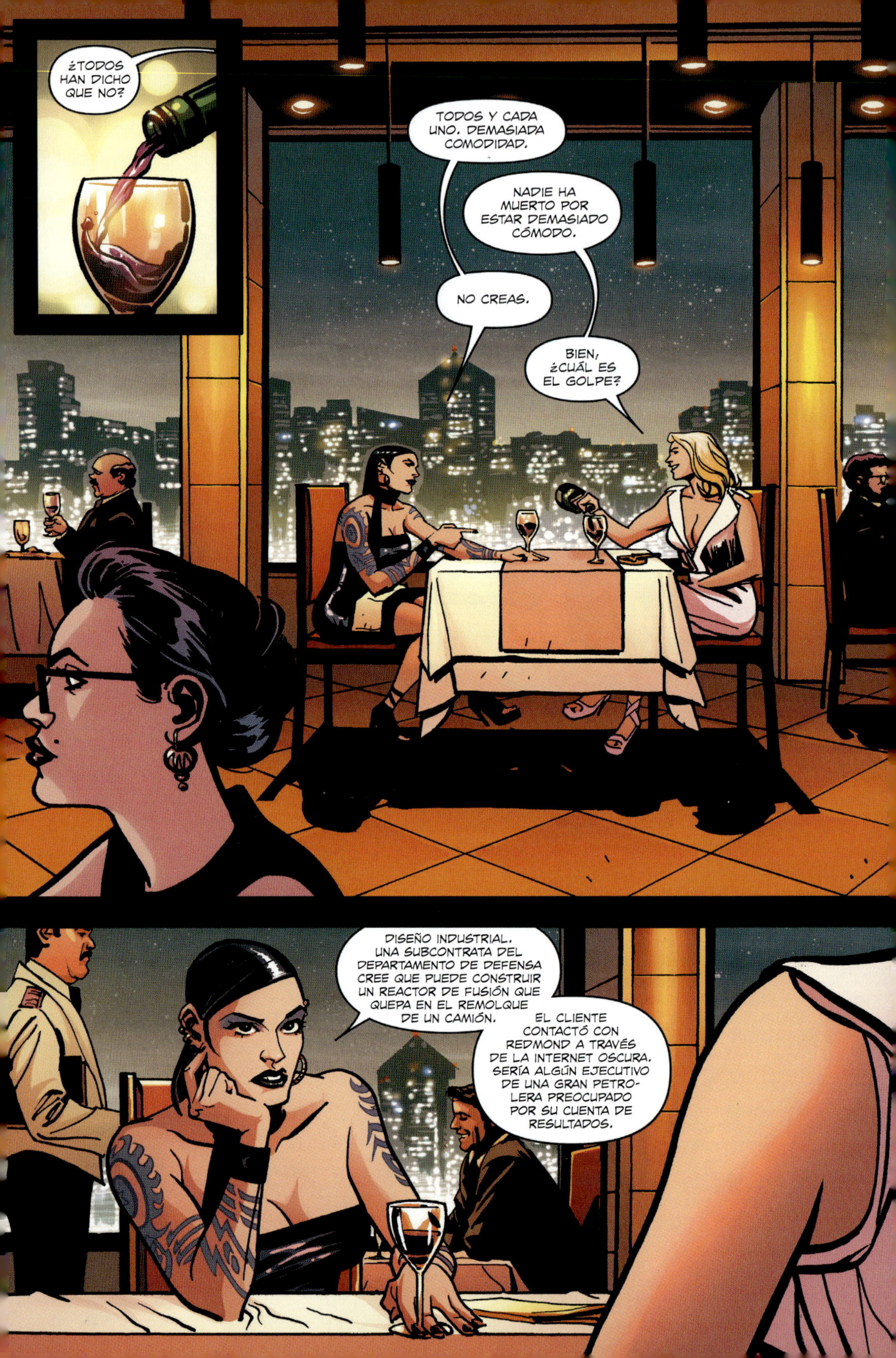
¿TODOS HAN DICHO QUE NO?
TODOS Y CADA UNO. DEMASIADA COMODIDAD.
NADIE HA MUERTO POR ESTAR DEMASIADO CÓMODO.
NO CREAS.
BIEN, ¿CUÁL ES EL GOLPE?
DISEÑO INDUSTRIAL. UNA SUBCONTRATA DEL DEPARTAMENTO DE DEFENSA CREE QUE PUEDE CONSTRUIR UN REACTOR DE FUSIÓN QUE QUEPA EN EL REMOLQUE DE UN CAMIÓN.
EL CLIENTE CONTACTÓ CON REDMOND A TRAVÉS DE LA INTERNET OSCURA. SERÍA ALGÚN EJECUTIVO DE UNA GRAN PETROLERA PREOCUPADO POR SU CUENTA DE RESULTADOS.

TE CONVENDRÍA ALEJARTE DE ESA BASURA DE *UNDERNET*, CARIÑO. NUNCA SE SABE CON QUIÉN TRATAS.
HAY QUE TRABAJAR CON GENTE QUE CONOZCAS.
¿CONFÍAS EN LA GENTE QUE CONOCES?
NO. PERO TIENES CLARO A QUIÉN MACHACAR, SI TE JODE.
O SI LE PILLAN Y QUIERE LLEGAR A UN ACUERDO DELATÁNDOTE.
¿ESO ES... UNA AMENAZA?
SOLO UN AVISO, CARIÑO.
SUELES CAER BIEN. AUNQUE YA SABES QUE ESO IMPORTA UNA MIERDA.

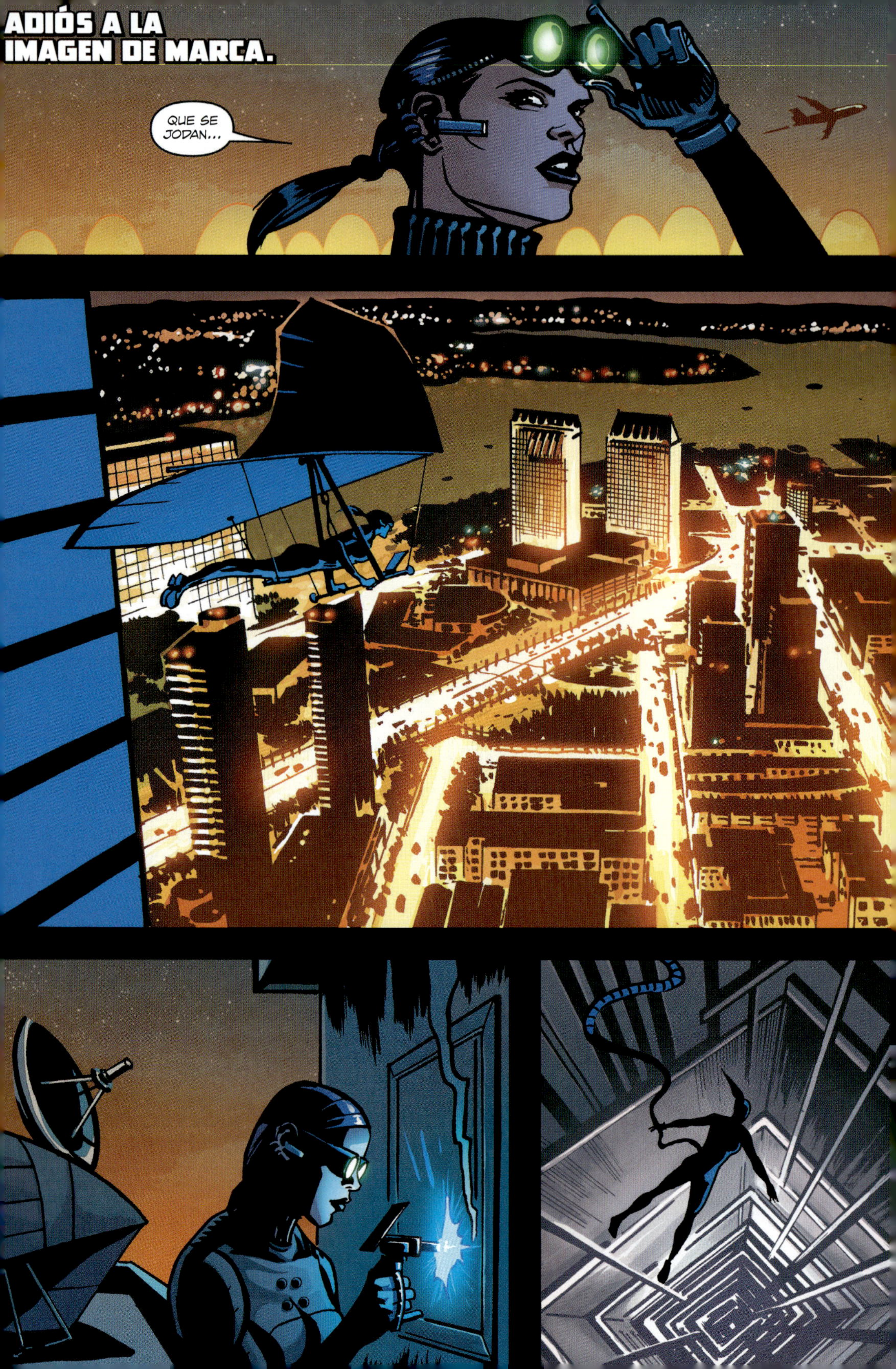
ADIÓS A LA IMAGEN DE MARCA.
QUE SE JODAN...

TAK TAK TAK.
Registro de teclado: ZZ9pluralZalpha
¡SÍ!

NO.

SUPONGO QUE NO PUEDO CAPTAR EL INTERÉS DE NINGUNO DE LOS DOS CON UN MILLÓN DE DÓLARES...
MUY BIEN, CARIÑO. TÚ AÑADE A LA LISTA DE CARGOS INTENTO DE SOBORNO A UN AGENTE DE POLICÍA. TE CAERÁN UN PAR DE AÑOS MÁS.
AUNQUE TAMPOCO CAMBIARÍA MUCHO LA COSA. PARA CUANDO SALGAS, YA ESTAREMOS VIVIENDO EN MARTE O ALGO ASÍ.
LOS ASCENSORES ESTÁN DESCONECTADOS. HAY QUE IR POR LAS ESCALERAS.
GENIAL, LO QUE FALTABA...

SNIK
DEBO ADMITIRLO, ESTOY UN POCO DECEPCIONADO. ESPERABA QUE ALGUIEN TAN FAMOSO COMO REDMOND FUERA MÁS FÁCIL DE...

NO LO...
¡UFFF!
THAPP
SNAK

MALA...
¡...PUTA!
BLAM
PANNGG

¡NO...!
¡UF!
BLAM
BLAM
BLAM
BLAM
BLAM

SALIDA DE EMERGENCIA
¡UNGHH!
HIJA.
DE PERRA.

¿Y TÚ QUIÉN DIABLOS ERES?

NO ERES POLI.
CORRECTO. SOY EL AGENTE ESPECIAL NATHAN DOUGLAS, DEL FBI. ¿Y TÚ ERES...?
UNA TÍA CABREADA.
TE ACOGES A LA QUINTA ENMIENDA. ESTÁS EN TU DERECHO.
NO NOS DAS NINGÚN NOMBRE. NO LLEVABAS DOCUMENTACIÓN EN CUANTO TE ARRESTARON. DA IGUAL...
TE LLAMAREMOS REDMOND.

¿TE HAN LEÍDO TUS DERECHOS CON LA ADVERTENCIA MIRANDA...?
ESTO ES UNA FARSA. ¿DESDE CUÁNDO EL HURTO ES DELITO FEDERAL?
LATROCINIO A GRAN ESCALA. EN GRADO DE TENTATIVA. Y DADO QUE LA EMPRESA QUE INTENTASTE ATRACAR ERA CONTRATISTA DEL DEPARTAMENTO DE DEFENSA...
BUENO. YA INTUIRÁS CÓMO TERMINA EL ASUNTO.
DEBERÍAS SABER QUE TU NEGATIVA A IDENTIFICARTE ANTE UN AGENTE FEDERAL PODRÍA ESGRIMIRSE EN UN TRIBUNAL COMO OBSTRUCCIÓN A LA JUSTICIA, LO CUAL AGRAVARÍA TU PENA Y AUMENTARÍA TU TIEMPO DE CONDENA.
ASÍ QUE... ¿CÓMO TE LLAMAS, ENCANTO?
MIRANDA.

¿SE-ÑOR?
¿SEÑOR...?
SEÑOR, SI NO LE IMPORTA, TENEMOS UNA VISITA GUIADA A PUNTO DE PASAR POR AQUÍ.
LO SIENTO... ESTABA A KILÓMETROS DE DISTANCIA. ADELANTE, POR FAVOR.
¿UN MARCO VACÍO? ¿PARA ESTO PAGAMOS UNA VISITA GUIADA...?
ES ARTE MODERNO, CARIÑO.
BUENO, SÍ Y NO. AQUÍ ES DONDE EXPONÍAMOS *EL HIJO PRÓDIGO*, LA OBRA MAESTRA CUBISTA DE PABLO PICASSO...

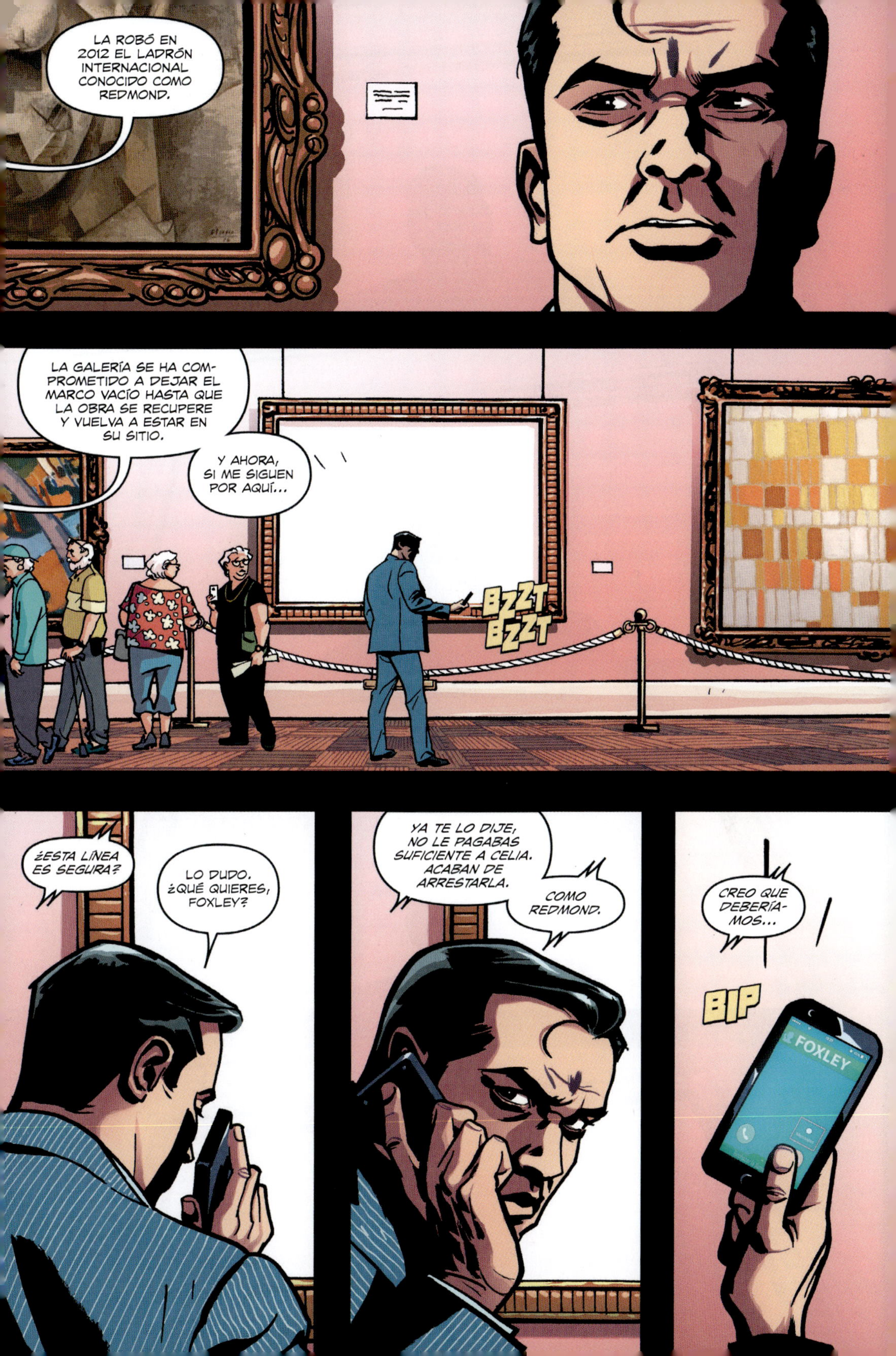
LA ROBÓ EN 2012 EL LADRÓN INTERNACIONAL CONOCIDO COMO REDMOND.
LA GALERÍA SE HA COMPROMETIDO A DEJAR EL MARCO VACÍO HASTA QUE LA OBRA SE RECUPERE Y VUELVA A ESTAR EN SU SITIO.
Y AHORA, SI ME SIGUEN POR AQUÍ...
BZZT BZZT
¿ESTA LÍNEA ES SEGURA?
LO DUDO. ¿QUÉ QUIERES, FOXLEY?
YA TE LO DIJE, NO LE PAGABAS SUFICIENTE A CELIA. ACABAN DE ARRESTARLA.
COMO REDMOND.
CREO QUE DEBERÍAMOS...
BIP
FOXLEY

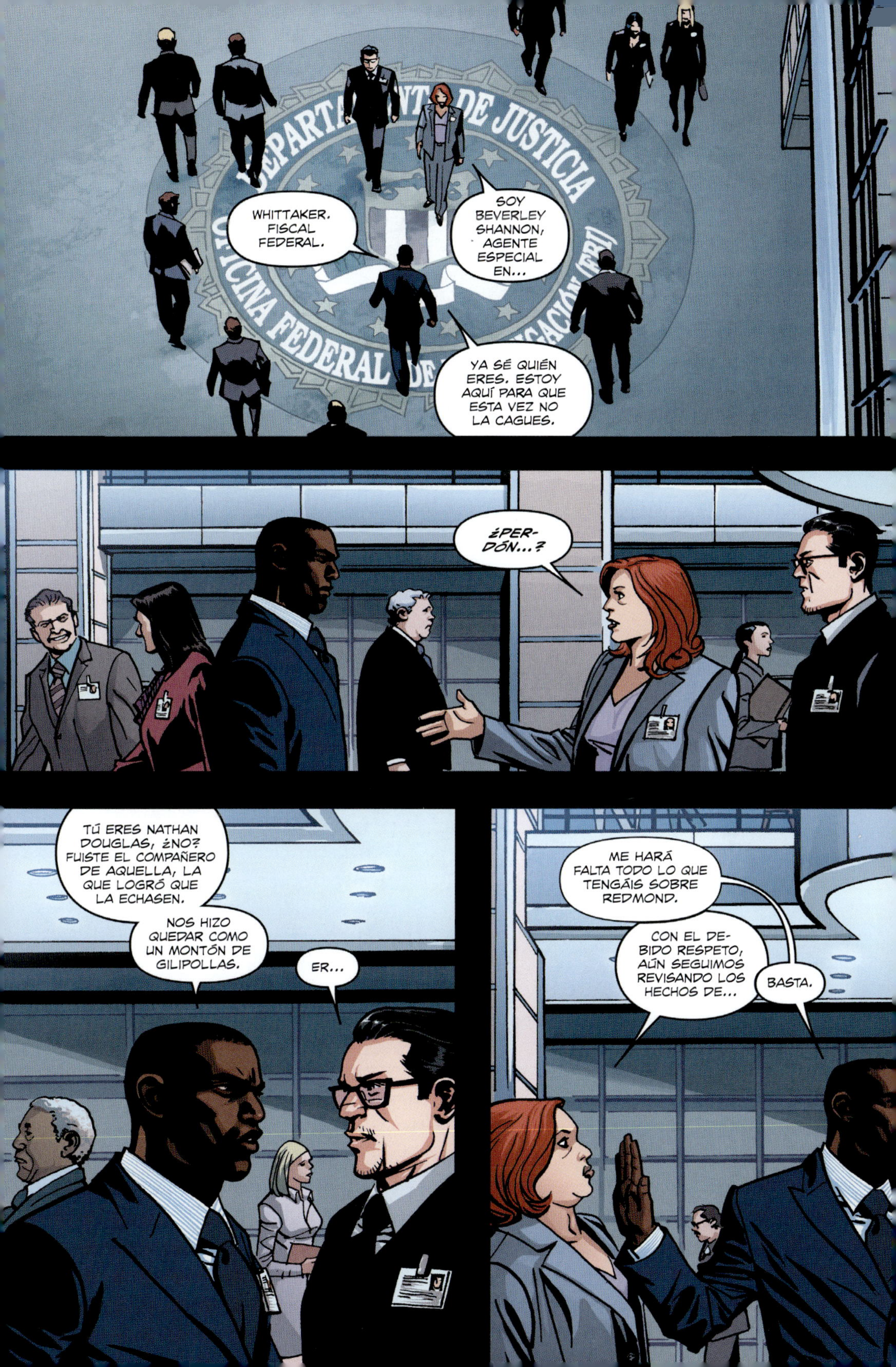
DEPARTAMENTO DE JUSTICIA
OFICINA FEDERAL DE INVESTIGACIÓN (FBI)
SOY BEVERLEY SHANNON, AGENTE ESPECIAL EN...
WHITTAKER. FISCAL FEDERAL.
YA SÉ QUIÉN ERES. ESTOY AQUÍ PARA QUE ESTA VEZ NO LA CAGUES.
¿PERDÓN...?
TÚ ERES NATHAN DOUGLAS, ¿NO? FUISTE EL COMPAÑERO DE AQUELLA, LA QUE LOGRÓ QUE LA ECHASEN.
NOS HIZO QUEDAR COMO UN MONTÓN DE GILIPOLLAS.
ER...
ME HARÁ FALTA TODO LO QUE TENGÁIS SOBRE REDMOND.
CON EL DEBIDO RESPETO, AÚN SEGUIMOS REVISANDO LOS HECHOS DE...
BASTA.

A ESA MUJER LE HABÍAN ENCARGADO... COMO REDMOND... COMETER UN DELITO FEDERAL, Y LA PILLARON CON LAS MANOS EN LA MASA. ¿ME ESTÁIS DICIENDO QUE NO SABÉIS PREPARAR UNA ACUSACIÓN CON ESO?
HEMOS VINCULADO LA IDENTIDAD DE REDMOND A MÁS DE UNA DOCENA DE CASOS DEL MÁS ALTO NIVEL DURANTE LA ÚLTIMA DÉCADA. CONTINUAMOS CREYENDO FIRMEMENTE QUE REDMOND ES EN REALIDAD...
NO LO DIGAS. NI SIQUIERA LO PIENSES.
CUALQUIERA QUE MENCIONE A CONRAD PAULSON EN RELACIÓN A ESTE CASO ESTARÁ SIRVIENDO HAMBURGUESAS CON BETH COHEN ANTES DE PODER DECIR "DEMANDA".
¿QUEDA CLARO?
PUES A TRABAJAR.

¿ESTAMOS A SALVO?
SÍ, NO HAY OJOS CURIOSOS. NI VENTANAS QUE PUEDAN FACILITAR QUE NOS OIGAN POR MICRÓFONO LÁSER. NADIE ENTRA NI SALE SIN QUE LO SEPAMOS.
MUY BIEN. GRACIAS A TODOS POR HABER VENIDO.
PIDO DISCULPAS POR LAS MOLESTIAS, PERO, TENIENDO EN CUENTA LA GRAVEDAD DE LA SITUACIÓN, CONSIDERABA QUE UN ENCUENTRO EN PERSONA ERA PREFERIBLE A CONFIAR NUESTRA SEGURIDAD A LAS INCERTIDUMBRES DE COMUNICACIONES POR INTERNET POTENCIALMENTE COMPROMETIDAS...
O SEA, LO QUE DICE ES QUE TENEMOS QUE HABLAR DEL PROBLEMA DE CELIA.

CELIA NO ES NINGUNA CHIVATA. CASI LE VOLÓ LA CABEZA A CONRAD CON UNA ESCOPETA CUANDO CREYÓ QUE NOS HABÍA TRAICIONADO.
POR ALGO ÉL NO LA INFORMÓ EN SU MOMENTO. PODRÍA SER PORQUE JAMÁS HA CONFIADO EN ELLA.
NO ES ESO. EN VENECIA, AMBOS ESTABAN HACIENDO ALGO MÁS AL MARGEN...
MIERDA, TÍO, ¿Y QUIÉN NO?
PERO LUEGO ÉL LA APARTA, LA DEJA TIRADA. TENGO ENTENDIDO.
"NO EXISTE PEOR FURIA..."
Y AHORA CONRAD DICE QUE SE HA VUELTO LEGAL.
SI LO RECORDÁIS, YA DIJO ESO ANTES DE VENECIA.

UN HOMBRE HONRADO NO ES DE FIAR.
¿"HONRADO"? Y UNA POLLA. EL HIJO-PUTA DEJÓ UN RASTRO DE CADÁVERES MÁS LARGO QUE LA IN-TERESTATAL.
A TOMAR POR SACO. QUIZÁ DEBERÍA-MOS CARGÁR-NOSLOS A AMBOS.
SIEMPRE PODÉIS IN-TENTARLO.
JODER, GRANDIN. ¿¡NO DECÍAS QUE ERA UN LUGAR PROTEGIDO!?
¿DE MÍ? POR FAVOR.

NO HAY PROBLEMA, YO HE TRAÍDO MI PROPIA SEGURIDAD.
TRANQUI, BRO. ME METÍ EN ESTE JUEGO PARA ESCAPAR DE ESA BASURA DE LOS ASESINATOS...
SOLO DINOS QUE NO TIENES A LOS SWAT CUBRIÉNDOTE AHORA MISMO, CONRAD.
YA SABÉIS QUE NO SOY ASÍ.
ESO CREÍA YO.
OYE, DISTE LA CARA POR NOSOTROS EN VENECIA. CON TUS RESERVAS, PERO LO HICISTE. RESPETO ESO...
¿Y POR QUÉ AHORA NO CONFIÁIS EN MÍ?
CUÉNTANOS LO QUE LE OCURRIÓ A ARNO Y PODREMOS HABLAR DE CONFIANZA.

ESCUCHAD, ¿NO QUERÉIS INVITARME A VUESTRO PEQUEÑO CLUB? PERFECTO, LO COMPRENDO.
PERO DEBÉIS ENTENDER QUE TENGO MUCHO MÁS QUE PERDER QUE CUALQUIERA DE VOSOTROS.
CELIA TIENE UN CRÍO. LE ESPERA UNA CONDENA DURA. BAJO UNA PRESIÓN ASÍ, TARDE O TEMPRANO...
ESTARÍAMOS VIVIENDO BAJO LA PROVERBIAL ESPADA DE DAMOCLES.
EN RESUMEN. SE DESCUIDÓ. LA TRINCARON.
NO ES NADA PERSONAL.
PARA MÍ LO ES.
ME HA ROBADO EL NOMBRE. LA REPUTACIÓN...

DEJADME A CELIA A MÍ.

HOLA, EMMA. ¿QUÉ TAL ESTÁS?
¿TIENES GENTE SI-GUIÉNDOME?
¿POR QUÉ LO PREGUN-TAS?
NO SÉ, ES QUE...
A VECES ME DA LA SENSACIÓN DE QUE ME VIGILAN.

ESO SUENA A REMORDIMIENTOS. A LO MEJOR DEBERÍAS QUITARTE ESA CARGA DE ENCIMA.
ES LO QUE TE DIJE, EMMA. SI QUIERES QUE LLEGUE A PENSAR SIQUIERA EN PROTECCIÓN DE TESTIGOS, PRIMERO TENDRÁS QUE GANÁRTELO.
¡HOSTIA PUTA, NATHAN! ¡YA TE HE CONTADO TODO LO QUE SÉ...!
ESTO NO VA SOBRE LO QUE OCURRIÓ EN SAN DIEGO. ES OTRA COSA.
¿CUÁNDO VISTE POR ÚLTIMA VEZ A AUGUSTUS O A CONRAD PAULSON?
COMO DECÍA, SOMOS HISTORIA. AUG SE LARGÓ HACE MESES. DESAPARECIÓ DE MI LADO SIN MÁS.
¿NO SABE RECONOCER ALGO BUENO CUANDO LO TIENE? QUE SE JODA. HE PASADO PÁGINA. ASPIRO A MÁS.
¿CONOCES A ESTA MUJER?

NO LA HABÍA VISTO EN MI VIDA.
PUES SUPONGO QUE YA HEMOS TERMINADO. BUENA SUERTE CON EL CÁRTEL...
¡ESPERA! SOLO...
DÉJAME ECHAR OTRO VISTAZO...
NUNCA HE LLEGADO A CONOCERLA EN PERSONA, PERO AUG DIJO ALGO SOBRE ALGUIEN QUE TRABAJABA CON SU PADRE. CON TATUAJES, *PIERCINGS*...
ME PARECE QUE PODRÍA SER ELLA...
DIJO QUE SE LLAMABA CELIA.

¿AÚN RESENTIDA POR LA VISTA DE LA FIANZA? NO CREO QUE EL JUEZ QUEDARA MUY IMPRESIONADO CON TU NEGATIVA A IDENTIFICARTE.
NO PASA NADA. LAS FIANZAS SON PARA NENAZAS. TÚ ERES UNA CHICA DURA, PUEDES MANEJARLO, ¿VERDAD QUE SÍ...?
¿...CELIA?
JODER.

"CELIA JOSEFINA MAGDALENA KOWALCZYC."
CUESTA PRONUNCIARLO. ENTIENDO QUE TE LO CAMBIARAS POR "REDMOND". UN BUEN NOMBRE AMERICANO, DE LOS FUERTES. LA TIERRA DE LAS OPORTUNIDADES, ¿EH?
AL PARECER TE TENÍAMOS FICHADA DESDE EL PRINCIPIO. HURTOS, RESISTENCIA A LA AUTORIDAD, POSESIÓN. NADA GRAVE...
Y LUEGO, HACE UNOS AÑOS, DE REPENTE... BUM. NADA. COMO SI TE HUBIERAS ESFUMADO.
SAN DIEGO
A VER SI LO ADIVINO. ENTONCES FUE CUANDO DECIDISTE CONVERTIRTE EN REDMOND.

UNA COSA, POR CURIOSIDAD. ¿CÓMO HAS MANTENIDO TUS HUELLAS DACTILARES FUERA DEL SISTEMA? ¿HACKEANDO LA BASE DE DATOS?
CARAY, OJALÁ. PORQUE ESO TE GARANTIZARÍA UNOS AÑOS MÁS AQUÍ...
¿AÚN NO QUIERES COMPARTIR NADA? BIEN, DA LO MISMO.
CUANTO MENOS COOPERES, MEJOR QUEDARÉ CUANDO TE ENCIERRE A CAL Y CANTO DE POR VIDA.
¡Y UNA MIERDA! ES IMPOSIBLE QUE ME ESPERE ESA CLASE DE CONDENA.
POR DIOS, ¡TAMPOCO ES QUE HAYA MATADO A NADIE!
QUE NOSOTROS SEPAMOS. PERO TENGO A GENTE INVESTIGÁNDOLO, CRÉEME. LA TENGO.
TENEMOS UN EXPEDIENTE SOBRE REDMOND DEL TAMAÑO DEL CULO DE MI MUJER. Y TODO LO QUE HAY ALLÍ SE LO VAMOS A CARGAR A UNA PERSONA...
...A TI.

A NO SER QUE HAYA ALGUIEN MÁS CON QUIEN DEBA HABLAR...
NO.
ESO ESTÁ BIEN. ¿SABES POR QUÉ...?
QUIERO QUE SEAS TÚ.

¡JA, JA, JA, JA, JA, JA!
OSTRAS, ESE FISCAL FEDERAL, ESE WHITTAKER... ES COMO UN GILIPOLLAS DE NUEVA GENERACIÓN...
COMO SI LOS CHINOS ESTUVIERAN HACKEÁNDONOS CHORRADAS CON EL OBJETIVO DE APRENDER A CREAR A ALGUIEN TAN HIPEREFICIENTE EN SER UN INMENSO CAPULLO.
POR MI EXPERIENCIA, CRÉEME, ES IMPROBABLE QUE UN INMENSO CAPULLO SEA EL PROBLEMA QUE TIENE ESE TÍO.
AUN ASÍ RESUELVE LAS COSAS, ESO LO ADMITO. TODOS ESTABAN DEMASIADO ASUSTADOS PARA ACTUAR HASTA QUE WHITTAKER HA ENTRADO DESFILANDO COMO SI NADA LE IMPORTARA UNA...
Y, DE PRONTO, EL GLOBO SE ELEVA Y PIENSO: "CUANTO MÁS AGUANTE, PEOR SERÁ SI ME SUELTO".
¿Y POR QUÉ IBAS A SOLTARTE?

NATHAN. ¿POR QUÉ ME HAS PEDIDO QUE VENGA?
NO, O SEA... NO ES...
MIERDA, ¿CÓMO PUEDO EXPLICARLO...?
VALE. DE ACUERDO. MEMECES APARTE... MIRA, ERES LA PERSONA MÁS INTELIGENTE Y DECIDIDA CON LA QUE HE TRABAJADO. Y PUNTO.
PASAMOS MUCHO TIEMPO CON LO DE REDMOND. Y ENTONCES... HICISTE LO QUE HICISTE.
Y AHORA ESTO.
SUPONGO QUE ME HACE FALTA SABER SI HAY ALGO QUE ME HAGA FALTA SABER.
¿SABES?
Y YO PENSANDO QUE SOLO QUERÍAS QUE NOS PUSIÉRAMOS AL DÍA Y RECORDÁRAMOS VIEJOS TIEMPOS.

ES QUE... ESA OBSESIÓN PERSONAL TUYA CON...
¿"PERSONAL"? CUMPLÍA CON MI DEBER, NATHAN. CONRAD PAULSON INFRINGIÓ LA LEY.
¡IGUAL QUE TÚ!
SUPONGO QUE ESA ES LA DIFERENCIA ENTRE NOSOTROS. YO ME SALTÉ LA LEY PARA ATRAPAR A UN HOMBRE QUE SABÍA QUE ERA CULPABLE.
VOSOTROS UTILIZÁIS LA LEY PARA PROCESAR A UNA MUJER QUE SABÉIS QUE ES INOCENTE.
¿¡"INOCENTE"!? ELLA SE HABÍA COLADO EN...
ELLA NO ES REDMOND Y LO SABES.
CON TODOS LOS RESPETOS, LIZ, A LA MIERDA LO QUE YO SEPA. LO QUE SÉ ES QUE CONSEGUISTE QUE TE DESPIDIERAN Y QUE DEMANDARAN AL FBI POR MILLONES, ¿Y PARA QUÉ?
POR DIOS, ¡DESPUÉS DE TU CAGADA EN ITALIA, ES UN MILAGRO QUE NO ESTÉS EN LA CÁRCEL!

SIENTO SER TAN BRUSCO, LIZ, PERO ERES UN LASTRE.
GRACIAS.
ASÍ QUE DÍMELO CLARAMENTE. AL MENOS ME DEBES ESO...
¿FUISTE TÚ QUIEN ENCARGÓ ESTE ÚLTIMO GOLPE DE REDMOND?
NO ES A MÍ A QUIEN JUZGAN, NATE. QUIZÁ PODRÍAS INTENTAR RECORDARLO.
CUANDO SEPAS DE QUÉ LADO ESTÁS, AVÍSAME.

HOY: EXAMEN FINAL
PERDÓN.

NO PASA NADA. PENSABA QUE PODRÍA EMPEZAR DE CERO, PERO... NO LO SÉ.
LA VERDAD ES QUE ME ALEGRO DE QUE HAYAS VENIDO. HAY ALGO QUE HACE UN TIEMPO QUE QUIERO DECIRTE...
TENÍAS RAZÓN.
AUG...
NO, ESCUCHA. NECESITO DECIRTE ESTO...
ME HE TIRADO LA VIDA ENTERA RESENTIDO CONTIGO. SOLO QUERÍA SER COMO TÚ, Y TÚ SIEMPRE ME APARTABAS.
Y ME DOLÍA, JODER. ME DESTROZABA POR DENTRO...
SIN EMBARGO, EN TODO MOMENTO LO ÚNICO QUE PRETENDÍAS ERA PROTEGERME. AHORA ME DOY CUENTA.

PROBÉ TU MUNDO Y ME ATERRORIZÓ. ESPERABA QUE TODO FUESE DIVERSIÓN, PERO SOLO ES SANGRE, MUERTE Y SUFRIMIENTO.
AUG, POR FAVOR...
ASÍ QUE ÚNICAMENTE QUERÍA DARTE LAS GRACIAS. ¿SABES? GRACIAS POR HABERME MANTENIDO AL MARGEN DE ESA PONZOÑA.
ESTARÍA MUERTO DE NO SER POR TI.
POR ESO AHORA SERÉ LEGAL, COMO TÚ. IGNORO SI ESTO DE LA UNIVERSIDAD SALDRÁ BIEN, AUNQUE IMAGINO QUE PUEDO LLEGAR A SER UN ASESOR DE SEGURIDAD BASTANTE BUENO.
O SEA, ESO ES TU ESPECIALIDAD, ¿NO? PODRÍAMOS TRABAJAR JUNTOS Y...
AUG.
NECESITO QUE HAGAS UNA COSA POR MÍ.

¿QUÉ... CLASE DE COSA?
NUESTRA CLASE DE COSA.
PUES... ADIÓS AL RETIRO.
LA HOSTIA, ¿CUÁNTO HAS DURADO, UNA SEMANA? NI SIQUIERA...
HAN ARRESTADO A CELIA.
MIERDA.

VALE.

UNA CINTA PARA EL PELO. SEIS PENDIENTES. UNA...
¿QUÉ ES ESTO?
ES UNA BARRA DE CEJAS.
AJÁ.
NO QUIERO NI AVERIGUAR DÓNDE IBA EL RESTO DE ESTA CHATARRA.
¿Y MIS DEMÁS COSAS? ¿BOTAS, RELOJ, MÓVIL...?
PRUEBAS. TE LAS DEVOLVERÁN.
YA SABES.
CON EL TIEMPO.

OS DESPERTÁIS A LAS CINCO. EL RECUENTO ES A LAS CINCO Y MEDIA.
QUE TENGAS BUEN DÍA.
KLUNNGG
HOLA, CARIÑO. SOY MARIE.
AH, ¿VAS A IR DE CHUNGA Y SILENCIOSA? ¿A VER QUIÉN ES LA ZORRA ALFA...?
TRANQUILA, CARIÑO, ADELANTE. SOY DEMASIADO VIEJA PARA ESAS CHORRADAS.

CELIA.
AHÍ ESTÁS. BUENO, CELIA, ES UN PLACER CONOCERTE. ME ALEGRO DE TENER UN POCO DE COMPAÑÍA POR AQUÍ.
SI QUIERES LA LITERA DE ARRIBA, ADELANTE. DE TODOS MODOS TAMPOCO PUEDO SUBIR AHÍ, POR LA CADERA Y ESO.
¿POR QUÉ TE HAN ENCERRADO?
AMBICIÓN, SUPONGO.
¡JA! NO HACE FALTA QUE LO REPITAS.
ESTOY CONVENCIDA DE QUE ENCAJARÁS MUY BIEN AQUÍ. NO SE PARECE NI POR ASOMO A LAS PELÍCULAS. CASI TODAS SON PERSONAS BASTANTE DECENTES.
MI CONSEJO ES QUE HAGAS LO MISMO QUE YO. DÉJATE LLEVAR. NO TE SERVIRÁ DE NADA INTENTAR RESISTIRTE...

NO PARECERÁ UN SUICIDIO SI TE RESISTES.

¡GGGKKH!
GGG...
SSHHH. DÉJALO, CARIÑO. DÉJALO...

¡UFFF!
WHOKK
¡BEQUEÑA BUDA! ¡BE HAZ RODO LA DARIZ!
DE VOY A BADAR...

¿SABES QUÉ, MARIE? HE CAMBIADO DE OPINIÓN...
¡RRRAAAAAGH...!
WHUNCHH
QUÉDATE LA LITERA DE ARRIBA.

DIOS. OTRO DÍA, OTRO FEDERAL...
NO, NO QUIERO UN ABOGADO.
NO, NO LLEGARÉ A UN ACUERDO.
¿HEMOS TERMINADO?
SOLO ACABAMOS DE EMPEZAR.
¿¡CONRAD...!?

NO PASA NADA, HE REGISTRADO LA SALA. PODEMOS HABLAR CON LIBERTAD.
ES LO CURIOSO DE LAS CÁRCELES FEDERALES. RESULTA MUCHO MÁS FÁCIL ENTRAR QUE SALIR.
FBI
¿QUÉ HACES TÚ AQUÍ?
LA BANDA DE VENECIA ESTÁ... PREOCUPADA POR SI SE LA JUEGAS.
CREEN QUE HE VENIDO A MATARTE.
Y...
¿...ES ASÍ?

POR DIOS, CELIA.
LO SIENTO, PERO... DESPUÉS DE VENECIA, DESPUÉS DE LOLA... YA NO SÉ QUÉ PENSAR.
NI SIQUIERA SÉ QUIÉN ERES YA.
SOY REDMOND.
JODER, PUES YA IBA SIENDO HORA.

LA SEMANA PASADA MI COMPAÑERA DE CELDA INTENTÓ MATARME. SUPONGO QUE NO SABRÁS NADA AL RESPECTO...
LO INVESTIGARÉ. ¿TE HAN PUESTO EN AISLAMIENTO PARA PROTEGERTE?
QUÉ VA. LOS FEDERALES NO LLORARÍAN SI TERMINO MUERTA AQUÍ DENTRO.
ASÍ DESPACHARÍAN TODOS SUS EXPEDIENTES SOBRE REDMOND, ¿ENTIENDES?
NO LLAMES LA ATENCIÓN Y CUÍDATE. NO HAGAS NADA QUE INCREMENTE TU CONDENA.
ENTONCES, ¿TIENES UN PLAN? DIME QUE LO TIENES.
POR FAVOR. SOY YO.

ESTÁN ACELERANDO LOS TRÁMITES DE TU JUICIO. TE TRINCARON POR EL ATRACO DE LO DE LA FUSIÓN, PERO, FRANCAMENTE, DUDO QUE QUIERAN LLEVAR ESO A JUICIO...
FBI
CLARO, PERO ¿Y TODO LO DEMÁS? ¡VAN A ATRIBUIRME TODOS LOS GOLPES ASOCIADOS A REDMOND QUE HEMOS COMETIDO!
QUE LO INTENTEN.
Y AHORA ESCUCHA. HAY MUCHO QUE COMENTAR Y NO TENEMOS DEMASIADO TIEMPO.
HABLA POR TI. ¿TE VAS A ALGÚN SITIO?
SÍ...
A VENECIA.

‹LA GENTE NO DEJA DE PREGUNTAR A QUIÉN SIRVES EN REALIDAD, FERRARA.›
‹DESPUÉS DEL FIASCO DE REDMOND, TENÍAMOS QUE HACER QUE PARECIERA QUE ACTUÁBAMOS CONTRA LA ORGANIZACIÓN DE PARRINO.›
‹HUBO QUE CUMPLIR CON CIERTOS... DETALLES OFICIALES.›
‹LO TENGO EN CUENTA.›
‹ENTIENDO SUS INQUIETUDES, DON SALVATORE. TRAS LA MUERTE DE PARRINO, LLEVARON A CABO UNA REDADA EN SU MANSIÓN Y SE INCAUTARON DE SUS POSESIONES.›
‹NO ME GUSTAN LOS RASTROS DE PAPELEO, FERRARA...›
‹QUÉDESE TRANQUILO. SUS OBRAS DE ARTE NO CONSTAN EN NINGÚN INVENTARIO POLICIAL.›
‹ME HE ASEGURADO PERSONALMENTE.›

‹Y AHORA... SE LAS ENTREGO, DON SALVATORE.›
‹CONFÍO EN QUE LO APRECIE COMO MUESTRA DE MI LEALTAD Y RESPETO.›
‹MADRE DE DIOS...›
‹TE HAS ASEGURADO PER-SONALMENTE, ¿EH?›

‹CREO QUE ESO ES TODO, ¿VERDAD?›
‹FIRME AQUÍ.›
‹GRACIAS.›
REDMOND

¿TE GUSTAN LAS VISTAS?
SERÁ MEJOR QUE TE ACOSTUMBRES.
DATE PRISA, WHITTAKER. ¿NO VES QUE ESTOY OCUPADA?
TENGO COSAS QUE HACER, LUGARES QUE VISITAR...
SIGUE DICIÉNDOTE ESO.
NO SOY YO QUIEN NECESITA QUE LE DIGAN ALGO. ES EL DEPARTAMENTO LEGAL DE SYSTEM DYNAMIC.
¿QUÉ...?

¿LOS PLANOS DE UN REACTOR? ¿TE SUENA ESO? VERÁS, HAY TODO TIPO DE LEYES SOBRE COSAS ASÍ.
CONSTRUIR UN DISPOSITIVO DE FUSIÓN NUCLEAR EN MEDIO DE UNA GRAN CIUDAD ESTADOUNIDENSE SIN LAS MEDIDAS DE SEGURIDAD ADECUADAS...
Y ESO SIN ENTRAR EN SUS NUMEROSAS INFRACCIONES DE SEGURIDAD Y DE LOS PROTOCOLOS CONTRA LA PROLIFERACIÓN DE ARMAS ATÓMICAS.
Y COMO DIJISTE, TRABAJABAN AL SERVICIO DEL GOBIERNO FEDERAL.
SI TE PARECE QUE PUEDES...
¿EN SERIO PIENSAS QUE QUIEREN QUE ESO SE AIREE EN LOS TRIBUNALES?
TE CREES MUY LISTA.
PONME A PRUEBA.

DIME. ¿TU HIJO CREE QUE ERES MUY LISTA...?
¿...O SABE QUE NO ERES MÁS QUE UNA VULGAR CRIMINAL?
¿QUÉ SUCEDE? ¿NO HAY RÉPLICA INGENIOSA?
BIEN. ME TOCA.
¿SABES QUÉ? OLVIDA LOS PLANOS DEL REACTOR. TENGO COSAS MEJORES QUE HACER...
ESTO ES LO QUE VA A OCURRIR. VAS A DECLA-RARTE CULPABLE DE LOS ROBOS DE ARTE DE REDMOND. DE TODOS.
Y VAS A CUMPLIR CONDENA...
...O ME ASEGU-RARÉ DE QUE EL PEQUEÑO LEROY PASE LA PRÓXIMA DÉCADA EN UNA INSTITUCIÓN.
EN UNA DE MIERDA.

SERÁS HIJO DE PUTA...
¿DEBO CONSIDERAR ESO UN SÍ?
VALE...
¿QUÉ HA SIDO ESO? NO TE HE OÍDO.
¡HE DICHO QUE VALE! YA ME TIENES.
¿SATIS-FECHO?
¿SABES QUÉ...?
VOY CAMINO DE ESTARLO.

¿¡QUÉ SIGNIFICA QUE SYSTEM DYNAMIC RETIRA LOS CARGOS!?
CALMA, COHEN. TE HAS LIBRADO DE UNA BUENA.
ME ALEGRA INFORMARTE DE QUE YA NO HARÁ FALTA QUE SEAS TESTIGO MATERIAL.
PERO CELIA NO ERA EL PEZ GORDO QUE PERSEGUÍAS, ¿VERDAD?
¡TE HABÍA SERVIDO EL CASO EN BANDEJA DE PLATA...!
A NO SER QUE TODAVÍA ESPERES QUE CREAMOS QUE TE TOPASTE CON "REDMOND" EN LA RED OSCURA Y... ¿QUÉ? ¿PUSISTE SOBRE AVISO A LOS DE SYSTEM DYNAMIC POR TU BUEN CORAZÓN?
CON EL DEBIDO RESPETO, VETE A...
UH... LA SRTA. COHEN NO TIENE NINGÚN COMENTARIO MÁS QUE EFECTUAR EN ESTOS MOMENTOS.

ESTO ES BUENO PARA NOSOTROS. ES LIMPIO.
TODO EL TIEMPO, EL DINERO, EL PERSONAL QUE HABÉIS MALGASTADO PERSIGUIENDO A CONRAD PAULSON... TODO EL PRESTIGIO QUE HABÉIS PERDIDO... VAMOS A RECUPERARLO TODO CON ESTO.
LE CARGAREMOS A CELIA HASTA EL ÚLTIMO ATRACO QUE DECÍS QUE ÉL COMETIÓ.
Y ELLA CALLARÁ Y TRAGARÁ CON ELLO. SÍ, LO HARÁ.
¿Y SI SU BANDA LA MATA ANTES DE QUE REGRESE A PRISIÓN?
ENTONCES NO TENDREMOS QUE PREOCUPARNOS POR SI SE REPITE EL JUICIO, ¿CIERTO?

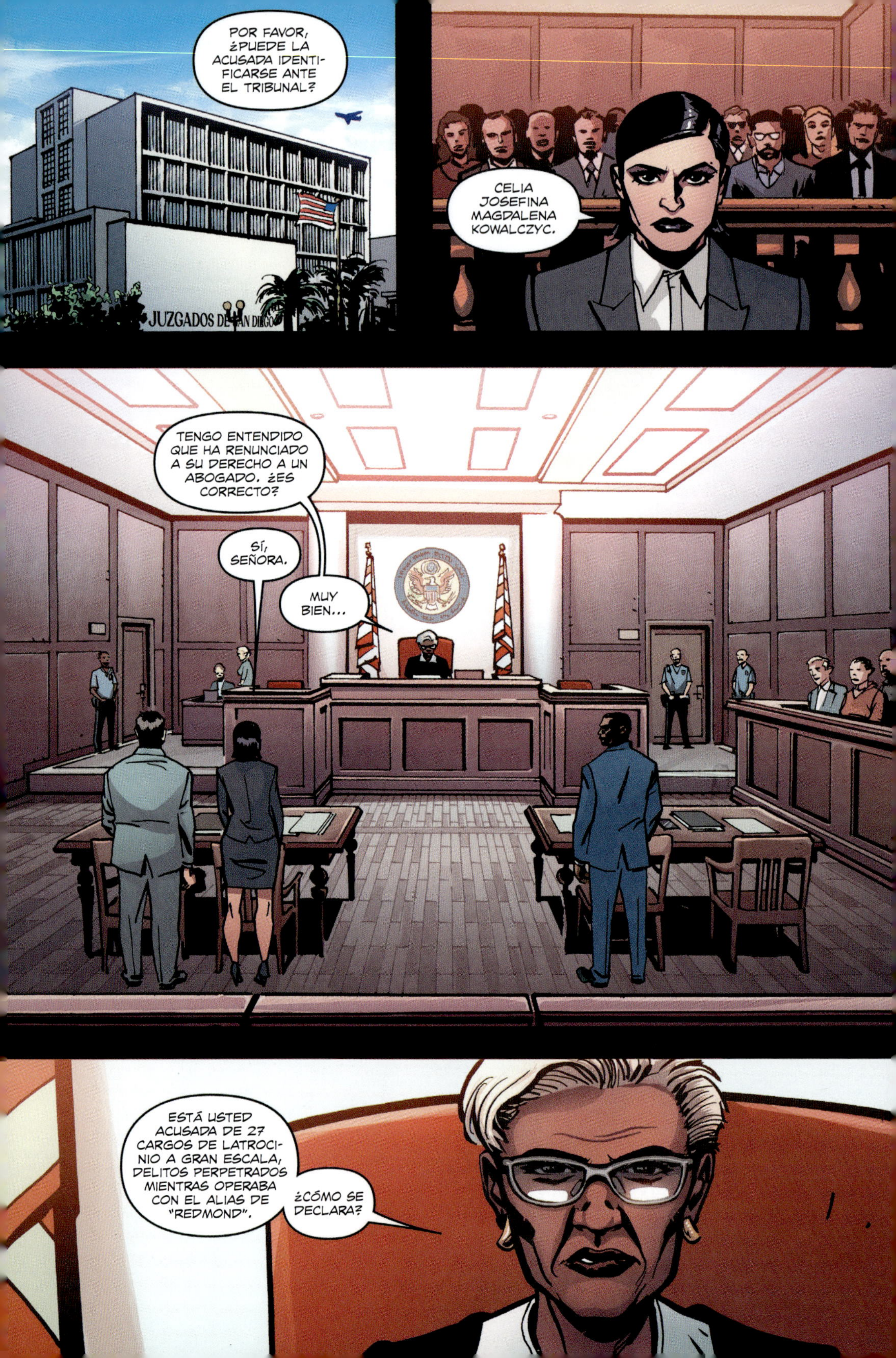
POR FAVOR, ¿PUEDE LA ACUSADA IDENTIFICARSE ANTE EL TRIBUNAL?
JUZGADOS DE SAN DIEGO
CELIA JOSEFINA MAGDALENA KOWALCZYC.
TENGO ENTENDIDO QUE HA RENUNCIADO A SU DERECHO A UN ABOGADO. ¿ES CORRECTO?
SÍ, SEÑORA.
MUY BIEN...
ESTÁ USTED ACUSADA DE 27 CARGOS DE LATROCINIO A GRAN ESCALA, DELITOS PERPETRADOS MIENTRAS OPERABA CON EL ALIAS DE "REDMOND".
¿CÓMO SE DECLARA?

NO CULPABLE.
ME CAGO EN TODO.
TE LO DIJE.
Y POR LO QUE SÉ TAMPOCO LLAMARÁ A TESTIGOS PARA DECLARAR EN SU DEFENSA...
SOLO A UNO, SEÑORÍA. UNA INCORPORACIÓN DE ÚLTIMA HORA...

LA DEFENSA LLAMA AL ESTRADO A CONRAD PAULSON.

CONRAD PAULSON, ¿JURA USTED SOLEMNEMENTE DECIR LA VERDAD, TODA LA VERDAD Y NADA MÁS QUE LA VERDAD, POR LA GRACIA DE DIOS?
SÍ, LO JURO.
POR FAVOR, TOME ASIENTO.
¿QUIERE DECIRLE AL TRIBUNAL EN QUÉ TRABAJA USTED EXACTAMENTE, SR. PAULSON?
SOY ASESOR DE SEGURIDAD.
BIEN. ¿Y CUÁL ES SU RELACIÓN CON LA ACUSADA? O SEA, ER...
...CON-MIGO.
SOY SU AMANTE.
SÍ... Y TANTO.
ESTUPENDO. GRACIAS.

SRTA. KOWALCZYC, ESTO ES UN POCO IRREGULAR...
COMPRENDO QUE USTED EJERCE SU PROPIA DEFENSA LEGAL, PERO SE SUPONE QUE DEBE OFRECER UN ALEGATO ANTES DE LLAMAR A DECLARAR A LOS TESTIGOS.
LO ENTIENDO, SEÑORÍA. PERO, CRÉAME, ESTO TIENE TANTO QUE VER CON CONRAD COMO CONMIGO.
EL FBI ME ACUSA DE SER "REDMOND", ALGUIEN LEGENDARIO POR SUS ROBOS.
AUN ASÍ, NO SOY LA PRIMERA PERSONA A LA QUE HAN ACUSADO...
NO VAYAS POR AHÍ.

A MÍ TAMBIÉN ME ACUSARON DOS VECES DE SER REDMOND. EN AMBAS OCASIONES, DEMANDÉ AL FBI POR ARRESTO ILEGAL Y GANÉ.
LAS INDEMNIZACIONES FUERON... SUSTANCIOSAS.
¿Y QUIÉN FUE RESPONSABLE DE ESOS ERRORES JUDICIALES?
ESTÁ SENTADA AHÍ MISMO.
ES UNA AGENTE FEDERAL. O LO ERA, ANTES DE QUE LA DESPIDIERAN.
SE LLAMA ELIZABETH COHEN.

"COHEN SE ENCAPRICHÓ DE MÍ. ESTABA OBSESIONADA. EMPEZÓ A ACOSARME. UNA VEZ INCLUSO LLEGÓ A COLARSE EN MI CASA."
"DESPERTÉ Y ME LA ENCONTRÉ EN LA COCINA, SIN HABERLA INVITADO, PREPARÁNDOSE EL DESAYUNO..."
"LUEGO ME SIGUIÓ EN MIS VACACIONES, Y AFIRMÓ FALSAMENTE ESTAR EN ITALIA POR ASUNTOS OFICIALES DEL FBI."
"DESDE ENTONCES HA SALIDO A LA LUZ QUE ESTABA COMPINCHADA CON UN POLICÍA ITALIANO QUE RESULTÓ TRABAJAR PARA LA MAFIA."
"ELLA LO MATÓ."
"COMO ES COMPRENSIBLE, LA EXPULSARON POR FALTAS GRAVES DE CONDUCTA. AUNQUE NUNCA SABRÉ POR QUÉ NO TERMINÓ ENTRE REJAS."

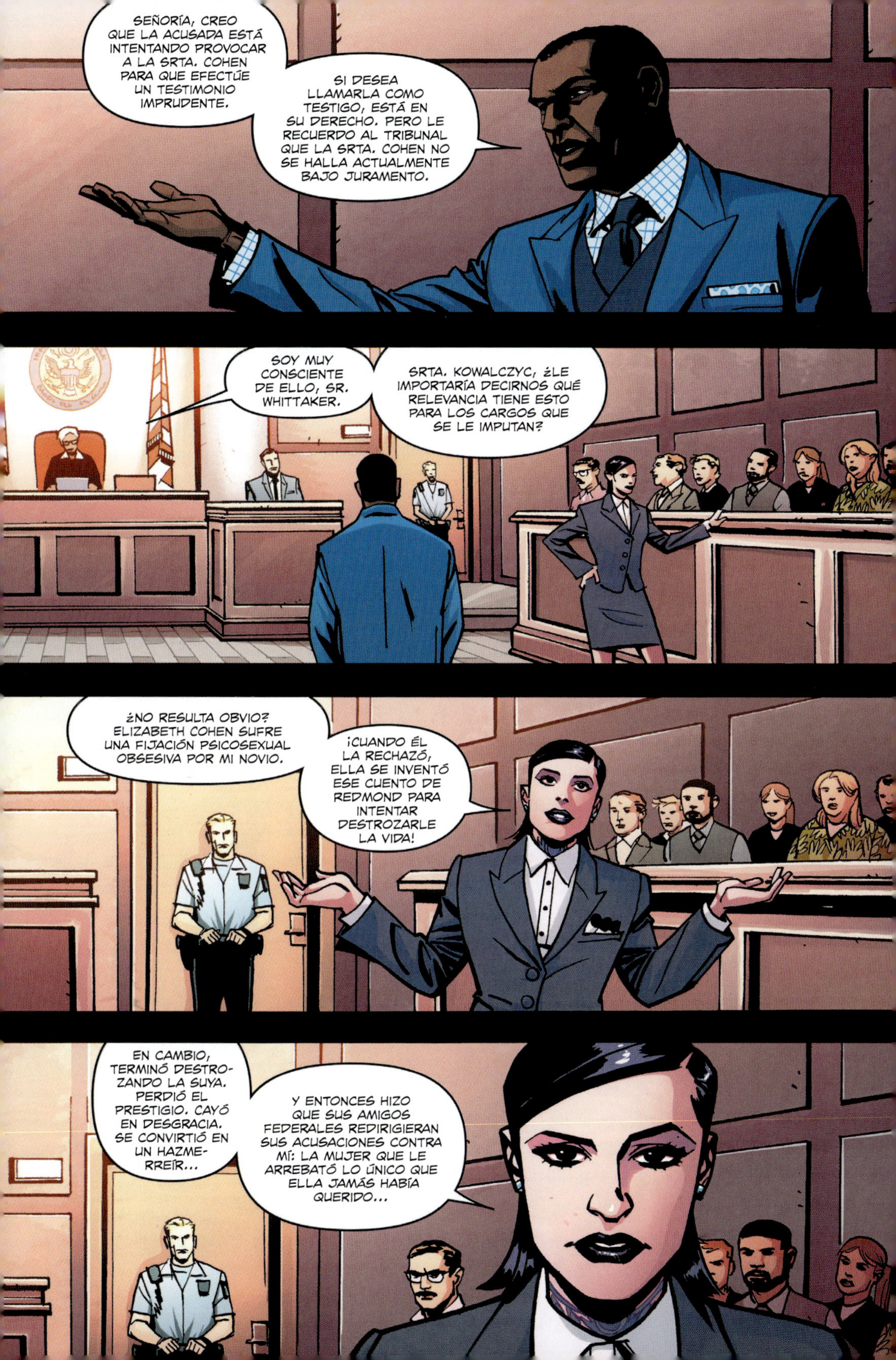
SEÑORÍA, CREO QUE LA ACUSADA ESTÁ INTENTANDO PROVOCAR A LA SRTA. COHEN PARA QUE EFECTÚE UN TESTIMONIO IMPRUDENTE.
SI DESEA LLAMARLA COMO TESTIGO, ESTÁ EN SU DERECHO. PERO LE RECUERDO AL TRIBUNAL QUE LA SRTA. COHEN NO SE HALLA ACTUALMENTE BAJO JURAMENTO.
SOY MUY CONSCIENTE DE ELLO, SR. WHITTAKER.
SRTA. KOWALCZYC, ¿LE IMPORTARÍA DECIRNOS QUÉ RELEVANCIA TIENE ESTO PARA LOS CARGOS QUE SE LE IMPUTAN?
¿NO RESULTA OBVIO? ELIZABETH COHEN SUFRE UNA FIJACIÓN PSICOSEXUAL OBSESIVA POR MI NOVIO.
¡CUANDO ÉL LA RECHAZÓ, ELLA SE INVENTÓ ESE CUENTO DE REDMOND PARA INTENTAR DESTROZARLE LA VIDA!
EN CAMBIO, TERMINÓ DESTROZANDO LA SUYA. PERDIÓ EL PRESTIGIO. CAYÓ EN DESGRACIA. SE CONVIRTIÓ EN UN HAZMERREÍR...
Y ENTONCES HIZO QUE SUS AMIGOS FEDERALES REDIRIGIERAN SUS ACUSACIONES CONTRA MÍ: LA MUJER QUE LE ARREBATÓ LO ÚNICO QUE ELLA JAMÁS HABÍA QUERIDO...

CONRAD PAULSON.
¡SLAM!
CREO QUE ESO LA HA AFECTADO.
APLAZAMOS LA SESIÓN UNA HORA ANTES DE ESCUCHAR EL ALEGATO DE LA FISCALÍA.

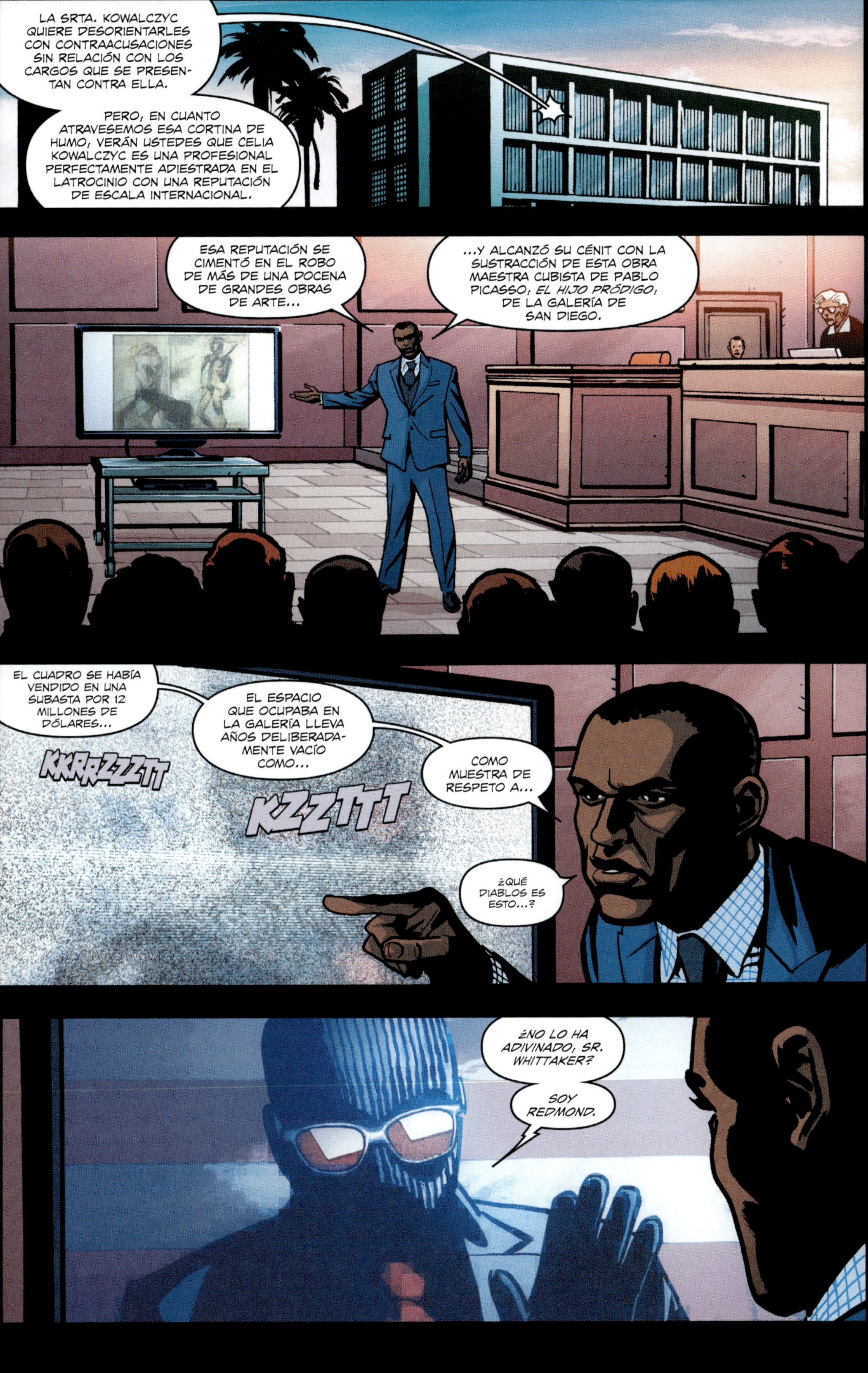
LA SRTA. KOWALCZYC QUIERE DESORIENTARLES CON CONTRAACUSACIONES SIN RELACIÓN CON LOS CARGOS QUE SE PRESENTAN CONTRA ELLA.
PERO, EN CUANTO ATRAVESEMOS ESA CORTINA DE HUMO, VERÁN USTEDES QUE CELIA KOWALCZYC ES UNA PROFESIONAL PERFECTAMENTE ADIESTRADA EN EL LATROCINIO CON UNA REPUTACIÓN DE ESCALA INTERNACIONAL.
ESA REPUTACIÓN SE CIMENTÓ EN EL ROBO DE MÁS DE UNA DOCENA DE GRANDES OBRAS DE ARTE...
...Y ALCANZÓ SU CÉNIT CON LA SUSTRACCIÓN DE ESTA OBRA MAESTRA CUBISTA DE PABLO PICASSO, *EL HIJO PRÓDIGO*, DE LA GALERÍA DE SAN DIEGO.
EL CUADRO SE HABÍA VENDIDO EN UNA SUBASTA POR 12 MILLONES DE DÓLARES...
EL ESPACIO QUE OCUPABA EN LA GALERÍA LLEVA AÑOS DELIBERADAMENTE VACÍO COMO...
KKRRZZZTT
KZZTTT
COMO MUESTRA DE RESPETO A...
¿QUÉ DIABLOS ES ESTO...?
¿NO LO HA ADIVINADO, SR. WHITTAKER?
SOY REDMOND.

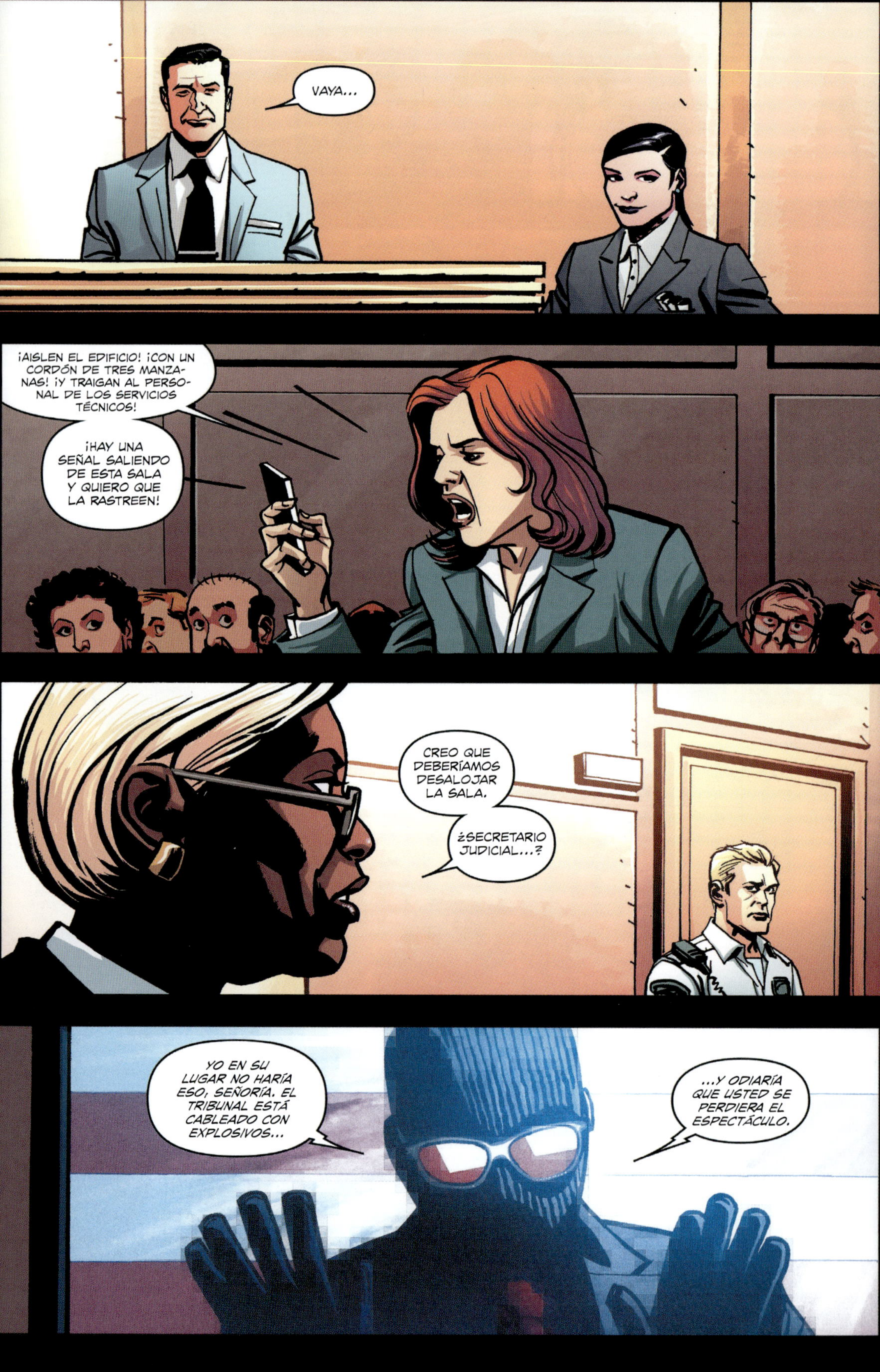
VAYA...
¡AISLEN EL EDIFICIO! ¡CON UN CORDÓN DE TRES MANZANAS! ¡Y TRAIGAN AL PERSONAL DE LOS SERVICIOS TÉCNICOS!
¡HAY UNA SEÑAL SALIENDO DE ESTA SALA Y QUIERO QUE LA RASTREEN!
CREO QUE DEBERÍAMOS DESALOJAR LA SALA.
¿SECRETARIO JUDICIAL...?
YO EN SU LUGAR NO HARÍA ESO, SEÑORÍA. EL TRIBUNAL ESTÁ CABLEADO CON EXPLOSIVOS...
...Y ODIARÍA QUE USTED SE PERDIERA EL ESPECTÁCULO.

¿QUÉ ES LO QUE QUIERES?
QUIERO QUE DEJEN DE ACUSAR A AFICIONADOS DE SER YO.
ES VERGONZOSO. TENGO UNA REPUTACIÓN QUE MANTENER.
Y SIN MÁS DEBERÍAMOS... CREER QUE ERES REDMOND, ¿NO?
SIENDO UN ENMASCARADO.
HAS HACKEADO UN TRIBUNAL DE JUSTICIA. SOLO HACEMOS CASO A LAS PRUEBAS.
ENTONCES, ¿LO QUE ESTÁ DICIENDO ES QUE QUIERE UNA DEMOSTRACIÓN...?
YA ME HE ADELANTADO.
ESO ES LA GALERÍA. ¡LA GALERÍA DE SAN DIEGO!
¡ENVIAD UNIDADES! ¡ENVIADLO TODO! ¡VAMOS!
BUENO, ESTO ES MUY EMOCIONANTE.

¡MMFF...!

¡BING BONG!
LEROY.
ÉL... YO...
A-AQUÍ NO HAY NADIE QUE SE LLAME ASÍ.
REGIS-TRADLO TODO.

¿M-
MAMÁ...?
¿VA USTED
A... ARRES-
TARME?
AÚN
NO LO HE
DECIDIDO.

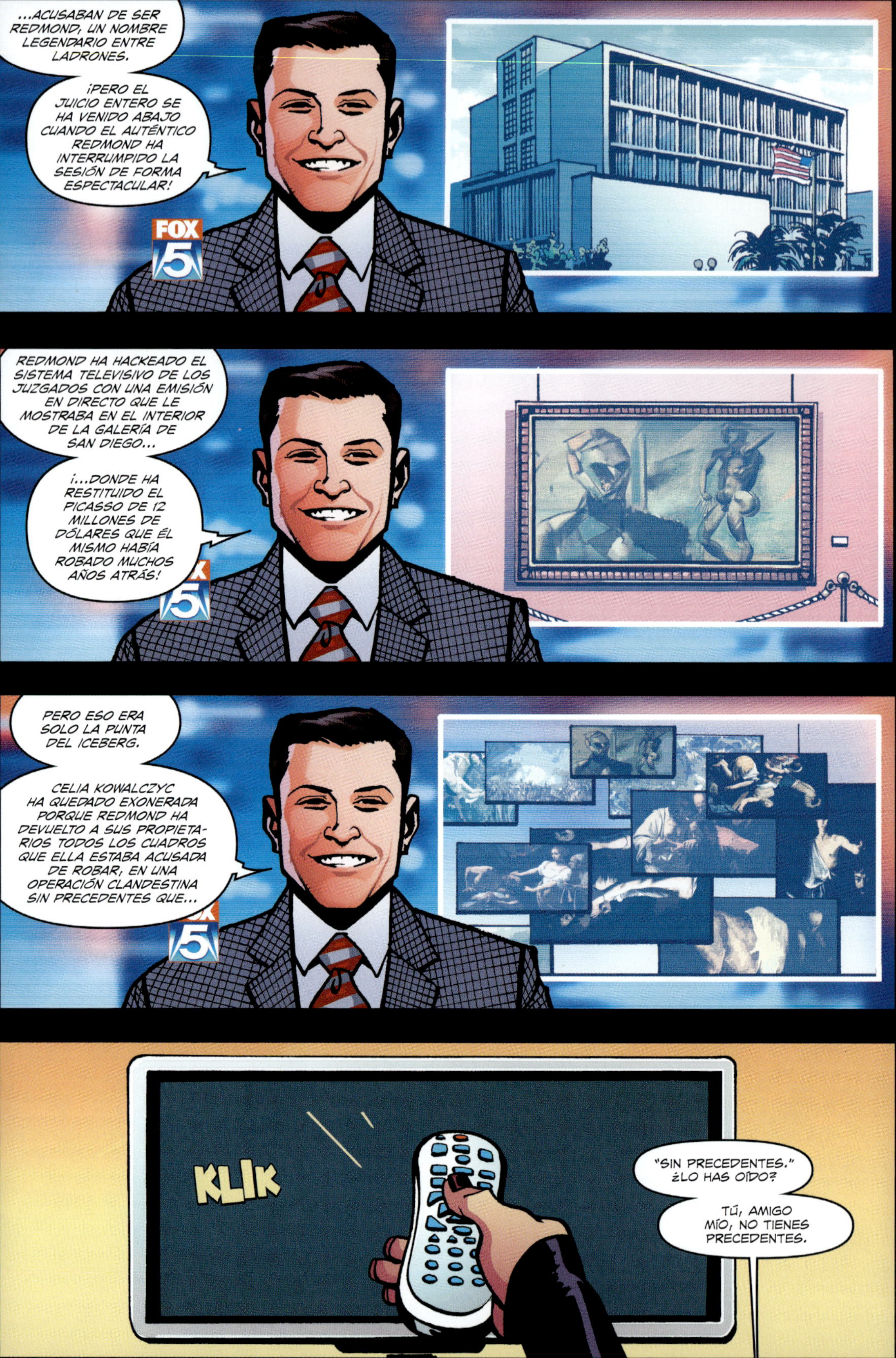
...ACUSABAN DE SER REDMOND, UN NOMBRE LEGENDARIO ENTRE LADRONES.
¡PERO EL JUICIO ENTERO SE HA VENIDO ABAJO CUANDO EL AUTÉNTICO REDMOND HA INTERRUMPIDO LA SESIÓN DE FORMA ESPECTACULAR!
FOX 5
REDMOND HA HACKEADO EL SISTEMA TELEVISIVO DE LOS JUZGADOS CON UNA EMISIÓN EN DIRECTO QUE LE MOSTRABA EN EL INTERIOR DE LA GALERÍA DE SAN DIEGO...
¡...DONDE HA RESTITUIDO EL PICASSO DE 12 MILLONES DE DÓLARES QUE ÉL MISMO HABÍA ROBADO MUCHOS AÑOS ATRÁS!
PERO ESO ERA SOLO LA PUNTA DEL ICEBERG.
CELIA KOWALCZYC HA QUEDADO EXONERADA PORQUE REDMOND HA DEVUELTO A SUS PROPIETARIOS TODOS LOS CUADROS QUE ELLA ESTABA ACUSADA DE ROBAR, EN UNA OPERACIÓN CLANDESTINA SIN PRECEDENTES QUE...
KLIK
"SIN PRECEDENTES." ¿LO HAS OÍDO?
TÚ, AMIGO MÍO, NO TIENES PRECEDENTES.

¿YO? ME HE LIMITADO A ESTAR SENTADO EN LOS JUZGADOS.
NO, TENEMOS QUE ATRIBUIR EL MÉRITO A REDMOND EN PERSONA...
¡POR AUGUSTUS!
DIOS, PAPÁ, DÉJAME EN PAZ. YO SOLO ESTABA... YA SABES...
...CUMPLIENDO ÓRDENES.
NO SEAS MODESTO, HIJO. POCOS HOMBRES EN EL MUNDO PODRÍAN HACER LO QUE HAS HECHO.

ME ALEGRO DE QUE ESTÉS CONTENTO.
Y YO DE NO ESTAR EN LA CÁRCEL.
MIRAD, ESPERO QUE DISFRUTÉIS DE LA VICTORIA O LO QUE SEA. ME VOY ARRIBA.
¿NO VAS A CELEBRARLO CON TU VIEJO? CREÍA QUE ESTO ERA LO QUE SIEMPRE HABÍAS QUERIDO, ¿NO?
...
CLARO, PAPÁ. ES QUE ESTOY CANSADO.
BUENAS NOCHES.
EL CHICO ES UN PESO PLUMA.
Y TÚ UN ALCOHÓLICO FUNCIONAL. ¿QUIERES NO AGOBIARLE TANTO?
¿UN... QUÉ?
CALMA, ESTÁS EN BUENA COMPAÑÍA PARA SERLO.
PERO APUESTO A QUE NO PROBASTE UNA GOTA MIENTRAS ESTABAS ROBANDO DE NUEVO ESOS CUADROS PARA QUE AUG LOS DEVOLVIERA, ¿EH?
NO.

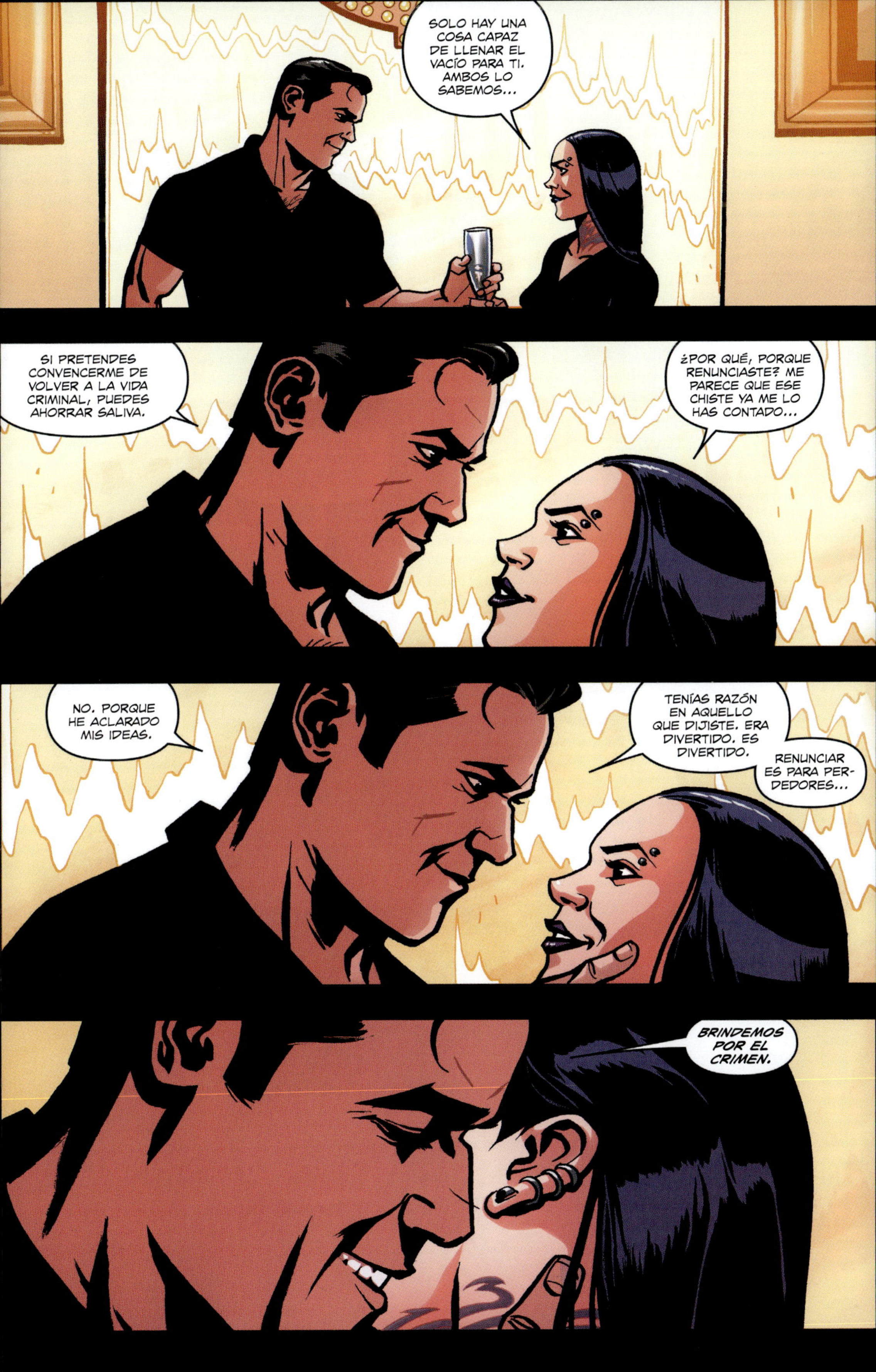
SOLO HAY UNA COSA CAPAZ DE LLENAR EL VACÍO PARA TI. AMBOS LO SABEMOS...
SI PRETENDES CONVENCERME DE VOLVER A LA VIDA CRIMINAL, PUEDES AHORRAR SALIVA.
¿POR QUÉ, PORQUE RENUNCIASTE? ME PARECE QUE ESE CHISTE YA ME LO HAS CONTADO...
NO. PORQUE HE ACLARADO MIS IDEAS.
TENÍAS RAZÓN EN AQUELLO QUE DIJISTE. ERA DIVERTIDO. ES DIVERTIDO.
RENUNCIAR ES PARA PERDEDORES...
BRINDEMOS POR EL CRIMEN.

¡AH! HOLA, LEROY. ¿QUÉ PASA? ¿NO PUEDES DORMIR...?
MAMÁ NO DEJA DE GRITAR. NO ME GUSTA CUANDO SE PONE A GRITAR ASÍ.
ESTÁ EMOCIONADA POR HABERTE RECUPERADO.
VAMOS. TE ACOMPAÑO A LA CAMA. Y LUEGO, MAÑANA, TENDRÁS A MAMÁ SOLO PARA TI.
POR UN DÍA O ESO. Y LUEGO VOLVERÁ A IRSE, COMO SIEMPRE.

...
BUENO, TU MADRE TIENE QUE TRABAJAR. PERO SABES QUE TE QUIERE MÁS QUE NADA EN EL MUNDO, ¿VERDAD?
ESO CREO. A VECES ME ENVÍA JUGUETES. SON MUY GRANDES. PERO...
PERO TÚ PREFERIRÍAS QUE ELLA ESTUVIERA AQUÍ.
SÍ...
SÉ CÓMO TE SIENTES, GRANDULLÓN. Y ES UN ASCO. PERO QUIERO QUE TENGAS CLARO...

...QUE ESTOY A TU LADO.

CAPÍTULO SEIS

LA FIEBRE DEL ORO

MONTANA (EE.UU.).
TENÍAS RAZÓN EN LO DE LAS VISTAS, VIKTOR...
YA VEO POR QUÉ HAS COMPRADO LA MONTAÑA.
¿LA MONTAÑA? HE COMPRADO LA CORDILLERA ENTERA. TODO LO QUE PUEDES VER.
¿Y ESE PUEBLECITO TAN FEO, AHÍ ABAJO, JUNTO AL LAGO...?
VOY A HACER QUE LO QUITEN.

¿Y QUÉ HAY DE LA FIEBRE DEL ORO? ¿SE HA CONFIRMADO...?
EL SR. BLAND HA COMPROBADO EN PERSONA EL ADN. EL CADÁVER ES KOSTAKOVITCH.
HMMFF. DEBEMOS ASUMIR QUE SUS SECRETOS MURIERON CON ÉL.
PLAN B, PUES.
EL PLAN B SIEMPRE HA SIDO ALGO DESESPERADO...
SI NO QUIERES PARTICIPAR, HERMANO PEQUEÑO, ME QUEDARÉ EL BOTÍN CON MUCHO GUSTO.
NUNCA HE DICHO ESO, MAXIM.
Y AUNQUE SEA IMPOSIBLE, AL MENOS PUEDE SERVIR PARA DISTRAERNOS, ¿VERDAD?

¿PROPONES UNA APUESTA? ¿MI HOMBRE CONTRA EL TUYO?
O MUJER. EL SR. BLAND HA REDUCIDO LA LISTA A TRES...
EL ESPAÑOL. LA BRITÁNICA. Y EL AMERICANO.
TRES LA-DRONES...
NO OBSTANTE, CREÍA QUE EL AMERICANO SE HABÍA RETIRADO.
ÉL TAMBIÉN. PERO SU PERFIL PSICOLÓGICO DICE LO CONTRARIO.
ES EL EGO LO QUE LE GUÍA...

ABU DABI (EAU).
"NO PUEDE EVITARLO."
¡QUIETO!
EXCELENTE TIEMPO DE REACCIÓN, CABALLEROS. SU JEFE NO LES PAGA LO SUFICIENTE.
PONIENDO LAS PIEZAS EN SU SITIO.

POR SUPUESTO, DESPUÉS DE LO DE HOY, LO MÁS SEGURO ES QUE DEJE DE SER SU JEFE.
VERÁN, NO SOLO ESTOY A PUNTO DE ESCAPAR CON ESTA MÁSCARA MORTUORIA, SINO QUE MAÑANA USTEDES NO SERÁN CAPACES NI DE RECORDAR MI ASPECTO.
NO SE LO TOMEN COMO ALGO PERSONAL. EN REALIDAD NO PODRÍAN HABER HECHO PRÁCTICAMENTE NADA.
¡SUELTA LA MÁSCARA Y TÚMBATE BOCABAJO CONTRA EL SUELO! ¡YA!
BÚSQUENLA EN EL MUSEO DE EL CAIRO. DE DONDE LA ROBÓ SU JEFE.
LA DEVOLVERÉ A SU LUGAR LO ANTES POSIBLE. AUNQUE, CLARO, PRIMERO TENDRÉ QUE COLARME ALLÍ...

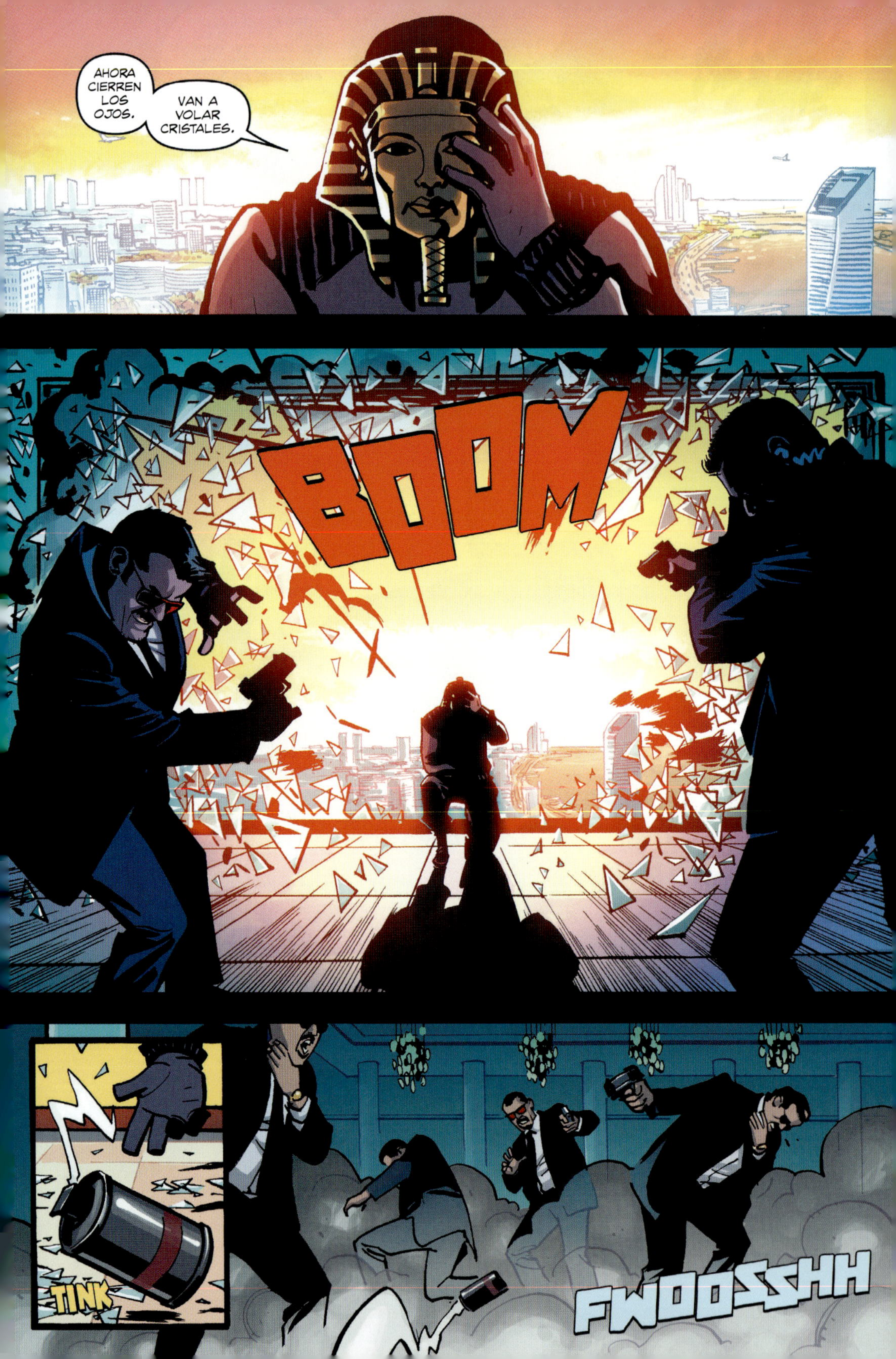
AHORA CIERREN LOS OJOS.
VAN A VOLAR CRISTALES.
BOOM
TINK
FWOOSSHH

¡ALTO! O TE...
TE...
SI DE REPENTE SE ENCUENTRAN USTEDES SIN EMPLEO, EL DIRECTOR DE ANTIGÜEDADES DE EL CAIRO ES SAMIR HALABI.
ESTARÁ BUSCANDO PERSONAL MOTIVADO.
¡BUENA SUERTE!

¿SABES QUÉ? SE ME OCURRE...
...Y NO ES LA PRIMERA VEZ QUE ME PASA TRABA-JANDO...
...QUE UN PARACAÍDAS QUIZÁ NO FUESE MALA IDEA.
YA LO HABÍAMOS HABLADO, CONRAD. NO HABRÍA ENCAJADO EN ESE CONDUCTO POR EL QUE HAS TENIDO QUE ARRASTRARTE.
PODRÍA HABERLO... EMPUJADO... POR DELANTE DE MÍ.
¿Y ESPERAR QUE LOS VIGILAN-TES ARMADOS TE DEJARAN PONÉR-TELO MIENTRAS SE QUEDABAN MIRANDO?
QUÉ VA.
ESTO ES MUCHO MEJOR.
FWUMP

¿SEGUIRÍAS DICIENDO ESO... SI TÚ ESTUVIERAS AQUÍ ARRIBA... Y YO ALLÍ ABAJO...?
PENSABA QUE HABÍAMOS ACORDADO... QUE ESTO SERÍA... UNA ASOCIACIÓN ENTRE IGUALES...
¡Y LO ES! YO HAGO DE SUPER-VISORA.
AJÁ.
YA VEO EL BARCO...
LO QUE NO VEO... ¡ES UN PUNTO DE ATERRIZAJE SEGURO!
AH, SÍ, RESPECTO A ESO...
¡ESTOY TRABAJANDO EN ELLO!
¿PODRÍAS TRABAJAR... UN POCO MÁS DEPRISA?
SI CAIGO EN EL AGUA... ¡SERÁ COMO ESTAM-PARME CONTRA UNA PARED!
PROBLEMAS TÉCNICOS. POR FAVOR, ESPERE.

¿ESPERAR? CELIA, NO ES QUE ESTE TRASTO TENGA FRENOS...
¡CÍÑETE AL PLAN! ¡ESTÁ BIEN! ¡VAMOS BIEN!
WHUNK WHUNK
BDEEP
¿NO HABÍAS DICHO...?
CONFÍA EN MÍ.
"ASOCIACIÓN ENTRE IGUALES."
GENIAL.

WHUUMPHHHH

¿CONRAD?
¿CONRAD...?
AH.
JE. ¡JE, JE, JE, JE!
UN PARQUE DE BOLAS.
UN ROBO MILLONARIO Y ME LANZAS A UN PARQUE DE BOLAS PARA NIÑOS.
¡NO HA SIDO CULPA MÍA! ESOS TIPOS DEL CIRCO UCRANIANO CON EL QUE ME PUSISTE EN CONTACTO NUNCA ME CONSIGUIERON LA RED DE SEGURIDAD PARA TRAPECISTAS, ASÍ QUE... ER... YA SABES...
IMPROVISÉ.

NADIE DE-
BE SABERLO
JAMÁS.
MIS LA-
BIOS ESTÁN
SELLADOS.
MALDICIÓN.
TENDRÉ QUE
VER QUÉ HAGO
AL RESPEC-
TO...
¡AAAHH...!

RECLUTANDO A LOS JUGADORES.
POP
"DICEN QUE ESTO NO ES NUESTRO Y DEMOSTRAMOS QUE SE EQUIVOCAN."
TÚ ME LO ENSEÑASTE.
HACE MUCHO, SIN DUDA. HA HABIDO UN MONTÓN DE CAMBIOS DESDE ENTONCES...
ESPERA... ¿QUÉ? CREÍA QUE HABÍAMOS VUELTO. TIEMPOS DIVERTIDOS, ¿RECUERDAS?
EL ASUNTO SE PUSO FEO. AUN ASÍ, LIBRARME DE TODO ELLO HIZO QUE ME REPLANTEARA CIERTAS COSAS...
CALMA, NO ESTOY HABLANDO DE RENUNCIAR DE NUEVO. AQUELLO ERA... OTRA ÉPOCA. OTRO YO.
AY, TÍO...
OYE, PUEDO CON LAS ÑOÑERÍAS. PERO, POR FAVOR, NO TE ME PONGAS FILOSÓFICO, ¿VALE?

DE ACUERDO. DECLARACIÓN DE INTENCIONES. LA PROPIEDAD ES ROBO, EL ROBO ES PROPIEDAD.
TAMPOCO ES QUE NOS HAGA FALTA EL DINERO. PERO SOMOS DEMASIADO BUENOS PARA CUALQUIER OTRA COSA...
ASÍ QUE, A PARTIR DE ESTE MOMENTO, SOLO ROBAREMOS A LADRONES.
¿DE ESO IBA ESTE GOLPE? ¿DE PRONTO TIENES UNA CRISIS MORAL Y TE CONVIERTES EN ROBIN HOOD?
NO NOS VOLVAMOS LOCOS.
PERO ¿DECÍAS EN SERIO LO DE DEVOLVER LA MÁSCARA AL MUSEO...?
CONRAD, SABRÁN QUE VAS A IR. LOS HAS AVISADO.
SIN RETOS NO HAY DIVERSIÓN.
MIRA, REDMOND ES UNA MARCA, NO UNA ONG. NO ESTOY DICIENDO QUE NO SAQUEMOS BENEFICIOS DE AHORA EN ADELANTE.
AMÉN A ESO.
KLINK

Y LO MEJOR DE TODO ES QUE, DESDE LA ÚLTIMA HUMILLACIÓN DEL FBI, SOMOS BÁSICAMENTE INTOCAB...
CONRAD PAULSON.
¿O PREFIERE QUE LE LLAME REDMOND?
ME HA CONFUNDIDO USTED CON OTRA PERSONA.
TENIENDO EN CUENTA LOS RECURSOS QUE MIS PATRONES HAN DEDICADO A LOCALIZARLE, ME SORPRENDERÍA MUCHO QUE FUERA EL CASO.
AUN ASÍ, RESPETO SU PREFERENCIA POR LA DISCRECIÓN.
A LO MEJOR PUEDES RESPETAR MI PREFERENCIA POR MANDARTE A TOMAR VIENTO.
¿QUÉ ES LO QUE QUIERE?
¿YO? NADA EN ABSOLUTO. MIS PATRONES, SIN EMBARGO, DESEAN OFRECERLE UNA OPORTUNIDAD.
SR. BLAND
¿DE QUÉ?
DE AVERIGUAR SI ES USTED EN REALIDAD EL HOMBRE QUE CREE SER.

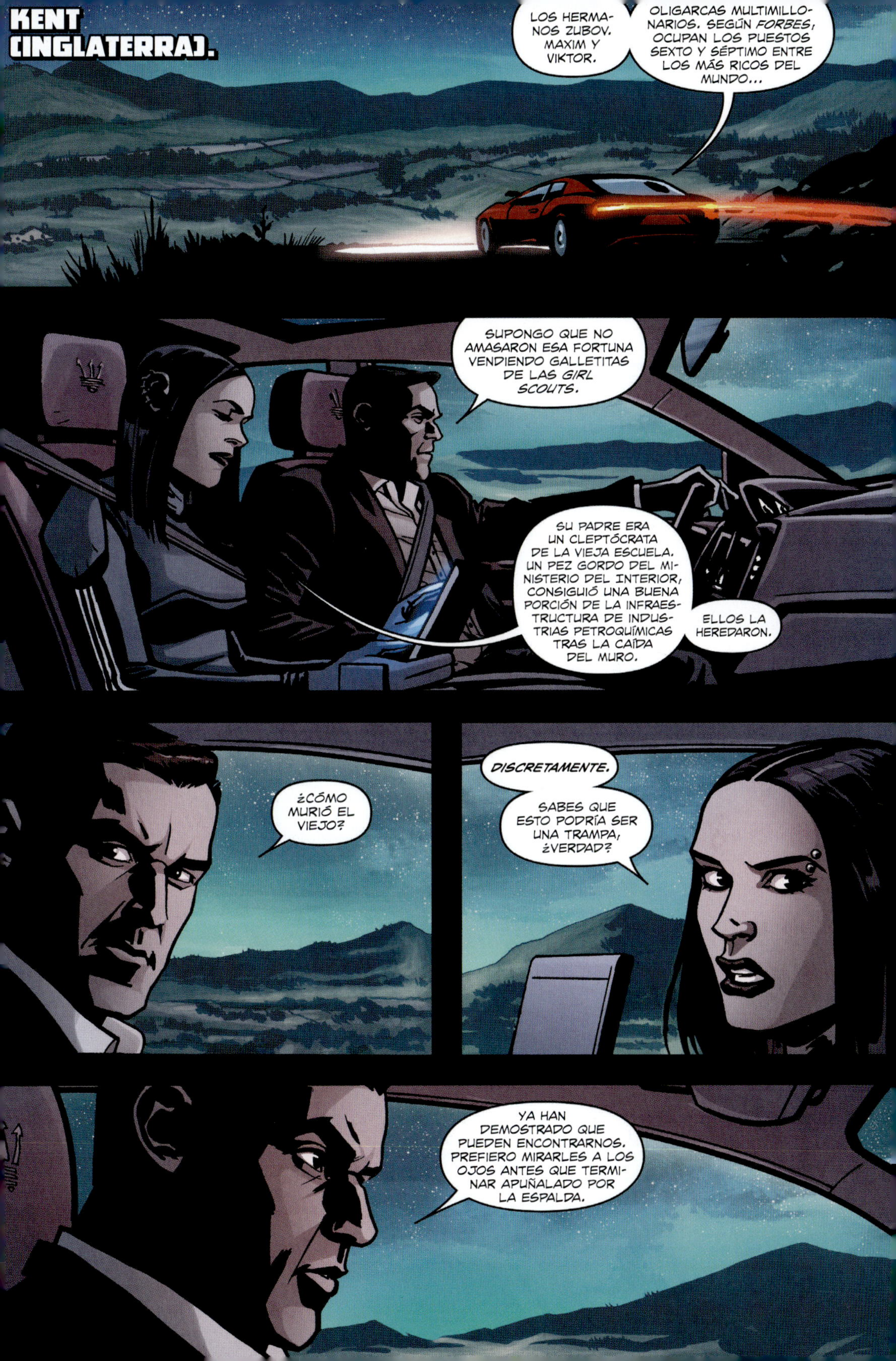
KENT (INGLATERRA).
LOS HERMANOS ZUBOV. MAXIM Y VIKTOR.
OLIGARCAS MULTIMILLONARIOS. SEGÚN *FORBES*, OCUPAN LOS PUESTOS SEXTO Y SÉPTIMO ENTRE LOS MÁS RICOS DEL MUNDO...
SUPONGO QUE NO AMASARON ESA FORTUNA VENDIENDO GALLETITAS DE LAS *GIRL SCOUTS*.
SU PADRE ERA UN CLEPTÓCRATA DE LA VIEJA ESCUELA. UN PEZ GORDO DEL MINISTERIO DEL INTERIOR, CONSIGUIÓ UNA BUENA PORCIÓN DE LA INFRAESTRUCTURA DE INDUSTRIAS PETROQUÍMICAS TRAS LA CAÍDA DEL MURO.
ELLOS LA HEREDARON.
¿CÓMO MURIÓ EL VIEJO?
DISCRETAMENTE.
SABES QUE ESTO PODRÍA SER UNA TRAMPA, ¿VERDAD?
YA HAN DEMOSTRADO QUE PUEDEN ENCONTRARNOS. PREFIERO MIRARLES A LOS OJOS ANTES QUE TERMINAR APUÑALADO POR LA ESPALDA.

DÉJAME AQUÍ FUERA. YO CUBRIRÉ TU POSICIÓN.
SIGNIFICA "TE MIRARÉ EL CULETE" EN JERGA MILITAR.
SI NO SALGO ANTES DE TRES HORAS, VÉNGAME.
¿ESTÁS DE COÑA? ME LARGARÉ EN PRIMERA CLASE.

SR. PAULSON. ME ALEGRO DE QUE HAYA PODIDO VENIR.
CREO QUE YA CONOCE A LOS DEMÁS...
...POR SU REPUTACIÓN.
FAUSTO DELGADO. EL ESPAÑOL.
¡REDMOND! ME ENCANTA TU TRABAJO, TÍO. ME ENCANTA. ERES UN VERDADERO ARTISTA, ¿SABES?
SALLY PIKE. LA BRITÁNICA.
POR FIN. ¿YA PODEMOS EMPEZAR? TANTA ESPERA ME ESTÁ JODIENDO LA PUTA CABEZA.
CONRAD PAULSON, ALIAS: REDMOND. EL AMERICANO.
ME PARECE QUE HA HABIDO UN MALENTENDIDO.
YO YA TENGO UNA SOCIA, NO TRABAJO A SUELDO NI DESDE LUEGO PARTICIPO EN AUDICIONES.

TAN SOLO PIDO UNOS INSTANTES DE SU VALIOSO TIEMPO.
PRÉSTENME ATENCIÓN.
¿CUÁL ES SU PROPUESTA EXACTAMENTE...?
LO IMPOSIBLE.
EL VIAJE A LA LUNA DEL CRIMEN INTERNACIONAL...
¡...Y LA OPORTUNIDAD DE DEMOSTRAR, DE UNA VEZ POR TODAS, CUÁL DE USTEDES ES EL MEJOR LADRÓN DEL MUNDO!

FAUSTO DELGADO DESCIFRÓ LOS PRINCIPALES SISTEMAS INFORMÁTICOS DEL BANCO MUNDIAL Y REINICIÓ LA DEUDA PÚBLICA NACIONAL ESPAÑOLA, ALGO QUE SOLO PUEDE CONSIDERARSE UNO DE LOS MAYORES HACKEOS DE TODOS LOS TIEMPOS.
PRESENTANDO A LOS JUGADORES.
¿"UNO DE..."?
SALLY PIKE ROBÓ LA CORONA DE INGLATERRA Y LA SUSTITUYÓ POR UNA RÉPLICA PERFECTA. HASTA LA FECHA, NADIE SE HA DADO CUENTA.
NADIE QUE IMPORTE, AL MENOS.
TENGO QUE DECIR QUE, SI ESTO ES ALGUNA CLASE DE INCENTIVO, LO ESTÁ HACIENDO COMO EL CULO.
Y REDMOND, QUE...
CREO QUE TODOS PODEMOS ASUMIR QUE SABEMOS QUIÉNES SOMOS.

OIGA, NO ME MALINTERPRETE. RESULTA OBVIO QUE USTED SABE RECONOCER EL TALENTO...
PERO A MI BANDA LA ELIJO YO.
¿"BANDA"? ¿QUÉ TE HACE PENSAR QUE YO TRABAJARÍA PARA TI?
JODER, COLEGA, A VER SI NO NOS LO TENEMOS TAN CREÍDO...
SÍ, NO, EL CASO ES QUE YO TRABAJO SOLO. SIN ÁNIMO DE OFENDER...
DISCULPEN.
A PESAR DE MI CRITERIO OPUESTO, HE PERMITIDO QUE MI HERMANO SEA EL QUE HABLE. ESTÁ ACOSTUMBRADO A DIRIGIRSE A SUBORDINADOS... Y USTEDES SON CUALQUIER COSA EXCEPTO ESO.
SON LA ÉLITE.

CONSIDEREN ESTA CASA UNA VILLA OLÍMPICA. VERÁN, NO LES HEMOS TRAÍDO AQUÍ PARA QUE COLABOREN...
LES HEMOS TRAÍDO PARA OFRECERLES LA OPORTUNIDAD DE DEMOSTRAR SUS APTITUDES. UNOS CONTRA OTROS.
¿QUIEREN QUE COMPITAMOS?
SERÁ FÁCIL.
LOS TRES YA SON RICOS.
POSEEN HABILIDADES, RECURSOS Y REPUTACIONES SIN PARANGÓN EN EL ÁMBITO DEL CRIMEN INTERNACIONAL...
Y AUNQUE IMAGINO QUE NINGUNO DE USTEDES NECESITARÁ LOS 100 MILLONES DE DÓLARES AMERICANOS QUE MI HERMANO Y YO APORTAMOS A MODO DE PREMIO...
...TAMPOCO LES IRÍAN MAL.

MADRE DE DIOS. ESO ES MUCHO DINERO.
UN MOMENTO, YO NUNCA ME HE APUNTADO A ESTA GILIPOLLEZ, EN PLAN *LOS LOCOS DEL CANNONBALL*.
CONSIDÉRENLO UNA CUESTIÓN DE ORGULLO.
QUIEN SALGA GANANDO DE USTEDES HABRÁ DEMOSTRADO SER EL MEJOR LADRÓN DEL PLANETA.
CLARO, AUNQUE ESE SOY YO.
O SEA, NO PRETENDO OFENDER. PERO VAMOS...
OH, POR FAVOR... TÚ NO PODRÍAS ROBAR NI UNA MIRADA DE REOJO.

YA HE OÍDO SUFICIENTE.
GRACIAS POR LA INVITACIÓN, PERO NO ME INTERESA PARTICIPAR EN UNA ESPECIE DE TORNEO INTERNACIONAL DE JODIENDAS.
COMO MÍNIMO SE QUEDARÁ A OÍR NUESTRA PROPUESTA, ¿NO...?
NO. CUANTO MENOS SEPA, MENOS TENDRÁN DE QUÉ PREOCUPARSE.
Y AHORA, SI ME DISCULPAN...

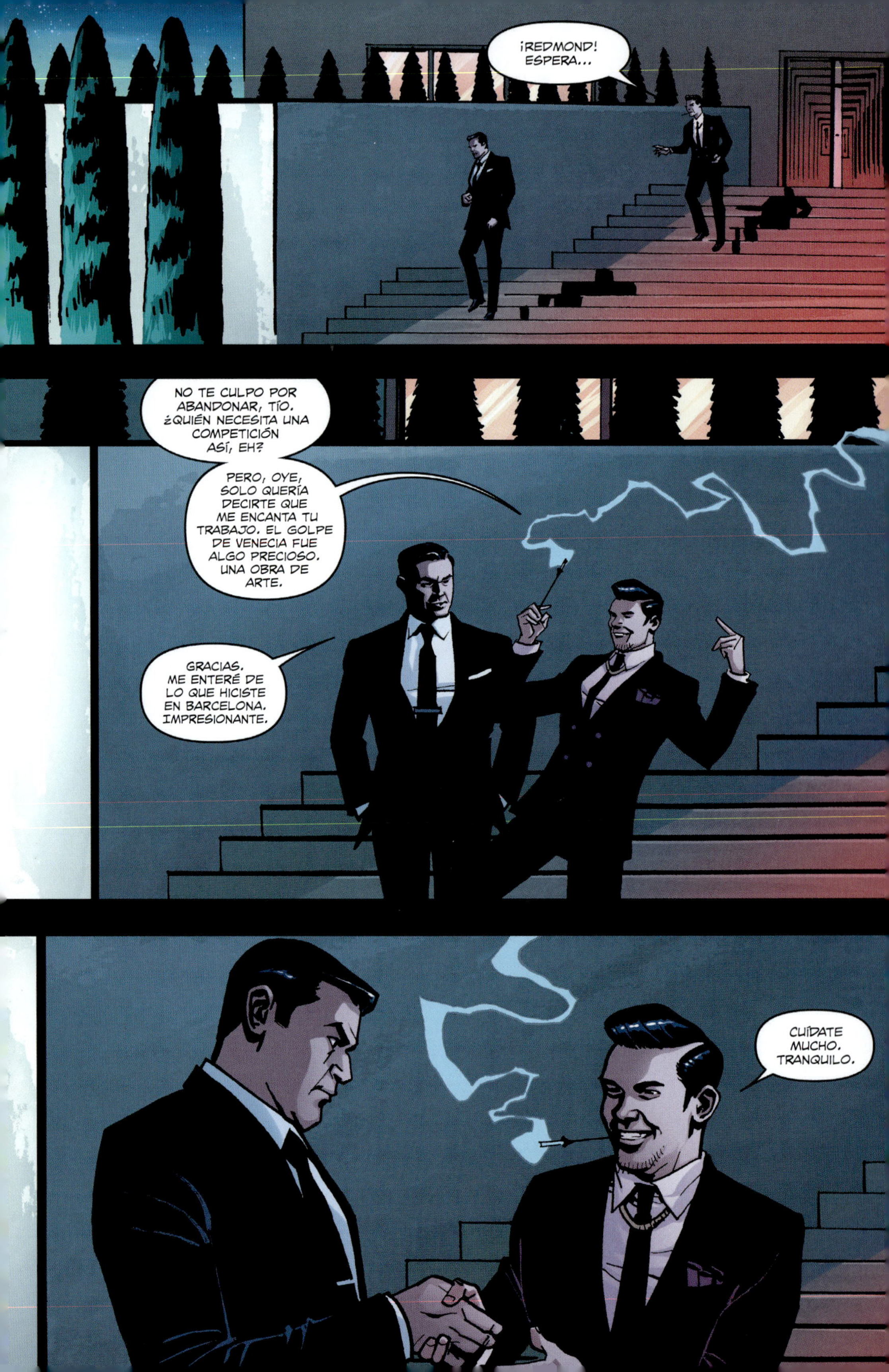
¡REDMOND! ESPERA...
NO TE CULPO POR ABANDONAR, TÍO. ¿QUIÉN NECESITA UNA COMPETICIÓN ASÍ, EH?
PERO, OYE, SOLO QUERÍA DECIRTE QUE ME ENCANTA TU TRABAJO. EL GOLPE DE VENECIA FUE ALGO PRECIOSO. UNA OBRA DE ARTE.
GRACIAS. ME ENTERÉ DE LO QUE HICISTE EN BARCELONA. IMPRESIONANTE.
CUÍDATE MUCHO. TRANQUILO.

¿NO?
NO.
LOS HERMANOS ZUBOV HABLABAN DE CORONAR A SU PROPIO REY DE LOS LADRONES. COMO SI EL HONOR FUERA SUYO.
COMO SI NO ESTUVIERAN COMPRÁNDOLO.
ENTONCES, ¿YA HEMOS TERMINADO AQUÍ?
NI POR ASOMO.
CON LOS NÚMEROS QUE MANEJAN, NO PREVEO QUE NOS DEJEN IRNOS DE ROSITAS. DEBERÍAMOS...
MALDITA SEA.
¿QUÉ?

HIJO DE PERRA.
EL ESPAÑOL ME HA BIRLADO LAS LLAVES DEL COCHE.
¡JA...!
OH, CONRAD...
SE ESTÁN RIENDO DE MÍ AHÍ DENTRO.
SIEMPRE PODRÍAS... NO SÉ... ¿LLAMAR A LA PUERTA Y PEDIR AMABLEMENTE QUE TE LAS DEVUELVAN?

TE HABÍA ASIGNADO UNA TAREA, CELIA.
EH, TÓMATELO CON CALMA. PATRULLAS DE DOS HOMBRES POR CUADRANTE, RECORRIDOS DE SIETE MINUTOS. PISTOLA, PORRA, AUDÍFONO.
¿HAY UN PUNTO CIEGO AL NOROESTE?
SÍ, ESO PARECÍA. PERO NO ESTARÁS PENSANDO EN...
PUENTEA EL COCHE Y LLÉVATELO DE VUELTA AL HOTEL. LUEGO ESFÚMATE.
NOS VEREMOS EN EL PISO FRANCO.
¿POR QUÉ? ¿QUÉ ES LO QUE VAS A HACER?
VOY A DEMOSTRARLES QUIÉN ES EL AUTÉNTICO LADRÓN DE LADRONES.

COMETIENDO ALLANAMIENTO... OTRA VEZ.
EQUIPO NORTE, EQUIPO OESTE, UN SENSOR SE HA ACTIVADO EN B-6.
VAMOS A COMPRO-BARLO.

TOK

KZZTT

¿HAY ALGO?
TODO DESPEJADO.
VALE, VOLVED A PATRULLAR.
Y MANTENED LOS OJOS BIEN ABIERTOS. NO QUEREMOS SORPRESAS.
¿NO TE GUSTAN LAS SORPRESAS?
EL ARMA.
POCO A POCO.

GRACIAS. DEBERÍA SER MÁS EFICAZ QUE MI TELÉFONO.
AHORA ESPÓSATE AL RADIADOR.
HIJO DE PUTA POMPOSO. ¿TIENES LA MENOR IDEA DE A QUIÉN ESTÁS J...?
SNIK
¡ULK!
DE ACUERDO. VEAMOS QUÉ PODEMOS VER...

LAS REGLAS.
EVGENY KOSTAKOVITCH. *HACKER.*
SUFRIÓ COACCIONES DEL FSB... EL SERVICIO FEDERAL DE SEGURIDAD RUSO... PARA CREAR UN PROGRAMA LLAMADO "LA FIEBRE DEL ORO".
LA FIEBRE DEL ORO ES UNA CIBERARMA CONCEBIDA CON UN SOLO PROPÓSITO: PROVOCAR EL COLAPSO DE LA BOLSA ESTADOUNIDENSE.
EN MINUTOS, ALGORITMOS AUTÓNOMOS CAPACES DE AUTORREPLICARSE... COMPRANDO Y VENDIENDO ACCIONES EN MILISEGUNDOS... ORIGINARÁN, INFLARÁN Y HARÁN ESTALLAR UNA INMENSA BURBUJA FINANCIERA ARTIFICIAL.
PRIMERO CAERÁ EL MERCADO. LUEGO LOS BANCOS. LA ECONOMÍA SE DERRUMBARÁ. EL DINERO EN EFECTIVO SE VOLVERÁ INÚTIL AL INSTANTE.
DE LA NOCHE A LA MAÑANA, EL CAPITALISMO AMERICANO DEJARÁ DE FUNCIONAR.
Y CUANDO ESO SUCEDA, LA ÚNICA LEY QUE IMPORTARÁ SERÁ LA DE LAS PISTOLAS.

Y ESTÁN DICIENDO QUE ESO ES... ALGO MALO, ¿NO?
¿SI USTEDES TIENEN MILES DE MILLONES EN ACCIONES ESTADOUNIDENSES, AL IGUAL QUE MI HERMANO Y YO?
SÍ, SERÁ ALGO MUY MALO.
UN GENERAL RETIRADO DEL EJÉRCITO RUSO, ANATOLY GURYEV, SE HA APROPIADO DE LA FIEBRE DEL ORO.
NUESTRAS FUENTES INDICAN QUE PRETENDE UTILIZARLA PARA DESTRUIR A SUS RIVALES FINANCIEROS E INCREMENTAR EXPONENCIALMENTE EL VALOR DE SUS PROPIAS ACCIONES, ANTES DE DAR UN GOLPE DE ESTADO EN RUSIA.
POR ESO QUEREMOS QUE USTEDES LA ROBEN.
¿NO SERÍA MÁS SEGURO DESTRUIRLA SIN MÁS?
IGNORAMOS SI ÉL REALIZÓ COPIAS.
EN CUANTO EL CÓDIGO FUENTE QUEDE AISLADO, NUESTROS TÉCNICOS PODRÁN AVERIGUAR CÓMO PROTEGERSE FRENTE A LA FIEBRE DEL ORO.

PERO A USTEDES SOLO LES HARÍA FALTA DAR CON ESE *HACKER*...
YA DIMOS CON ÉL. EN UN LAGO CONGELADO CERCANO A NOVOSIBIRSK.
EL CADÁVER PRESENTABA SEÑALES DE TORTURA.
Y ESE GENERAL GURYEV... SUPONGO QUE NO SE HABRÁ DEJADO LA FIEBRE DEL ORO EN LA MESITA DE NOCHE, ¿VERDAD...?
RESULTA QUE LA GUARDA EN SU CASA.
ENTONCES, ¿PARA QUÉ NOS NECESITAN...?
LA VIVIENDA DE GURYEV ES UN SILO DE MISILES BALÍSTICOS INTERCONTINENTALES REMODELADO Y SUSCEPTIBLE DE RESISTIR UN ATAQUE NUCLEAR DIRECTO.
DISPONE DE SUS PROPIOS SISTEMAS DE SUMINISTRO DE ENERGÍA, CALEFACCIÓN Y RECICLAJE, Y ES CAPAZ DE MANTENER CON VIDA A SUS HABITANTES DURANTE CINCO AÑOS DE AISLAMIENTO DEL MUNDO EXTERIOR.
AH, Y LA ENTRADA DE LA SUPERFICIE ESTÁ CUSTODIADA POR UN EJÉRCITO PRIVADO DE EXMIEMBROS DE LAS FUERZAS ESPECIALES SPETSNAZ. ASESINOS ADIESTRADOS, DEL PRIMERO AL ÚLTIMO.

PARECE QUE ESTÁ CHUPADO.
¿CUÁNDO EMPEZAMOS?

YA LO HEMOS HECHO.

¡REDMOND HA VUELTO A ENTRAR EN LA CASA...!
¡TRAEDLE ANTE MÍ!
¡LA SALA DE COMUNICACIONES...!
¡MMF...!

¿ME ESTÁS DICIENDO QUE HA BURLADO VUESTRA SEGURIDAD, QUE NOS HA HECHO QUEDAR COMO IDIOTAS...?
¿...Y LUEGO SE HA LARGADO OTRA VEZ SIN MÁS?
LO SIENTO, SEÑOR. PARECE HABER DESARMADO AL TÉCNICO DE COMUNICACIONES CON UN... CON UN TELÉFONO, SEÑOR.
ESTÁ DESPEDIDO.
ESTÁS DESPEDIDO.
¡ESTÁIS TODOS DESPEDIDOS!
UN MOMENTO, ¡TENEMOS QUE ENCONTRARLE...!
¿ENCONTRARLE? USTEDES LE INVITARON A VENIR.
¿QUÉ ERA LO QUE ESPERABAN?
SI LES PIDEN A LOS TRES MEJORES LADRONES DEL MUNDO QUE COMPITAN ENTRE SÍ, ESTE ES EL RESULTADO. REDMOND HA EMPEZADO CON VENTAJA, ES TODO.
Y PUEDEN OLVIDARSE DE ENCONTRARLE. YA NO ESTÁ.
ER...
MI COCHE TAMPOCO.

VENTAJA: REDMOND.
♬

¿¡QUÉ QUIERES DECIR CON QUE VAS A POR ELLO!?
REDMOND ES UNA MARCA, CELIA. SE TRATA DE REPUTACIÓN.
PASAPORTE
PASAPORTE
NO ES REPUTACIÓN. ES ORGULLO.
Y LA CATEQUESIS YA ME QUEDA MUY LEJOS, PERO, POR LO QUE RECUERDO, ES PECADO.
TAMBIÉN LO ES ROBAR.

¡ES UN SILO DE MISILES RUSO, CONRAD! AL MENOS CON VENECIA TENÍAMOS FINANCIACIÓN, TIEMPO PARA PREPARARNOS. UNA BANDA...
Y COMO MÍNIMO UNO DE SUS MIEMBROS INTENTÓ MATARTE.
NO. NOS TENEMOS EL UNO AL OTRO.
ENTRAMOS. SALIMOS. SENCILLO.
¿Y POR QUÉ NO SE ENCARGA DE ESTO LA CIA?
POR FAVOR.

THE SHARD (LONDRES).
GRACIAS POR HABER ACCEDIDO A RECIBIRME ENSEGUIDA.
¡NI LO MENCIONE! HAREMOS LO QUE SEA CON TAL DE ACOMODARNOS A LOS DESEOS DEL PRÍNCIPE ABBAR.
TENGO ENTENDIDO QUE LE INTERESA UN COMPLEJO SUBTERRÁNEO...
UN REFUGIO DE LUJO. ESTÁ HACIENDO PLANES A LARGO PLAZO PARA LA CONTINUIDAD DE SU DINASTÍA.
HALL&BURTON
BUENO, ES BÁSICAMENTE EL TIPO DE PROYECTO EN EL QUE NOS ESPECIALIZAMOS AQUÍ, EN HALL & BURTON...
¡AH! POR FAVOR, NO VAYA POR ALLÍ.
¿NO...?
ES NUESTRA ZONA RESTRINGIDA, ¡JA, JA! ESTRICTAMENTE RESERVADA A CLIENTES DEL EJÉRCITO.
POR AQUÍ, SI ES TAN AMABLE...

HABLANDO DE MILITARES, ME DIJERON QUE USTEDES SUPERVISARON EL REACONDICIONAMIENTO DE UN SILO DE MISILES RUSO PARA CONVERTIRLO EN UNA RESIDENCIA DE ALTO STANDING...
ME TEMO QUE NO TENGO LIBERTAD PARA COMENTAR EL TEMA. PERO ¿SERÍA ALGO ASÍ LO QUE USTED MISMO QUERRÍA...?
PFFT
ALGO ASÍ.
VALE, ESTOY EN EL LAVABO PRIVADO DE FIELDS. SE HA QUEDADO FRITO.
TAMPOCO ME EXTRAÑA. NUNCA HAS SIDO MUY ESTIMULANTE COMO CONVERSADOR.
HAY UN ACCESO DE MANTENIMIENTO EN EL MURO NORTE...

UN DÍA CUALQUIERA EN EL TRABAJO.
OTRO DÍA, OTRO CONDUCTO...
LA SEGUNDA A LA IZQUIERDA, LA SEGUNDA A LA DERECHA Y LUEGO RECTO HASTA EL HUECO DEL ASCENSOR.
AH, SÍ... Y MIRA POR DÓNDE PISAS.
NO ME DIGAS.
ACCEDO A LAS CÁMARAS.
BIEN, TENGO CONTACTO VISUAL. EL PASILLO PROTEGIDO PARECE DESPEJADO.
ESTOY FRENTE A LAS PUERTAS. TRUCO LOS CABLES.

ESPERA. ¿Y EL ASCENSOR...?
UH... ¡ACERCÁNDOSE A MÍ!
¡MIERDA! ¡ABRE ESAS PUERTAS!
¡NO RESPONDEN!
BIP BIP BIP.
¡DEPRISA, CONRAD!
¡NNNGH...!

TODO DES-
PEJADO.
ARCHIVO
SNIK
ESTOY
DENTRO.
VALE; LOS
PLANOS DEL SILO
DEBERÍAN CONSTAR
ARCHIVADOS COMO
"PROYECTO RAÍZ
DE ROBLE".
AQUÍ ESTÁN.
COSER Y...
...MIERDA.
¡SORPRESA!

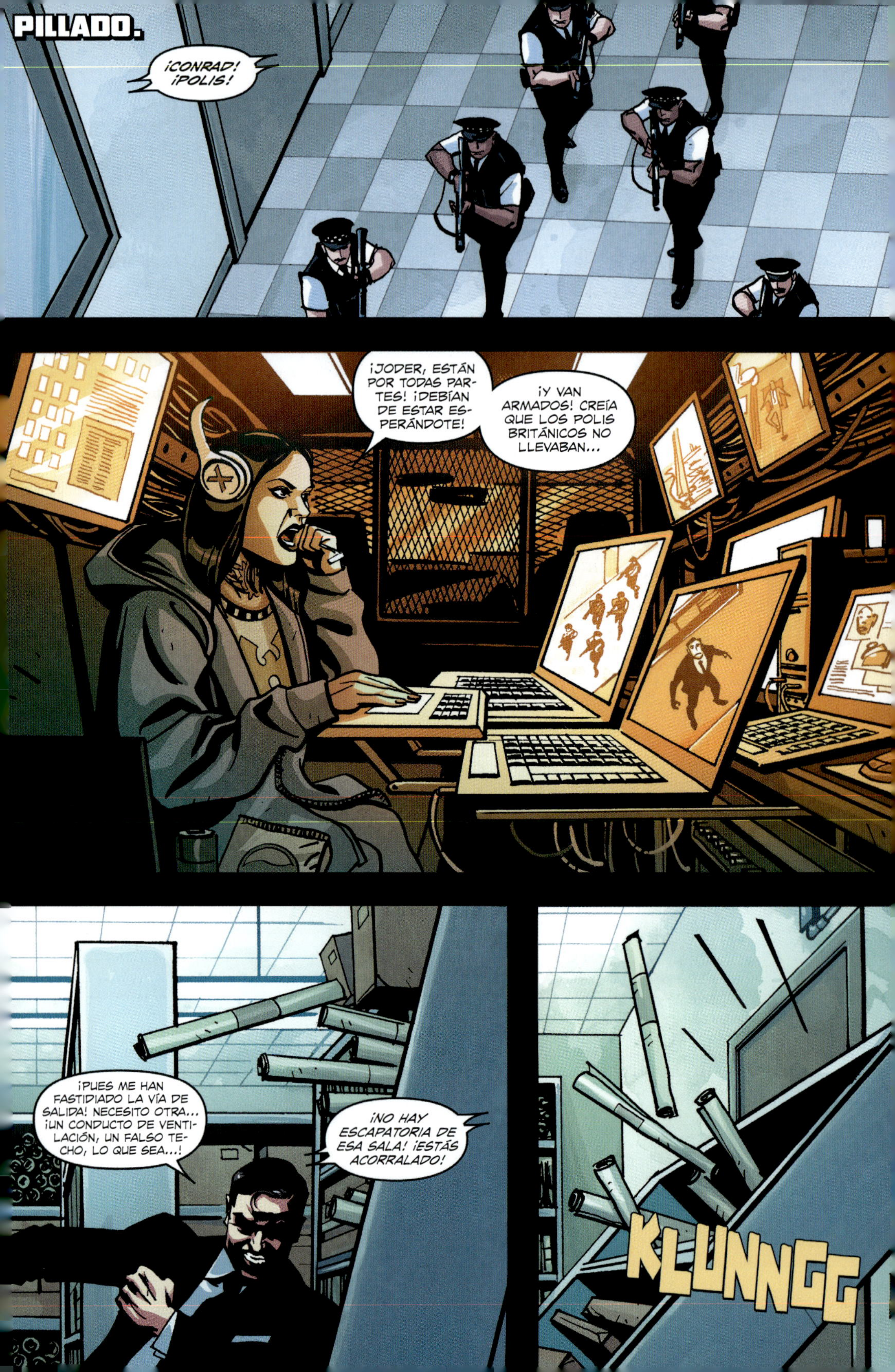
PILLADO.
¡CONRAD! ¡POLIS!
¡JODER, ESTÁN POR TODAS PARTES! ¡DEBÍAN DE ESTAR ESPERÁNDOTE!
¡Y VAN ARMADOS! CREÍA QUE LOS POLIS BRITÁNICOS NO LLEVABAN...
¡PUES ME HAN FASTIDIADO LA VÍA DE SALIDA! NECESITO OTRA... ¡UN CONDUCTO DE VENTILACIÓN, UN FALSO TECHO, LO QUE SEA...!
¡NO HAY ESCAPATORIA DE ESA SALA! ¡ESTÁS ACORRALADO!
KLUNNGG

¡ESTÁ ATRANCADA...!
¡ECHADLA ABAJO!
POLICÍA
¡EL MURO NORTE! ¿LADRILLO O CARTÓN DE YESO?
¡NO TENGO NI IDEA! ¿POR QUÉ...?
POR CURIOSIDAD.
WHUNNCHH

¡HE PASADO AL LADO NORTE!
¡DIME ALGO!
¡AAIIEEE!
¡HAY UNA GRÚA DE MANTENIMIENTO DELANTE DE TI, PERO NUNCA LLEGARÁS AL NIVEL DEL SUELO...!
¡NO VOY AL NIVEL DEL SUELO!

SE... ¡SE HA IDO POR AHÍ!
UNIDAD DE MANTENIMIENTO
POLICÍA
¡CONTROL! ¡EL SOSPECHOSO SE DIRIGE A LA GRÚA DE MANTENIMIENTO DEL EDIFICIO!
LA PLATAFORMA HA BAJADO. ¡SE ESTARÁ ESCONDIENDO EN ELLA!
POLICÍA
VOY A VOLVER A SUBIRLA.
ARMAS PREPARADAS, MUCHACHOS. Y RECORDADLO, ¡TRATAMOS CON UN TERRORISTA MUY PELIGROSO...!

E-ESTÁ VACÍA...
MIERDA, SARGE... ¿CREE QUE HA CAÍDO?
O HA SALTADO.
O SEA, ¿DÓNDE HOSTIAS PODRÍA HABERSE METIDO SI NO...?

CONRAD, POR FAVOR, DIME QUE NO ESTÁS ESCALANDO POR LA FACHADA DEL EDIFICIO.
OJALÁ... PUDIERA...
¡ESTÁS LOCO! ¡ES IMPOSIBLE QUE MEREZCA LA PENA ARRIESGARSE ASÍ...!
¿CONRAD...?
YA... CASI...
¡UNGHH...!
ME ESPERABAN... ESTABAN ESPERÁNDOME... CREEN QUE SOY UN TERRORISTA...
ALGUIEN ME HA TENDIDO UNA TRAMPA... ME HA USADO COMO SEÑUELO...
...Y VOY A AVERIGUAR QUIÉN.

DELANTE DE SUS NARICES.
ESTO ES LO QUE ÉL QUERÍA. LOS PLANOS DE LA REFORMA DEL SILO DE GURYEV.
CREEMOS QUE EL SOSPECHOSO TRABAJA CON SEPARATISTAS CHECHENOS QUE PRETENDEN ATACAR UN SILO EN ACTIVO DOTADO DE UNA ESTRUCTURA SIMILAR...
AGRADECEMOS AL MIG QUE NOS HAYA LLAMADO LA ATENCIÓN SOBRE ESTO. SI PODEMOS HACER ALGO MÁS POR AYUDAR...
YA HAN HECHO UN GRAN SERVICIO A SU PAÍS. PERO LO MEJOR QUE PUEDEN HACER AHORA ES OLVIDAR QUE ESTO HA OCURRIDO.
Y EN CUANTO A LOS PLANOS...
YO LOS MANTENDRÉ A BUEN RECAUDO.
SALLY PIKE.

OH, VAMOS. ¿QUÉ LE PASA A ESTE PUÑETERO TRASTO DE...?
BIP BIP BIP
WHOK

SUTIL.
CON CLASE.
YA ME DOY CUENTA DE LO QUE VE EN TI.
DEJA DE HABLAR Y ESCUCHA.
ME IMPORTA UNA MIERDA ESTA PEQUEÑA COMPETICIÓN VUESTRA, ¿VALE? NO TENGO POLLA QUE MEDIR CON LAS DE OTROS.
PERO SI VUELVES A PONER SU VIDA EN PELIGRO...
TE MATARÉ.

REDMOND EN LO MÁS ALTO.
TIENES LOS PLANOS.
PAN COMIDO.
TÚ HABÍAS IDENTIFICADO A SALLY PIKE EN THE SHARD, YO SOLO TENÍA QUE CUBRIR LAS VIDEOCÁMARAS DE LAS SALIDAS. SEGUIRLA HASTA SU COCHE.
LO JURO, ESTOS NUEVOS MODELOS SON TAN FÁCILES DE HACKEAR QUE ES UN CRIMEN.
THUNK

LO ANALÓGICO TIENE SUS VENTAJAS.
SÍ.
SÍ.
PUES NO ESTÁS CELEBRANDO LA VICTORIA CON UN BAILE PRECISAMENTE. ¿VAMOS BIEN...?
ELLA ME HA USADO COMO SEÑUELO. POR SU CULPA, LA INTELIGENCIA BRITÁNICA ME CONSIDERA UN TERRORISTA.
ESO NO ES...
¿...QUÉ? ¿JUGAR LIMPIO?
¿DESDE CUÁNDO JUGAMOS LIMPIO? SOMOS LADRONES.
HAY UNA LÍNEA, CELIA.

TIK
OH, VA-MOS...
¿AHORA QUÉ?
NO ARRANCA.
THOK
KRNNNK

COMO DICES, AMIGO... ¡LO ANALÓGICO TIENE SUS VENTAJAS!
¡MUCHAS GRACIAS!
FAUSTO EN LO MÁS ALTO.
¡FAUSTO!
¡TAMBIÉN HA BLOQUEADO LAS PUERTAS!
¡HIJO DE...!
¡CALMA! NO PASA NADA, QUE SE LO LLEVE...
SKASSHH

CONRAD, ¡ESPERA UN SEGUNDO! ¡NO HACE FALTA QUE NOS...!
¡HASTA LUEGO, AMIGO!
SCREEEEE
SKASSHH
MALDITA SEA, CONRAD, ¿QUIERES PARAR UN SEGUNDO Y ESCUCHARME...?
SPPKK

SKRRRREEEEEE
LMW 281F
VALE.
LMW 281F

SKRREEEEK...
ASOCIACIÓN ENTRE IGUALES.
¿RECUERDAS?

COMO INTENTABA DECIR, NO TE HACEN FALTA LOS PLANOS. YA LOS HE FOTOGRAFIADO.
ASÍ QUE EN REALIDAD NO IMPORTA QUE FAUSTO DELGADO SE LOS LLEVE, ¿EH?
A MÍ ME IMPORTA.
BIEN.
COMO QUIERAS.
HAGAMOS LO DE LA PERSE- CUCIÓN.
KLIK
SÍ, HAGAMOS LO DE LA PERSECUCIÓN.
SKRRANNG

EL VEHÍCULO DEL SOSPECHOSO SE DIRIGE AL ESTE, HACIA LAS OBRAS DEL TÚNEL DE CROSSRAIL...
...UNAS HORAS EN LA CIUDAD, ¿TE APETECE QUE NOS VEAMOS?
CLARO, NENA. DEJA QUE TERMINE CON ESTO Y TE...
¡KRSH!
THE MINORIES

SKKRANNGG
WHUNNCEHH

¡CUI-
DADO!

SKRRRREEEE...
SHRRANNNNGGG
WHUNNNCH

DESPERDICIO.

HNNGH...
¿D-DÓNDE...?
¡CELIA!
¡NO PASA NADA! ESTOY BIEN...
FAUSTO NOS HA SACADO.
ÉL... ¿HA VUELTO A POR NOSOTROS?

ESTO DEBERÍA SER UNA COMPETICIÓN DIVERTIDA, TÍO.
NO ME APUNTÉ PARA VEROS MORIR EN UN INCENDIO.
PERO SIGUES DETRÁS DE LA FIEBRE DEL ORO.
CLARO. PERO ESO NO SIGNIFICA QUE TENGA QUE SER UN CAPULLO.
NO MERECE LA PENA MATAR POR ELLO. NI MORIR.
TAL VEZ ALGUIEN DEBERÍA DECÍRSELO A SALLY PIKE...

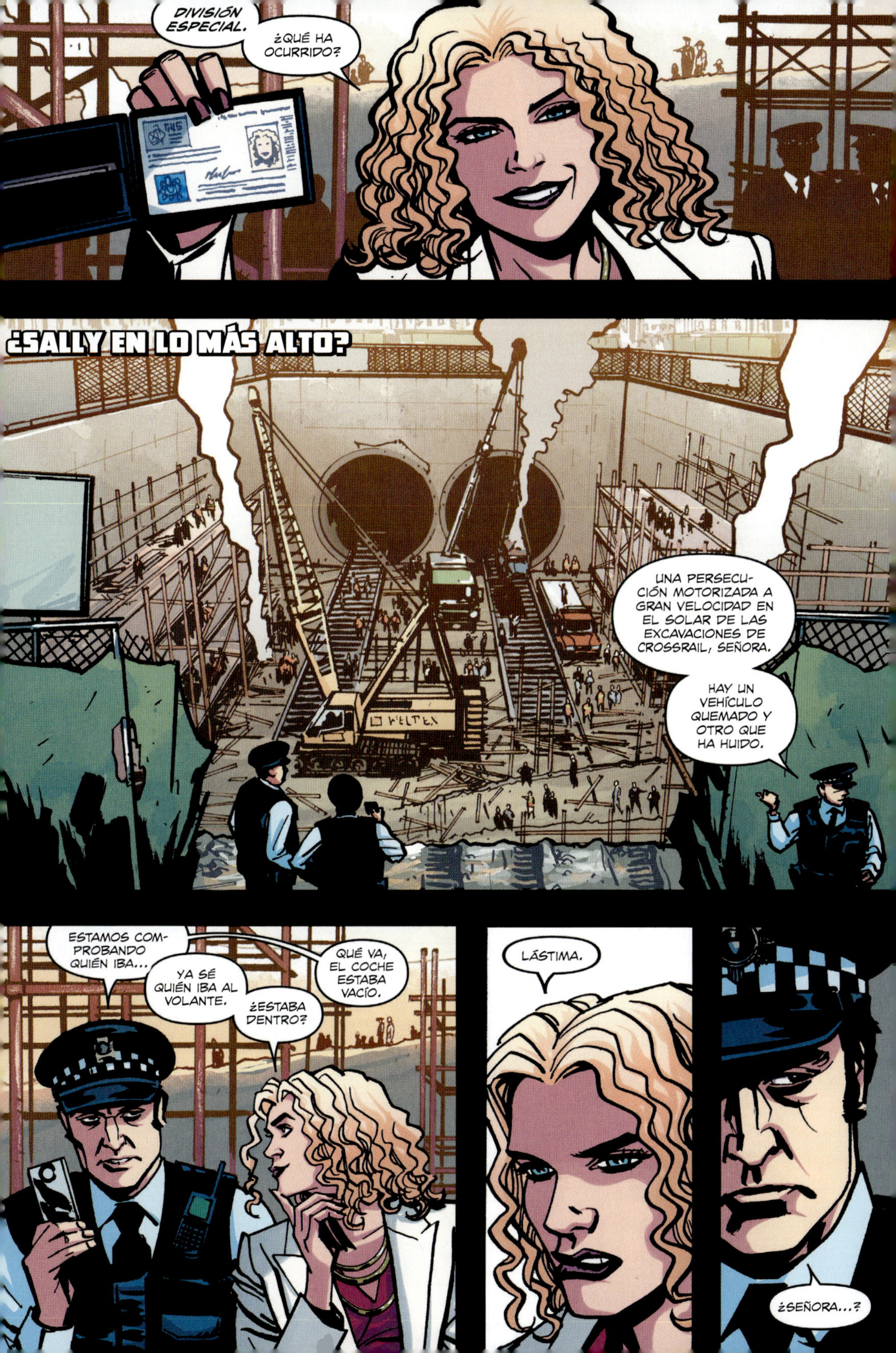

DIVISIÓN ESPECIAL.
¿QUÉ HA OCURRIDO?
¿SALLY EN LO MÁS ALTO?
UNA PERSECUCIÓN MOTORIZADA A GRAN VELOCIDAD EN EL SOLAR DE LAS EXCAVACIONES DE CROSSRAIL, SEÑORA.
HAY UN VEHÍCULO QUEMADO Y OTRO QUE HA HUIDO.
ESTAMOS COMPROBANDO QUIÉN IBA...
YA SÉ QUIÉN IBA AL VOLANTE.
¿ESTABA DENTRO?
QUÉ VA, EL COCHE ESTABA VACÍO.
LÁSTIMA.
¿SEÑORA...?

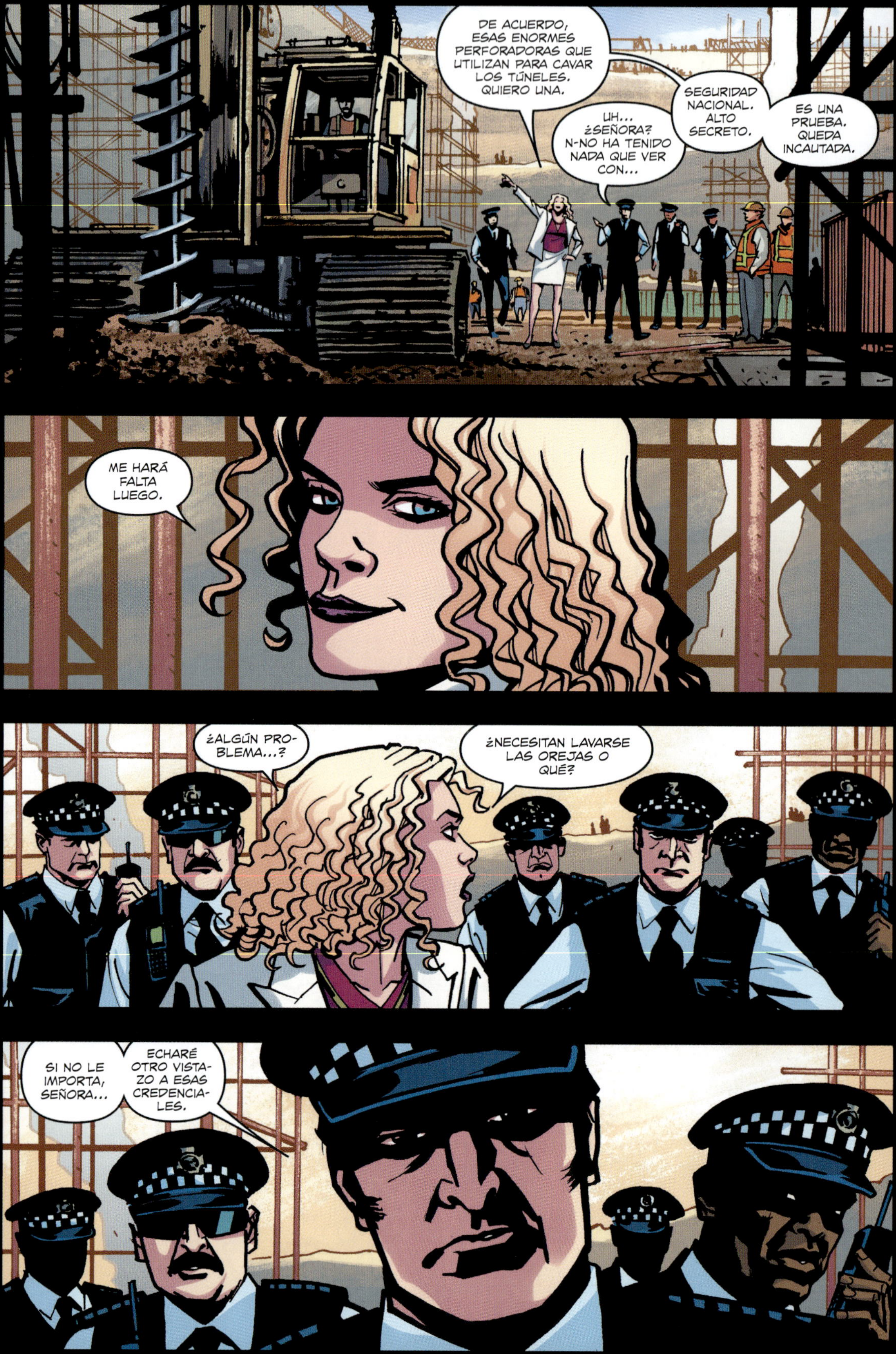
DE ACUERDO, ESAS ENORMES PERFORADORAS QUE UTILIZAN PARA CAVAR LOS TÚNELES. QUIERO UNA.
UH... ¿SEÑORA? N-NO HA TENIDO NADA QUE VER CON...
SEGURIDAD NACIONAL. ALTO SECRETO.
ES UNA PRUEBA. QUEDA INCAUTADA.
ME HARÁ FALTA LUEGO.
¿ALGÚN PRO-BLEMA...?
¿NECESITAN LAVARSE LAS OREJAS O QUÉ?
SI NO LE IMPORTA, SEÑORA...
ECHARÉ OTRO VISTA-ZO A ESAS CREDENCIA-LES.

DIOS MÍO, QUÉ TAMAÑO TIENE ESA COSA. PARECE UN RASCACIELOS SUBTERRÁNEO...
Y LA CÁMARA ACORAZADA ESTÁ JUSTO EN EL FONDO DEL POZO.
AHÍ ES DONDE ÉL OCULTA LA FIEBRE DEL ORO.
LA CÁMARA ESTÁ CODIFICADA PARA ABRIRSE SOLO CON LA BIOMETRÍA DEL GENERAL GURYEV. ASÍ QUE NOS HARÁN FALTA VOZ, HUELLAS, RETINA...
LO PRIMERO ES LO PRIMERO. ¿CÓMO ENTRAMOS AHÍ? ¿A BASE DE PERFORACIONES?
HAY SENSORES SÍSMICOS. ESO HARÍA SALTAR LAS ALARMAS.
¿Y QUÉ TAL POR AQUÍ? EL ANTIGUO CONDUCTO DE ESCAPE PARA LOS GASES DE LOS MISILES. TIENE QUE LLEVAR A ALGUNA PARTE...

AQUÍ DICE QUE ERA UN CONDUCTO DE VENTILACIÓN CONECTADO A UN VIEJO SISTEMA DE MINAS...
LO AISLARON Y LO INUNDARON. AHORA ES UN EMBALSE DE AGUA DULCE.
INTERESANTE.
ADEMÁS, ESTÁ EL PEQUEÑO DETALLE DE QUE DENTRO Y FUERA HAY UN EJÉRCITO DE MATONES SPETSNAZ ARMADOS HASTA LOS DIENTES...
¿QUÉ ES LO QUE NOS PASA DESAPERCIBIDO? ¡TIENE QUE HABER UNA VÍA DE ACCESO!
NO NECESITAMOS UNA VÍA DE ACCESO...
NECESITAMOS TRES.

¿QUÉ SE SABE DE LONDRES?
HA SIDO REDMOND.
LA INTELIGENCIA BRITÁNICA AFIRMA QUE LE CONTRATARON LOS CHECHENOS, PERO...
NO, BLOK. LO QUE QUIERE ES LA FIEBRE DEL ORO.
¿CREE QUE TRABAJA PARA PUTIN?
PUTIN NO ESTÁ LISTO PARA ACTUAR CONTRA MÍ. AÚN NO.
TENGO DEMASIADOS AMIGOS.

NOK NOK
DISCULPE, GENERAL GURYEV. HEMOS LLEGADO.
ENTONCES, ¿POR QUÉ ME HACÉIS PERDER EL TIEMPO?

HABÍAMOS REABASTECIDO Y ACTUALIZADO LOS SISTEMAS DE SEGURIDAD AL ENTERARNOS DE LA INTRUSIÓN DE LONDRES. AUN ASÍ, QUIZÁ DEBERÍAMOS TRASLADAR LA FIEBRE DEL ORO A UN LUGAR MÁS SEGURO...
¿ADÓNDE? ¿A UN BANCO?
NO. EL SILO ES EL LUGAR MÁS SEGURO DE RUSIA.
TRIPLICAD EL PERSONAL. YO MISMO EVALUARÉ LOS NUEVOS PROTOCOLOS DE SEGURIDAD EN PERSONA.
ESO IMPLICARÁ TRAER GENTE DE FUERA.
SIEMPRE QUE SU LEALTAD ESTÉ GARANTIZADA...
USA MEDIDAS EJEMPLARIZANTES SI ES NECESARIO.
CUSTODIAD EL TRONO.

BIEN, CELIA, LA ANTENA DE ULTRABAJA FRECUENCIA ESTÁ EN EL AGUA. ¿ME OYES?
CLARO. PERO ES QUE ESTÁS A MI LADO.
TÚ ASEGÚRATE DE ENCONTRARTE A SALVO ANTES DE DETONAR LA CARGA...
...O EL CHOQUE HIDROSTÁTICO HARÁ QUE SE TE SALGAN LAS TRIPAS POR LAS OREJAS.
VUELVE A RECORDARME POR QUÉ HAGO ESTO, ¿QUIERES?
EGOLATRÍA RAMPANTE.
EXACTO... ESO ERA.

SEÑOR, ESTAMOS CAPTANDO ALGO EN LOS SISMÓGRAFOS. UNA VIBRACIÓN SOSTENIDA...
EL EPICENTRO PARECE HALLARSE UNOS KILÓMETROS AL ESTE...
PODRÍA SER METANO. AL CALENTARSE, EL PERMAFROST LIBERA...
NO. ES REDMOND.
ENVÍA UN EQUIPO.
ENVÍA DOS.

ESTOY EN LA BOCA DE LA ANTIGUA MINA. LA TORRE DEL CABRESTANTE SE HA DERRUMBADO PARCIALMENTE, PERO YO DEBERÍA SER CAPAZ DE CRUZAR...
TEN CUIDADO, CONRAD. SI TE QUEDAS ATRAPADO ESTAMOS FRITOS.
VALE, GIRO A LA IZQUIERDA EN LA PRIMERA INTERSECCIÓN. A LA DERECHA EN LA SEGUNDA...
DESPEGUE.

SEAN QUIENES SEAN, NO SE ESFUERZAN POR PASAR DESAPERCIBIDOS PRECISAMENTE...
DESPLEGAOS.
COMPROBADLO TODO.
UNA VÍA DE FERROCARRIL. ¿POR QUÉ DIABLOS CONSTRUIRÍAN UNA EN MEDIO DE LA NADA...?
Y LO QUE ES MÁS IMPORTANTE, ¿DÓNDE SE HAN METIDO...?
CÁLLATE.
ESCUCHA.
¿ESO... ESO ES UN TREN...?
UN TREN NO. ¡ES UNA PERFORADORA!
¿CREÍAN QUE PODRÍAN ABRIRSE PASO HASTA EL SILO PERFORÁNDOLO SIN QUE NOS DIÉRAMOS CUENTA? ¡IDIOTAS!
¡ACCEDED A LA CABINA!

¡VACÍA! PERO ¿QUÉ ES ESTA...?
BDEEP
¡BOMBA! ¡ES UNA TRAMPA!
¡DESPEJAD...!
BOOM

BDEEP
FTOOMPHH
ASUNTO RESUELTO...
ESTOY DENTRO.

KRREEEENK
CASI HA SIDO DEMASIADO FÁCIL.
LUCES DE EMERGENCIA EN LA SALA DE BOMBEO. HAN ACTIVADO EL CIERRE DE LAS INSTALACIONES.
ESO SIGNIFICA AHORA O NUNCA.
¿ME RECIBES, CELIA?
¿CELIA...?

TODO SE DESMORONA.
VAYA, ¿HABÉIS VUELTO YA?
HEMOS ENCONTRADO ALGO... UNA ESPECIE DE PERFORADORA. *¡CON UNA BOMBA!*

HABÉIS HECHO BIEN AL VOLVER. ¡ESOS AFICIONADOS CREEN QUE NO SABEMOS LO QUE ES UNA DISTRACCIÓN CUANDO LA TENEMOS DELANTE!
FTOOMMM
¡GAS...!
TODOS... ¡PONEOS LAS MÁSCARAS!

¡UN ATAQUE CON GAS EN EL COMPLEJO PRINCIPAL! ¡BLOK QUIERE QUE TODOS NOS PONGAMOS LAS MÁSCARAS!
¿PARA QUÉ? YA HEMOS SELLADO LOS ACCESOS Y HEMOS PASADO A DEPENDER DEL SUMINISTRO DE AIRE INTERNO.
ESTOS TANQUES DE OXÍGENO REEMPLAZARON A LOS VIEJOS LA SEMANA PASADA...
YA CONOCES A BLOK...
NO QUIERE CORRER RIESGOS.
PSH

¡MIERDA! ¿CÓMO HABRÉ DEJADO QUE ME CONVEN-ZAN?
ENCERRADO A OSCURAS DU-RANTE 10 DÍAS, CAGANDO EN UN BALDE...
Y YO QUE PENSABA QUE LA VIDA CRIMINAL ERA GLAMUROSA.

IMPOSIBLE.
EN NOMBRE DE DIOS, ¿QUIÉN...?
BZZT BZZT
¿QUIÉN ES USTED? ¿CÓMO HA CONSEGUIDO ESTE NÚMERO? ¿QUÉ ES LO QUE QUIERE...?
QUIERO LLEGAR A UN ACUERDO, GENERAL.
VERÁ, SÉ UNA COSITA QUE USTED IGNORA...
¡...SOBRE EL TIPO QUE ACABA DE ENTRAR EN SU SILO!
¿¡QUÉ!?
NO SE HAGA EL TONTO. SABE PERFECTAMENTE QUE REDMOND HA ESTADO PLANEANDO ROBAR SU VALIOSO PROGRAMITA, LA FIEBRE DEL ORO.

LA CUESTIÓN ES QUE USTED NO LE CONOCE COMO YO. ES INCAPAZ DE RESISTIRSE A UN DESAFÍO...
...AUNQUE ESO SIGNIFIQUE QUE USTED LE RASTREE Y LE MATE PARA RECUPERAR LO QUE ES SUYO.
Y TANTO.
EN CAMBIO, A MÍ NO ME IMPORTA LA FIEBRE DEL ORO. PERO SÍ QUE ME IMPORTA REDMOND. ASÍ QUE ESTE ES EL TRATO...
YO LE DEVOLVERÉ LA FIEBRE DEL ORO. Y USTED DEJARÁ VIVIR A REDMOND, ¿HECHO?
SOLO HAY UN PEQUEÑO PROBLEMA. OJALÁ SUPIERA DE QUÉ ESTÁ USTED HABLANDO...
MI CÁMARA ACORAZADA SIGUE INTACTA Y EL SILO EN CIERRE DE EMERGENCIA...
¿CÓMO PLANEA REDMOND EXACTAMENTE COMETER EL ROBO?
¿QUÉ QUIERE DECIR CON "PLANEA"...?
¡YA LO HA COMETIDO!

¡VOSOTROS! ¡CONMIGO!
¿QUÉ OCURRE, GENERAL...?
ES MENTIRA. UN ENGAÑO. ÉL... NO PODRÍA HABERLO HECHO...
¿VERDAD...?
"MUÉSTRAME EL BRILLO DE LA LUZ SOBRE CRISTALES ROTOS."

GRACIAS. RECONOCIMIENTO DE VOZ CONFIRMADO.
BIENVENIDO, GENERAL GURYEV.
LA FIEBRE DEL ORO... ¡SIGUE AQUÍ!
SABÍA QUE ELLA MENTÍA. PERO ¿POR QUÉ...?
HOY EN DÍA NO SE PUEDE CONFIAR EN NADIE.
FUPP
FUPP

KRUMP
KRUMP
¿¡Q-QUÉ...!?
¡TRAIDORES...!
FUPP
GRACIAS, GENERAL...

¡...NO LO HABRÍAMOS LOGRADO SIN USTED!

ENTONCES.
¿SALLY PIKE...?
¡Y UNA MIERDA!
ARRESTO ILEGAL, SIN DUDA.
CUANDO SALGA DE AQUÍ, VOY A DEMANDAROS ANTE EL TRIBUNAL EUROPEO DE DERECHOS HUMANOS Y OS VAIS A CAGAR.
PARECE UN MONTÓN DE PAPELEO.
POLICÍA
POLICÍA
SERÍA MÁS FÁCIL QUE TRABAJÁSEMOS TODOS JUNTOS...
¿...NO CREES?
FUGA.

¿QUÉ PASA, CREÍAIS QUE YO SOLA HABRÍA SIDO INCAPAZ DE ESCAPAR DE UNA CELDA DE LA DIVISIÓN ESPECIAL?
NI POR ASOMO. SOLO QUERÍAMOS HABLAR, SALLY.
FUERON LOS HERMANOS ZUBOV QUIENES NOS PUSIERON UNOS CONTRA OTROS.
LES IMPORTA UN BLEDO LO QUE NOS OCURRA, SIEMPRE QUE CONSIGAN LO QUE QUIEREN: EL PROGRAMA DE LA FIEBRE DEL ORO, DE GURYEV.
EN CUANTO LO TENGAN, SE LIMITARÁN A FORRARSE CON ÉL...
...MIENTRAS NOSOTROS ESTAMOS DEMASIADO OCUPADOS ENSAÑÁNDONOS UNOS CON OTROS PARA PERCATARNOS DE QUE NOS LA HAN JUGADO.
Y CASI LO CONSIGUEN. NO PODÍA SOPORTAR LA IDEA DE QUE ALGUNO DE VOSOTROS DOS ME VENCIERA.
FALTÓ POCO PARA LOGRAR QUE ME MATASEN... O PEOR AÚN, QUE MATASEN A CELIA... ANTES DE DARME CUENTA DE QUE ESTO ES UNA LOCURA.

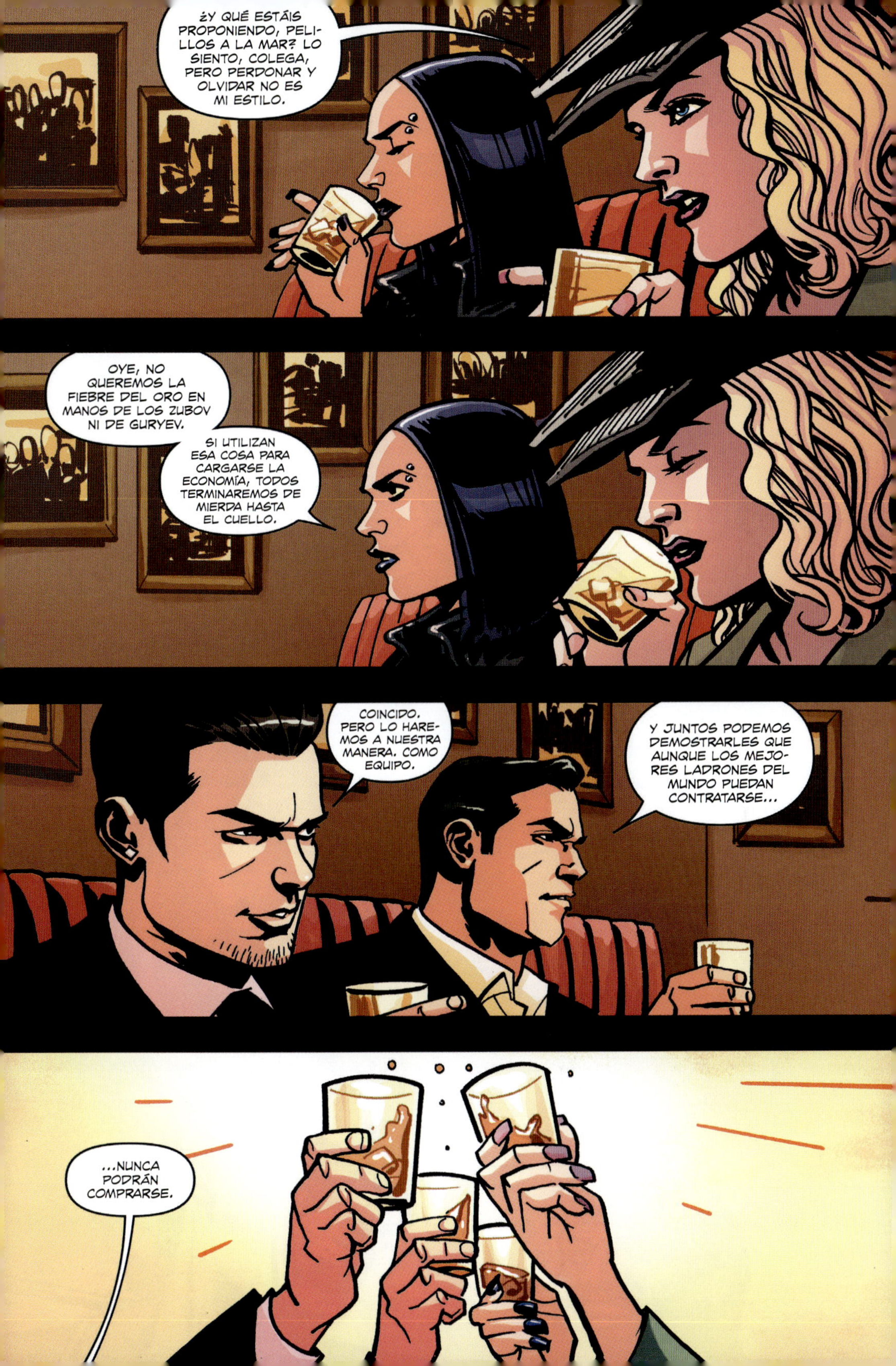
¿Y QUÉ ESTÁIS PROPONIENDO, PELILLOS A LA MAR? LO SIENTO, COLEGA, PERO PERDONAR Y OLVIDAR NO ES MI ESTILO.
OYE, NO QUEREMOS LA FIEBRE DEL ORO EN MANOS DE LOS ZUBOV NI DE GURYEV.
SI UTILIZAN ESA COSA PARA CARGARSE LA ECONOMÍA, TODOS TERMINAREMOS DE MIERDA HASTA EL CUELLO.
COINCIDO. PERO LO HAREMOS A NUESTRA MANERA. COMO EQUIPO.
Y JUNTOS PODEMOS DEMOSTRARLES QUE AUNQUE LOS MEJORES LADRONES DEL MUNDO PUEDAN CONTRATARSE...
...NUNCA PODRÁN COMPRARSE.

AHORA.
DISCULPEN, CABALLEROS. UNA LLAMADA DEL SR. BLAND.
¿VÍDEO EN DIRECTO?
EN TIEMPO REAL.
UNA DETONACIÓN EN EL COMPLEJO DEL SILO. HUMO, SEGURAMENTE UN ATAQUE CON GAS...
YA HA EMPEZADO.
PREPARA A LOS HOMBRES.

BUENAS NOCHES, GENERAL.
VALE, SELLEMOS LA CÁMARA ACORAZADA A NUESTRAS ESPALDAS. NO QUIERO QUE NADIE ENTRE AQUÍ POR ERROR ANTES DE QUE ÉL DESPIERTE.
¿TIEMPO?
SEIS MINUTOS.
UN POCO JUSTO. VAMOS.
TOMARÉ SUS HUELLAS DACTILARES Y SU ESCÁNER DE RETINA. ¿HAS GRABADO SU VOZ?
SÍ, AL ENTRAR.
¡LO HEMOS LOGRADO, AMIGO!
FAUSTO, ESTAMOS ATRAPADOS EN UN BÚNKER SELLADO MÁS DE 200 METROS POR DEBAJO DE UN EJÉRCITO DE ASESINOS DE GATILLO FÁCIL QUE YA CREEN QUE HEMOS INTENTADO GASEARLOS.
NO EMPECEMOS CON LA FIESTA HASTA ESTAR FUERA DEL PAÍS, ¿HMM?
BIEN... PERO LUEGO FIESTA.

BIP
BIP BEEEP
DE ACUERDO, YO CORTO LOS CABLES Y TÚ ATACAS CON EL AGENTE PARALI-ZANTE.
POR CIERTO, ¿DE DÓNDE HAS SACADO ESA MIERDA?
PORTON DOWN. ES UN RASTREA-DOR BIOLÓGICO, BASTANTE INOFENSIVO...
...PERO DEBE-RÍA BASTAR PARA QUE SALTASEN SUS DETECTORES DE AMENAZAS BIOLÓGICAS.

INOFENSIVO PARA TI. PERO QUIZÁ ESTOS ÚLTIMOS DÍAS HAS GENERADO INMUNIDAD A ÉL, ¿EH? ¿MIENTRAS YO ESTABA AISLADO EN AQUEL TANQUE DE OXÍGENO...?
ES UN POCO TARDE PARA PONERSE PARANOICO, FAUSTO.
A LA DE TRES. UNA... DOS...
¡TRES!
FZZKK
KRIKK

¡LAS CÁMARAS NO FUNCIONAN!
¡NADA FUNCIONA! COMUNICACIONES, CÁMARAS...
¡NO PUEDO AVISAR AL GENERAL! ¡NI A BLOK...!
AROOGAAROOGAAROOGA
¡LA ALARMA DE PELIGRO BIOLÓGICO! ¡ESTÁ EN EL SISTEMA DE VENTILACIÓN!
AROOGAAROO
¡PERO SI YA NOS HABÍAN ORDENADO PONERNOS LAS MÁSCARAS!
¡ES UN AGENTE BIOLÓGICO DE NIVEL UNO, IDIOTA! ¡LAS MÁSCARAS ANTIGÁS NO NOS SALVARÁN!
¡TENEMOS QUE LARGARNOS!
AROOGAAROOGAAROOGAAROOGAAROOGAAROO
EMERGENCIA. ALERTA BIOLÓGICA.
QUE TODO EL PERSONAL PROCEDA A LA EVACUACIÓN DE INMEDIATO. ESTO NO ES UN SIMULACRO.
EMERGENCIA. ALERTA BIOLÓGICA...

¡BLOK! ¿¡Y BLOK...!?
¡LA RADIO NO RESPONDE! ¿¡ES UN PULSO ELECTROMAGNÉTICO...!?
¡ES PUTIN! ¡AL FIN HA VENIDO A POR EL GENERAL!
¿SE PUEDE SABER QUÉ DIABLOS PASA AQUÍ? ¡JAMÁS HE DADO LA ORDEN DE EVACUAR LA BASE!
¡A-ALARMA B-BIOLÓGICA! ¡ESTÁ EN LOS CONDUCTOS DE AIRE!
¡MALDITO COBARDE! ¡ESTO NO ES MÁS QUE OTRA DISTRACCIÓN!
¡VOY A ENTRAR A POR EL GENERAL! VOSOTROS... ¡CONMIGO! ¡ARMAS A PUNTO!
PERO ¿Y SI NO LO ES...?

¡SALLY LES HA PRIVADO DE TELECO-MUNICACIONES JUSTO A TIEMPO! ¡SON COMO POLLOS SIN CABEZA!
AUN ASÍ, NO TARDARÁN MUCHO EN AVERIGUAR LO OCURRIDO. ¡VENGA!
¿QUÉ HORAS SON ESTAS DE LLEGAR...?
¡EMPEZABA A PENSAR QUE YA OS HABÍAIS LARGADO DE EXTRANJIS!
YO... ER... NO SÉ QUÉ SIGNIFICA ESO EXACTA-MENTE, PERO ¿SUPONGO QUE NO?
ESTUPENDO, PUES NO ME DEJÉIS CON EL INTRÍNGULIS. ¿LA TENÉIS?
LA TENE-MOS.

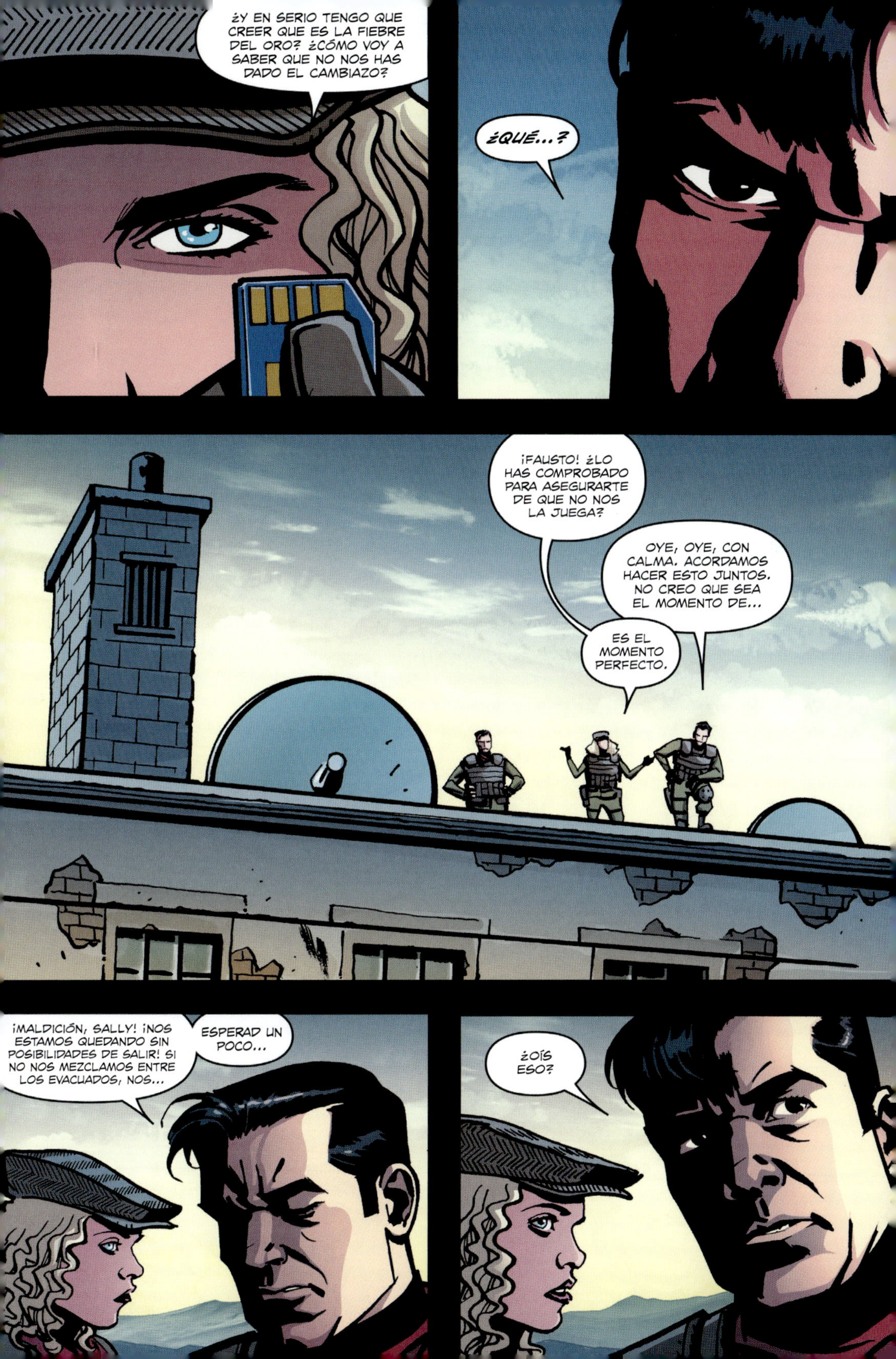
¿Y EN SERIO TENGO QUE CREER QUE ES LA FIEBRE DEL ORO? ¿CÓMO VOY A SABER QUE NO NOS HAS DADO EL CAMBIAZO?
¿QUÉ...?
¡FAUSTO! ¿LO HAS COMPROBADO PARA ASEGURARTE DE QUE NO NOS LA JUEGA?
ES EL MOMENTO PERFECTO.
OYE, OYE, CON CALMA. ACORDAMOS HACER ESTO JUNTOS. NO CREO QUE SEA EL MOMENTO DE...
¡MALDICIÓN, SALLY! ¡NOS ESTAMOS QUEDANDO SIN POSIBILIDADES DE SALIR! SI NO NOS MEZCLAMOS ENTRE LOS EVACUADOS, NOS...
ESPERAD UN POCO...
¿OÍS ESO?

¡ES UNA OPERACIÓN DE RESCATE! ¡EL GENERAL HA ENVIADO HELICÓPTEROS A RECOGERNOS!
¡NADIE HA LLAMADO A NINGÚN PUÑETERO HELICÓPTERO! ¡NO SON DE LOS NUESTROS!
¡A VUESTRAS POSICIONES, MALDITA SEA! ¡TODOS A SUS PUESTOS!
¡SUELTEN LAS ARMAS! ¡ESTA SERÁ SU ÚNICA ADVERTENCIA!

NO ESTÁN OBEDECIENDO, SEÑOR.
BIEN.
ABRID FUEGO.
FUDDA FUDDA FUDDA FUDDA FU
BRAKKA BRAKKA BRAKKA BRAKKA BRAKKA BRAK
DISPARAD TAMBIÉN, COBARDES...
¡AAGH!
KKA BRAKKA BRAKKA BRAKKA BRAKKA BRAKKA B

¡SON HELICÓPTEROS DE COMBATE DEL EJÉRCITO RUSO...!
NO PODEMOS ARRIESGARNOS A QUE NOS PILLEN CON LA FIEBRE DEL ORO... ¡ES LO ÚNICO QUE TENEMOS PARA NEGOCIAR!
PODEMOS TRANSMITÍRSELA A CELIA Y DESTRUIR EL CHIP... ¡PERO NO MIENTRAS EL INHIBIDOR DE SEÑALES SIGA EN ACTIVO!
SALLY, NECESITO QUE...
¿SALLY...?
SABÍA QUE NO ERAS DE FIAR.

TRAIDORES Y MENTIROSOS.
SALLY. TRANQUILÍZATE. ACORDAMOS...
¡NO SEAS CONDESCEN-DIENTE, JODER!
¡TRABAJAS PARA ELLOS! ¡ES ASÍ DESDE EL PRINCIPIO!
SALLY, ¿QUÉ COÑO...? ¡TE SACAMOS DE LA CÁRCEL PARA ESTO!
SÍ, PORQUE ME NECESITABAIS. Y AHORA QUE HE CUM-PLIDO MI PROPÓSITO, SOY PRESCINDIBLE, ¿VERDAD?
NOS MATARÁN A TODOS POR EL CONTENIDO DE ESTE CHIP.
DIME DÓNDE HAS ESCONDIDO EL INHIBIDOR.
NO.

BIEN.
PARA TI.
¡AAH...!

BLAM
KESSHH
¡HAY UN TIRADOR EN LA AZOTEA! ¡VOY A ELIMINARLE!
FUDDA FUDDA FUDDA FUDDA FUDDA FUDDA FUDDA FUDDA FUDDA

¡AAGH!
¡ACUDE A LA ESTACIÓN DE TRANSPORTES! PODEMOS SALIR A TRAVÉS DE...
FUDDA FUDDA FUDDA
¡AAAGH!
¡FAUSTO...!

EL P-PUTO... VIAJE A LA LUNA... DEL CRIMEN...
LO LO-GRAMOS. LO LOGRASTE.
PERO S-SALLY...
¿QUÉ PASA, CREES QUE LE HE DADO EL AUTÉN-TICO CHIP?
JE. SIEMPRE HAS SIDO MUY ASTUTO, CA...

LOS ZUBOV DESEAN QUE LE TRANSMITA SU AGRADECIMIENTO. HA HECHO USTED UN TRABAJO IMPECABLE.
DESDE AHORA SEGUIMOS NOSO-TROS.
BLAM
AFICIONADO.

CAPÍTULO SIETE

DESPEDIDA

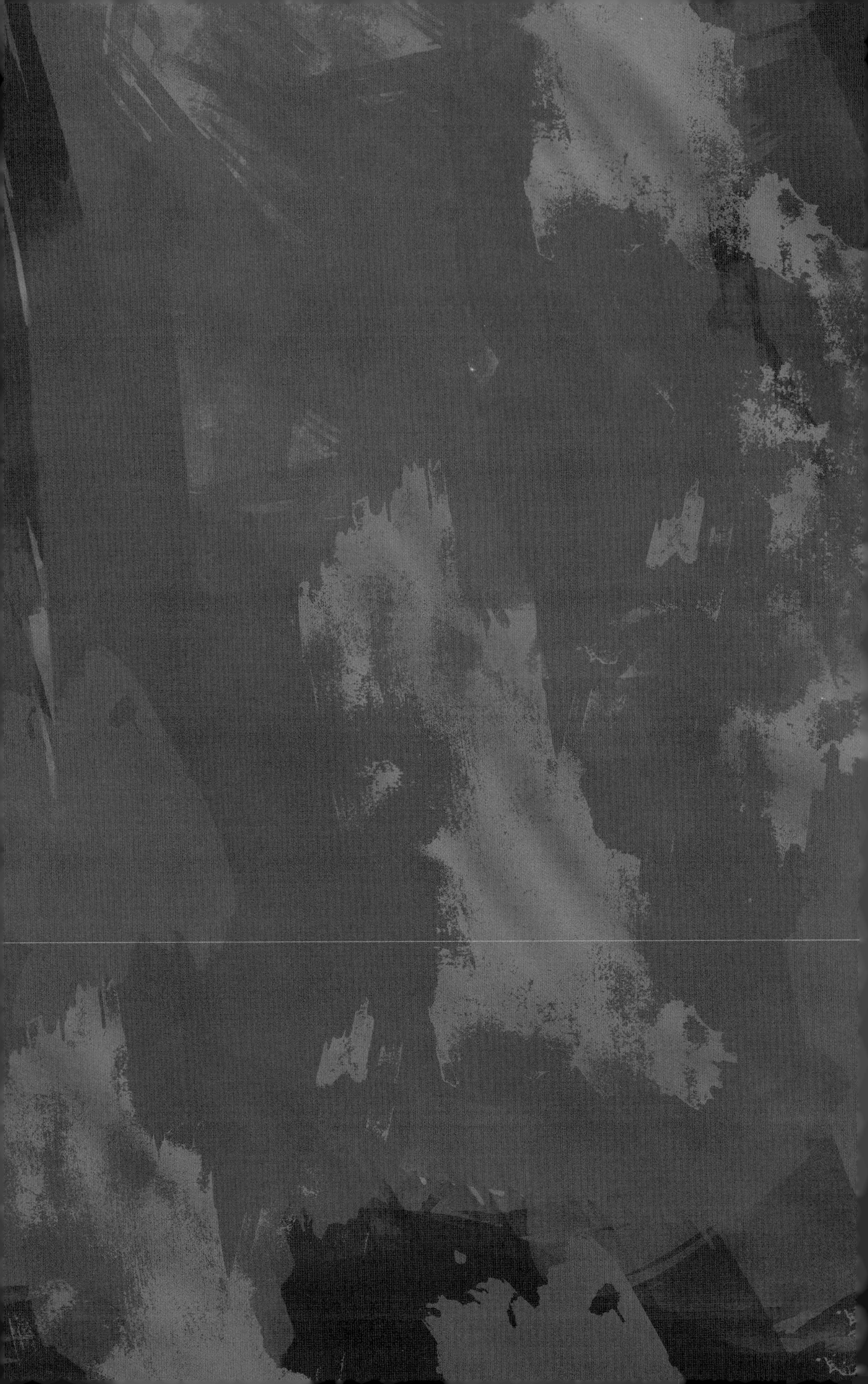

ESO FUE ENTONCES... AQUEL DÍA.
¡REDMOND! ¿ME RECIBES!? MALDITA SEA... ¡CONRAD!
VHUP VHUP VHUP VHUP!
BZZ... FUDDA FUDDA FUDDA FUDDA AG... GGH... BZZZ...
BZZZZT... ¡ACUDE A LA ESTACIÓN DE TRANSPORTES! PODEMOS SALIR A TRAVÉS DE... FUDDA FUDDA FUDDA... AAAAGH...
¡VHUP VHUP VHUP VHUP!
"CELIA..."
ESTO ES AHORA... SIETE SEMANAS DESPUÉS.
CELIA... EH... ¿ESTÁS...?
DEBERÍA HABER... NO PUDE...
LO SIENTO, AUGUSTUS... LO SIENTO...
NO, NO LO HAGAS, ES... LO SÉ...
...LO SÉ.
CONRAD PAULSON
"UN ÚLTIMO GOLPE"

SEMANA OCHO.
MMMRRHH.
¿MMMQUÉ... MMDÓNDE?
¿DÓNDE...?
ХОРОШО?
ХОРОШО.
ESPERA...

SEMANA 10.
ШЕВЕЛИСЬ ИЛИ Я ПРОСТО РАЗОРВАТЬ ЕГО! А ПОТОМ ВИКТОР БУДЕТ ЕБАТЬ ВЫ СТАЛКИВАЕТЕСЬ!
ДА ЛАДНО ВАМ КУСОК ДЕРЬМА! ВЫ ДОЛЖНЫ ИДТИ В НОГУ!
И ОСТАТЬСЯ ПРЯМО ИЛИ МЫ ОПУСТИМ ВАС И PRISON БУДЕТ НА СЕБЯ ДИСЦИПЛИНУ!
VOR!
¡LADRÓN!
LADRÓN SUPREMO.

UNA ZONA REMOTA DE LA FRONTERA ENTRE RUSIA Y KAZAJISTÁN...
¿DE QUÉ SE ME ACUSA? EXIJO VER A MI... UMMFFFF...
"LA INSTITUCIÓN ESPECIAL NÚM. 822 DEL SERVICIO PENITENCIARIO DEL GOBIERNO FEDERAL" (OFICIALMENTE).
SEMANA 12.
ЗАКРЫТЬ ОБМАНЫВАЯ ОТВЕРСТИЕ ИЛИ! ¡PRISIONERO...! ¡PROHIBIDO HABLAR EN LAS CELDAS! Я ОТКРЫТЬ ДЕРЬМО ОТВЕРСТИЕ!
OOUMMMFF... ¡FUH! FUHGGGRR...
SEMANA 13.
¡EH, LADRÓN! ¡ES DE DÍA! ¡NADA DE QUEDARSE EN LA CAMA!
SEMANA 14.

ЗДЕСЬ ВЫ, ЧТОБЫ ВАША РОТ ИЗНАСИЛОВАЛ--
EJERCICIO SOCIAL SEMANAL. UNA HORA.
¿QUÉÉ...?
¡MMFFFFF!
EL FAMOSO ПРЕДАТЕЛЬ... "REDMOND"... EL AMERICANO *VOR... OT... VOROV...*
"LADRÓN DE LADRONES."
ГОТОВ К РОТ ЕБЛЯ!
"BUENO PARA JODER."

¡EH, LADRÓN! JUGUEMOS AL FUTBOLLNY, ¿VALE? ¡"BALÓN"! ¡"PIE"!
AMERICANSKIY ЯЗЫК НЕ ГОВОРИ "BALOMPIÉ" ОНИ НАЗЫВАЮТ ЭТО "FÚTBOL"... ¡"FÚTBOL"!
¡AH! DAH... KONYESHNO... DAH!
¡"FÚTBOL"!

EL "RABINO".
HMMFF. "LADRÓN DE LADRONES"...
TSK.
¿LO OYES? UN POQUITO, ¿VERDAD?
LOS GUARDAS NOS DEJAN OÍR MÚSICA LEJANA PARA MANTENERNOS NOSTÁLGICOS.
ESA CANCIÓN... ESCUCHA...
ESTÁ ENCERRADO... SOLO QUIERE RECUPERAR SU VIDA...
PERO NO TIENE MÁS OPORTUNIDADES... NO LE QUEDA NADA AHÍ FUERA...
ESPERA... ESTA PARTE... ESTÁ LLAMANDO A SU MADRE ENTRE LLOROS... "¡¿POR QUÉ ELLA NO ME RECONOCE!?"
"MADRE... NO ME HAN ENTERRADO EN REALIDAD..."
BIENVENIDO AL DELFÍN NEGRO, HERMANO.

ESO FUE ENTONCES...
¡VHUP VHUP VHUP VHUP!
VHUP VHUP VHUP VHUP VHUP VHUP VHUP VHUP VHUP
LOS ZUBOV DESEAN QUE LE TRANSMITA SU AGRADECIMIENTO. HA HECHO USTED UN TRABAJO IMPECABLE.
DESDE AHORA SEGUIMOS NOSOTROS.
BLAM
VHUP VHUP VHUP VHUP VHUP VHUP VHUP VHUP VHUP VHUP
TRAED TAMBIÉN LOS CADÁVERES... A REDMOND Y AL ESPAÑOL.
SEÑOR... ESTE SE CAE A TROZOS...
"PUES LLEVAOS SOLO LA CABEZA... ¡VAMOS!"
"¡PREPARAD LAS CARGAS!"
¡BRAKOOOM!

¡GAHHH!
...PERO ENTONCES SIGUE PARECIENDO AHORA.
SEMANA 19.
AH... HOLA... LO SIENTO...
NO, ES... UM... ESTABA ABAJO LEYENDO LAS CONDOLENCIAS.
VOY A TIRAR LAS FLORES. ESTÁN MUERTAS... Y SE CAEN POR TODAS PARTES...
ESOS SON TODOS LOS HIJOS DE PUTA QUE HAN PROVOCADO ESTO.
VOY A MATARLOS DEL PRIMERO AL ÚLTIMO.
CELIA...
Viktor
Y TÚ VAS A AYUDARME.

UNA HORA A LA SEMANA.
OLVÍDATE DE LOS GUARDAS. ELLOS NUNCA BAJAN.
ÚNICAMENTE ALLÍ ARRIBA, SON "RABINOS"... POR ENCIMA DE LAS PAREDES, Y EN NUESTRAS PEQUEÑAS CELDAS...
PERO... AQUÍ ABAJO... SOLO TENEMOS LA LEY DE LOS LADRONES.
DENTRO DE UNOS MESES NEVARÁ Y NOS ENCERRARÁN DURANTE EL INVIERNO. 150 DÍAS. UNO NUNCA SABE CÓMO REACCIONARÁ UN HOMBRE. NO PODEMOS RECUPERAR A NUESTRA FAMILIA CON UN ROBO. LAS MUJERES DESAPARECEN, EN CUANTO PUEDEN ROBARSE A SÍ MISMAS.
SOLO TENEMOS A NUESTROS HERMANOS.
UNA HORA NO ES MUCHO TIEMPO. COMPRENDERÁS LO ANSIOSOS QUE ESTÁN LOS CHICOS POR VERTE... "¡EL MEJOR LADRÓN DE TODOS LOS LADRONES!" "¡ROBA EL CUADRO Y LO DEVUELVE A SU SITIO!" ¿Y QUÉ? QUIZÁ SEA POÉTICO TAN SOLO AL VENGARSE. BIEN.
AUN ASÍ, DE UN LADRÓN A OTRO... *¡HMM!*
NO NOS SOBRAN TURISTAS LADRONES. RUSIA NO SUELE IMPORTAR CRIMINALES.
NO HA SIDO IDEA MÍA ESTAR AQUÍ. CREEDME... ME IRÉ DE RUSIA LO ANTES POSIBLE.
AH... ESE ES EL PROBLEMA DE UN JEFE EN MI SITUACIÓN. DIGAMOS QUE PERMITO QUE UNO DE MIS HOMBRES NUEVOS "SE OFREZCA VOLUNTARIO"... Y TRABAJE... QUITANDO LA NIEVE DE LAS AZOTEAS. PERO LUEGO RESULTA QUE... "DEVOLVER CUADROS A SU SITIO" NO ES MÁS QUE OTRA CANCIÓN DE ARREPENTIMIENTO... ¿Y SI, EN SU ANHELO, ESE HOMBRE INTENTARA LLEVAR A CABO UNA INMENSA LOCURA...? *¿Y SI CREYERA QUE SERÁ EL PRIMERO EN ALCANZAR EL MURO EN 300 AÑOS!?*
JODER. AHORA NO DEJARÍAN TRABAJAR A NADIE. NO HAY LEÑA PARA LAS ESTUFAS, NO HAY CARTAS DE NUESTRAS MUJERES. A LO MEJOR OTRO TECHO CEDE.
Y ESE HOMBRE, ESE NECIO RABINO QUE DIJO: "ESTÁ BIEN"... AMBOS DISFRUTAMOS DEL INVIERNO... JUNTOS EN EL TEJADO.
NO, SÍ, POR SUPUESTO. SOLO DECÍA QUE, DESPUÉS DE MI JUICIO, ME IRÉ. TODAVÍA ESPERO QUE SE CELEBRE UN JUICIO.
¿ESTO NO TE PARECE SUFICIENTE JUICIO? EMPEZÓ CUANDO TE VENDIERON A ESTE LUGAR, Y TERMINARÁ CUANDO LA TUMBA NOS REFORME.
¿ME VENDIERON?

SEMANA 23.
SI HUBIERAS ROBADO UN CUADRO... PERO RESULTÓ DEMASIADO INFAME PARA VENDERLO... ¿TE DESHARÍAS DE ÉL?
ESTO ES UN ALOJAMIENTO ESPECIAL... PARA "MANÍACOS E INCORREGIBLES"... HOMBRES QUE PODRÍAN SER ÚTILES... LUEGO.
PUES SÍ QUE LES GUSTA DAR PALIZAS A LOS "CUADROS".
ZANAHORIA, PALO... ¿¡QUÉ DIFERENCIA HAY!? SI TE CONVIERTEN EN UNO DE ESOS MANÍACOS, ESO TAMBIÉN RESULTA ÚTIL. TE MANTIENEN HAMBRIENTO, TE JUNTAN CON ASESINOS EN SERIE, TERRORISTAS, CANÍBALES... Y TE SUELTAN EN LA PRÓXIMA UCRANIA QUE QUIERAN.
DE LO CONTRARIO, DARÁN CON UN MODO DE EQUILIBRARLO... DE ENGAÑARTE. O SIMPLEMENTE COMERCIARÁN CONTIGO... PARA ENTONCES SUPLICARÁS IR. HABRÁS CAMBIADO.
ASÍ QUE... NO PODEMOS DAR NADA POR SENTADO. QUIZÁ TE ENVIARAN AQUÍ A SUFRIR... O QUIZÁ ESTO AÚN SEA "UN LADRÓN CONTRA OTRO". TODOS LOS QUE ESTAMOS AQUÍ SABEMOS QUE, SIEMPRE QUE CREES DOMINAR LO QUE ES SER UN LADRÓN PROFESIONAL HASTA EL ÚLTIMO ÁNGULO, ERES EL OBJETIVO. Y NO PUEDES ROBAR OTRA VIDA UNA VEZ QUE USAS ESTA.
ENTONCES... ¿QUÉ ES REDMOND? ¿UN LADRÓN AUTÉNTICO... O UNO POR AFICIÓN?
TÚ MISMO LO HAS DICHO, MUCHOS CONSIDERAN A REDMOND UN LADRÓN BASTANTE EXITOSO... EL MEJOR DE TODOS LOS TIEMPOS, SEGÚN ALGUNOS.
¡BAH! EL MEJOR LADRÓN FUE HERMANN GÖRING.
BUENO... ES UN POCO TARDE PARA ZANJAR ESE DEBATE CON ALGUNA DE MIS "VENGANZAS POÉTICAS".
COMO SUELO DECIR, UNA HORA A LA SEMANA ES MUY POCO PARA CONOCER A UN HOMBRE.
SÍ... VAYA... SI DECIDES DEJAR QUE "ME OFREZCA VOLUNTARIO", ¿CUÁNTAS HORAS A LA SEMANA SERÍAN?

SEMANA 26.
ES LO MEJOR QUE PODÍA CONSEGUIRTE, ESTO DE APILAR. SABEN QUE ERES INCORREGIBLE CON CUALQUIER HERRAMIENTA. ASÍ QUE, POR AHORA, SOLO TE DEDICARÁS A APILAR. LEÑA PARA EL INVIERNO, CADÁVERES PARA LA PRIMAVERA.
PODRÍA SER PEOR, PERO AL MENOS ESTARÁS AL AIRE LIBRE Y TE PONDRÁN PAN EN LA SOPA.
¿Y LA CARTA?
ES LA POLÍTICA, SÍ. UNA CARTA A NUESTRAS ESPOSAS, Y UNA RESPUESTA CADA AÑO, ANTES DEL INVIERNO. SABEN QUE, SI NO LO HICIERAN, MUCHOS HOMBRES SE SUICIDARÍAN. ADEMÁS... ES BUENO PARA CONTROLARNOS: NINGÚN HOMBRE SE ARRIESGARÍA A PERDER ESO. ZANAHORIA Y PALO.
PERO ALGO ESTRICTAMENTE SENTIMENTAL, "ASUNTOS CONYUGALES". TIENES UNA MUJER PRECIOSA, CLARO, ¿NO?
E-ES COMPLICADO. YA SABES, HAY COSAS QUE NO PUEDES "DESROBAR".
AUN ASÍ, "PALABRAS DE FURIA SON MEJORES QUE NINGUNA". CONFÍO EN QUE OBTENGAS RESPUESTA ANTES DE QUE LLEGUE LA NIEVE.
¿A ESTO NO LO LLAMÁIS NIEVE?
NO CONFUNDAS ESTO CON EL INVIERNO.

SEMANA 30. EL MENSAJE ES UNA BOTELLA.
ENTONCES, ¿TU SOLUCIÓN ES DEJAR QUE SE SALGAN CON LA SUYA?
NUNCA ME PARECERÁ BIEN LO OCURRIDO, COMO A TI, PERO OTRA VEZ... ¿EMBARCARNOS EN MÁS ASESINATOS...?
NO ME GUSTÓ CÓMO FUE AQUELLO.
TÚ NO TENDRÍAS QUE APRETAR EL GATILLO...
¿Has pensado en eso? ¿En lo de ser mis refuerzos?
No me dejes colgada.
¡Iré sola si hace falta!
Aunque sería mucho mejor contigo a bordo.
Por favor, llámame.
SABES QUE SIEMPRE ESTARÉ DE TU PARTE. PERO YA HE TERMINADO CON ESE MUNDO.
NO PUEDO. LO SIENTO, CE.
SEMANA 31.
NO, CELIA, NO SE TRATA DE...
NO... PORQUE ÉL TAMPOCO HABRÍA QUERIDO QUE HICIERAS ESTO. NO ES... NO TE ESTOY "SERMONEANDO"... SABÉIS QUE ME IMPORTÁIS UN MONTÓN, PERO ESA ES LA... O SEA, TU HIJO, PIENSA EN... NO LE HAGAS PASAR POR LO MISMO QUE YO HE...
NO. SÉ QUE LO ERES. POR SUPUESTO, Y OJALÁ PUDIERA HACER ALGO CON... NO, PERO ESO NO. NO VOY A... CELIA, NO. ESTOY FUERA. HE DADO MI ÚLTIMO GOLPE...
SEMANA 32.
CELIA, POR FAVOR, YA TE LO HE DICHO, NO QUIERO MÁS VIOLENCIA EN MI...
YA NO VA A SER UNA VENGANZA...
VA A SER UN RESCATE.
SABES QUE, SI LE ENSEÑAMOS ESTO A ELLA, VA A INTENTAR DISUADIRME.
SÍ, BUENO... TODOS TENDREMOS QUE HABLAR DE ESO.
Audrey:
Perdóname si esto pare
precipitado. No queri
perder la oportunida
No dejo de pensar en
nuestro hijo y en ti. Quiero
que sepáis que estoy bien...
Me dicen que la nieve
profundo [redacted] y
que en realidad

No puedo hablar de [redacted] cosas, pero, por favor, no te preocupes.
Tengo un buen [redacted] en el exterior [redacted] con amigos que me caen bien. Disfrutamos de las vistas [redacted] todo el [redacted].
Hace frío... Pero también se aprecia esa clase de resplandor solar que solo existe cuando hay nieve.
esde aquí puedo ver el pasado con mucha claridad.
Nuestro viejo apartamento cochambroso, aquella claraboya con goteras que nunca reparamos. Nuestro hijo... La primera noche que le llevamos a casa desde el hospital, cómo le cantamos para que se durmiera. Aquella canción. Y cómo brindamos por su "cero cumpleaños". La estúpida discusión que tuvimos en el comedor mientras llovía a cántaros. La primera noche que no dormimos juntos.
Jamás fue más fácil que te alejaras de mí. Al cabo de un tiempo dejé de distinguir entre eso y mis huidas. No obstante, ahora lo veo. Era culpa mía. Yo te aparté...
Todo lo que he hecho, todos mis intentos por solucionar situaciones imposibles...
...Solo eran mi huida por ser incapaz de solucionarme a mí mismo.
Conozco mis errores, todas mis formas de estropearlo todo, cómo termino siempre perdiendo tanto.
Todas las veces que os he hecho daño.
Lamento cómo ha terminado todo, pero no cambiaría nada igualmente.
Quizá mi sitio sea este.
Por favor, dale un beso a nuestro hijo de mi parte. Esta vez sé que me perderé su cumpleaños. Siempre he querido estar ahí. Para ambos. Nunca quise ausentarme.
Pero no importa cuánto retuerza o ignore ese hecho, siempre hago daño.

No me creíste ninguna de las veces que te dije que me habías salvado. Y si existía algún modo, querría que lo supieras.
Sin ti, yo solo habría sido las partes malas.
NO, MIRA, DOS PARA LA TORRE, TRES EN LAS VALLAS... Y ADEMÁS EL TIRADOR. SEGUIMOS NECESITANDO UNA GRAN BANDA... TENGO QUE RECURRIR A ELLOS, CELIA.
NI DE COÑA. AL MENOS UNO DE ESOS CABRONES INTENTÓ MATARME. TAMBIÉN ESTÁN EN MI PUTA LISTA. O ELLOS O YO.
TU MADRE PODRÍA SER LA CENTINELA. AUDREY, SI PUDIERAS SER LA TIRADORA...
SOLO MI HIJO TENÍA MI NUEVA DIRECCIÓN Y ERA POR ALGO. NO VOY A IR.
AUN ASÍ, DA IGUAL... AUGUSTUS... INCLUSO SI PUDIERAIS MANEJAR ESA BANDA, TODO ESTO OS SUPERA... NOS SUPERA A TODOS... Y NOS SUPERARÍA IGUALMENTE AUNQUE TUVIÉRAMOS MÁS RECURSOS.
MAMÁ... AYÚDANOS O NO LO HAGAS. SABEMOS QUE ÉL ESTÁ ALLÍ... QUE NO SE HA DERRUMBADO AÚN... MI PADRE ESTÁ VIVO. AHORA MISMO NO QUIERO OÍR NADA MÁS.
NO, ME ALEGRO DE QUE ME LO HAYAS DICHO, PERO, SÍ, POR SUPUESTO QUE NO QUIERO QUE VAYAS. ALLÍ NO.
LO ENTIENDO, MAMÁ. NADIE ESPERA QUE QUIERAS, PERO PENSABA QUE DEBÍAS SABERLO, ¿VALE? LA CARTA ESTABA DIRIGIDA A TI. NO ESTABA INTENTANDO REABRIR NADA... NI QUIERO PELEARME CONTIGO.
¡BZZZZZZ!
HE VENIDO PARA EVITAR PERDER A MI HIJO. NO HE VENIDO PARA QUE ME ARRASTRÉIS DE NUEVO AL INTERMINABLE ABISMO DE CONRAD.
TÚ VAS A ESCRIBIRLE UNA RESPUESTA QUE LE DÉ ESPERANZA, QUE LE AYUDE A SEGUIR ADELANTE HASTA QUE PODAMOS RESOLVER ESTO.
NO SÉ, TÚ... ESCRIBE ALGO DESDE EL CORAZÓN.
OH, ESO SÍ QUE NO NOS CONVENDRÍA.
NINGUNA DE LAS DOS TIENE QUE VENIR. LO ENTIENDO. PERO VA A SUCEDER, LAS REUNIONES ESTÁN PROGRAMADAS.
Y VOY A APUNTAR A TODOS LOS QUE PUEDA.
NO CREO QUE SEPAS LO MALO QUE PUEDE LLEGAR A SER UN SITIO ASÍ.
POR ESO TENGO QUE IR.

SEMANA 37. RECLUTAMIENTO.
O SEA, HEMOS TENIDO NUESTRAS DIFERENCIAS, PERO NO LE DESEARÍA A NADIE QUE ESTUVIERA EN UN LUGAR COMO ESE.
PREFERIRÍA CUMPLIR UNA PENA LARGUÍSIMA EN RIKERS QUE UNA CORTA ALLÍ.
SEMANA 39.
YO NO TRABAJO AL ESTE DE VIENA, CHICO. Y TÚ TAMPOCO DEBERÍAS.
NO OBSTANTE, SI NECESITAS CUALQUIER OTRA COSA...
CLARO, LE ECHAREMOS UNA OJEADA A LO QUE TIENES Y VEREMOS SI PODEMOS AYUDAR. PERO ES QUE YO, PERSONALMENTE, NO PUEDO VOLVER A RUSIA... ME LO DEJARON MUY CLARO.
PERDONAD, PERO, SI LE TIENEN LOS RUSOS, LO MÁS SEGURO ES QUE YA ESTÉ...
HEMOS VENIDO POR RESPETO A TU PADRE. ERA EL MEJOR, PERO VOLÓ DEMASIADO ALTO.
ÍCARO.
SEMANA 41.
NO SIN NADA EN EL INTERIOR, NO PUEDE HACERSE.
TARDARÍA-MOS MESES SOLO EN...
NO SE PUEDE IR DE PUTOS VAQUEROS EN RUSIA.
¿Celia? Responde, por favor.
Tenías razón.
Eso otro no va a funcionar.
¿Aún podemos intentarlo a tu manera?
Siento haber perdido el tiempo.
Espero que podamos llegar allí antes de que sea tarde...

Conrad.
Estoy aquí sentada y casi no escribo esto. Ya hemos pasado por lo mismo. Demasiadas veces. Aunque en cierto modo no hubiera sido real hasta ahora.
Sin embargo, pienso en nuestro hijo... Quizá estoy escribiendo esto por él. Y por los recuerdos, las oportunidades perdidas... y para asegurarme de que todo quede bien cerrado, tal como lo dejé. Para mantenerlos al margen, y así no permitirme volver a creer nunca que puedes cambiar.
Sí, recuerdo aquella noche. Recuerdo esas cosas. Soy incapaz de desprenderme de ellas. Siempre destacan los momentos en los que estabas ahí. Y otras tormentas. La primera vez que "te fuiste", y además se fue la luz...
ESTO ES AHORA... SEMANA 43.
El viento y la lluvia arreciaban, derribaban las lámparas. Y tu bebé y yo estábamos a solas.
¡NADA DE HABLAR!
Totalmente a solas. Yo también le cantaba entonces...
Y procuraba que mi voz no delatara el miedo que me daba soltarlo, abrazarlo con demasiada fuerza... Pasaste seis días ausente. Te perdiste nuestro aniversario.
ESO FUE LA SEMANA OCHO...
Tienes suerte. Al menos, cuando yo huía, parecía que hacía eso.
PERO ESTO...

ESTO ES AHORA.
A LA MIERDA.
He dejado de huir, y he dejado de culpar al camino de lo ocurrido... Porque así he llegado aquí.
Quiero eso también para mi hijo. ¿Su cumpleaños? Ha tenido mucho tiempo de acostumbrarse a lo que sea. Pero este año, por primera vez, no tendrá que albergar ninguna esperanza de que aparezcas.
Sin mí, quizá te des cuenta de que no todo giraba en torno a perseguirme y por fin dejes de intentar huir de ti mismo.
Yo quería salvarte y quería hacerte daño. Tú siempre dijiste que querías que las cosas fueran distintas. "Huir." Un nuevo camino. A lo mejor es tu oportunidad. Y quiero que la aproveches.
Sí, Conrad, recuerdo la canción. Recuerdo las tormentas. Este año, cuando llegue el día, si hace frío, si hay nieve... Piensa en aquel aniversario. Piensa en mí esta vez.

Será la primera vez que no soy quien se queda a solas, preguntándose por qué. Quería que lo supieras. He pensado que quizá por eso estoy escribiendo esto.
Y luego he besado esta carta para ti.
Ni siquiera ahora sé por qué. ¿Un acto reflejo?
¿Para "salvarte" otra vez? ¿Para hacerte daño? Pero hay algo que sé.
Será la última.

Y ahora ya sé por qué estoy escribiendo esto...
Lo hago como despedida.

ESTO SIGUE SIENDO AHORA...
SEMANA 43.

CUIDADO CON LA OSCURIDAD.
JODER.
PERO ESO ERA AÚN ENTONCES... DOS MESES ANTES... SEMANA 33.
JODER, CONRAD... ¿ME TOMAS EL PELO CON ESTA MIERDA!?
SÍ... SABES QUE ES UNA "COMETA", ¿VERDAD...?

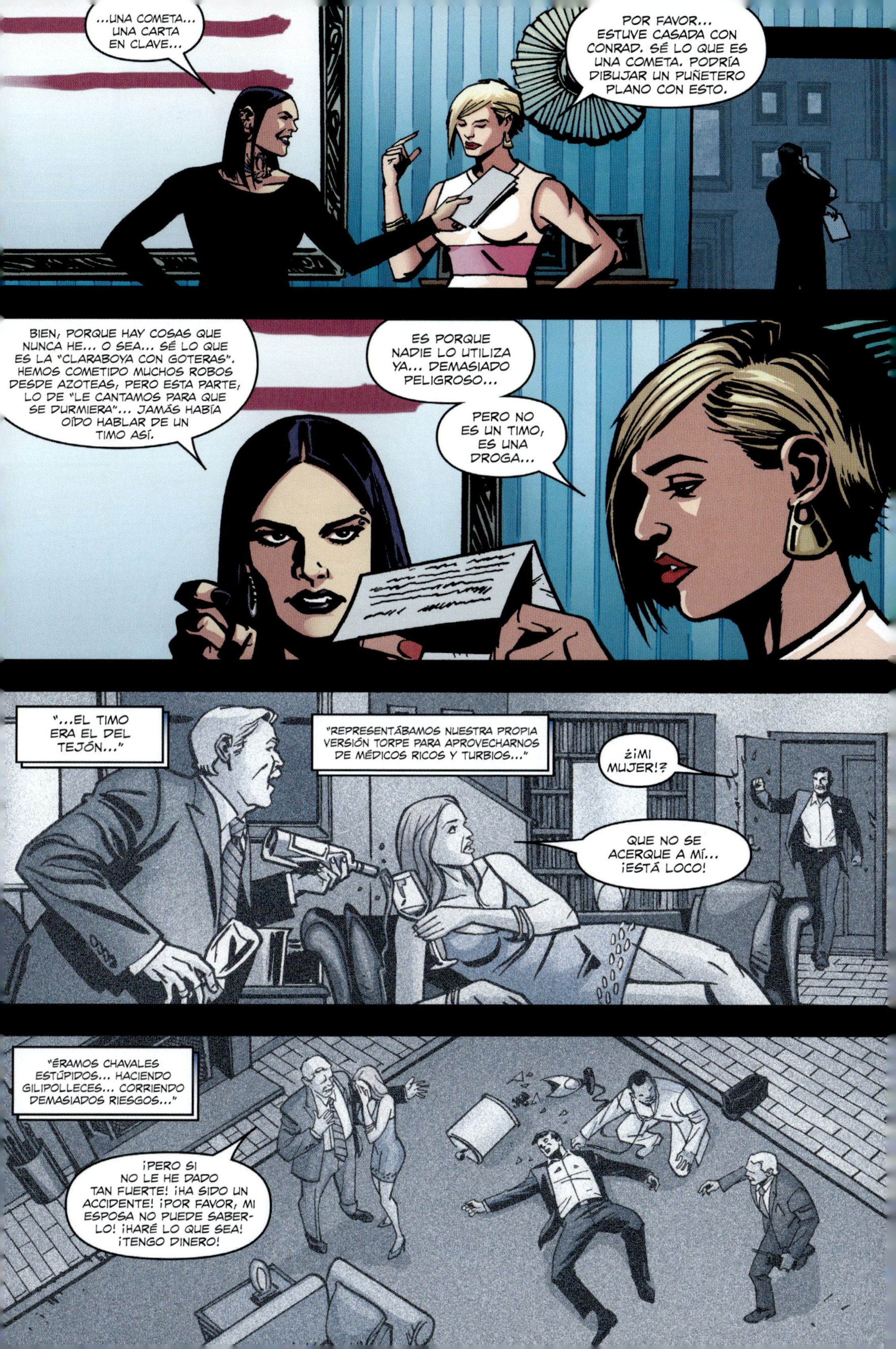
...UNA COMETA... UNA CARTA EN CLAVE...
POR FAVOR... ESTUVE CASADA CON CONRAD. SÉ LO QUE ES UNA COMETA. PODRÍA DIBUJAR UN PUÑETERO PLANO CON ESTO.
BIEN, PORQUE HAY COSAS QUE NUNCA HE... O SEA... SÉ LO QUE ES LA "CLARABOYA CON GOTERAS". HEMOS COMETIDO MUCHOS ROBOS DESDE AZOTEAS, PERO ESTA PARTE, LO DE "LE CANTAMOS PARA QUE SE DURMIERA"... JAMÁS HABÍA OÍDO HABLAR DE UN TIMO ASÍ.
ES PORQUE NADIE LO UTILIZA YA... DEMASIADO PELIGROSO...
PERO NO ES UN TIMO, ES UNA DROGA...
"...EL TIMO ERA EL DEL TEJÓN..."
"REPRESENTÁBAMOS NUESTRA PROPIA VERSIÓN TORPE PARA APROVECHARNOS DE MÉDICOS RICOS Y TURBIOS..."
¿¡MI MUJER!?
QUE NO SE ACERQUE A MÍ... ¡ESTÁ LOCO!
"ÉRAMOS CHAVALES ESTÚPIDOS... HACIENDO GILIPOLLECES... CORRIENDO DEMASIADOS RIESGOS..."
¡PERO SI NO LE HE DADO TAN FUERTE! ¡HA SIDO UN ACCIDENTE! ¡POR FAVOR, MI ESPOSA NO PUEDE SABERLO! ¡HARÉ LO QUE SEA! ¡TENGO DINERO!

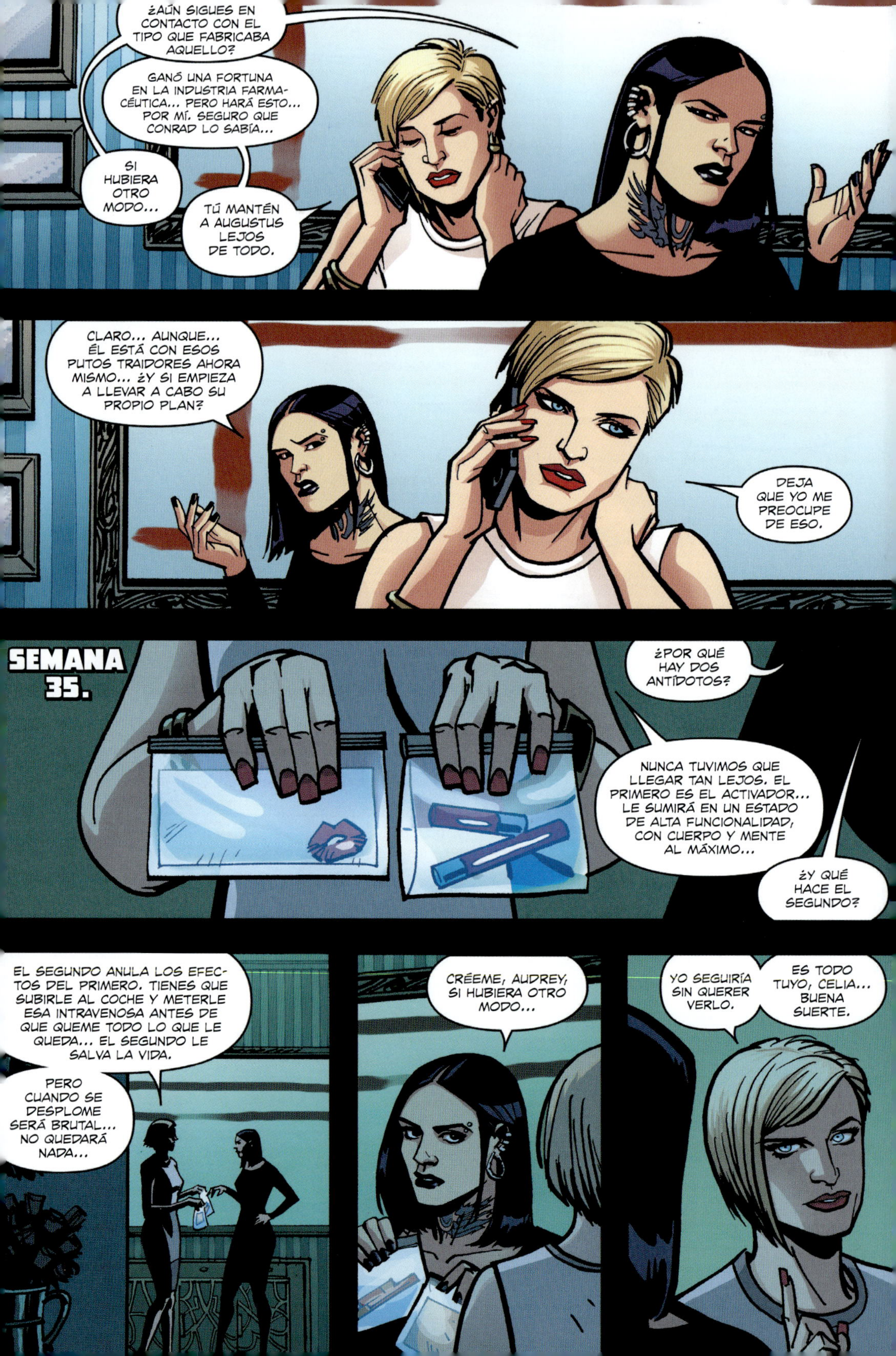

¿AÚN SIGUES EN CONTACTO CON EL TIPO QUE FABRICABA AQUELLO?
GANÓ UNA FORTUNA EN LA INDUSTRIA FARMACÉUTICA... PERO HARÁ ESTO... POR MÍ. SEGURO QUE CONRAD LO SABÍA...
SI HUBIERA OTRO MODO...
TÚ MANTÉN A AUGUSTUS LEJOS DE TODO.
CLARO... AUNQUE... ÉL ESTÁ CON ESOS PUTOS TRAIDORES AHORA MISMO... ¿Y SI EMPIEZA A LLEVAR A CABO SU PROPIO PLAN?
DEJA QUE YO ME PREOCUPE DE ESO.
SEMANA 35.
¿POR QUÉ HAY DOS ANTÍDOTOS?
NUNCA TUVIMOS QUE LLEGAR TAN LEJOS. EL PRIMERO ES EL ACTIVADOR... LE SUMIRÁ EN UN ESTADO DE ALTA FUNCIONALIDAD, CON CUERPO Y MENTE AL MÁXIMO...
¿Y QUÉ HACE EL SEGUNDO?
EL SEGUNDO ANULA LOS EFECTOS DEL PRIMERO. TIENES QUE SUBIRLE AL COCHE Y METERLE ESA INTRAVENOSA ANTES DE QUE QUEME TODO LO QUE LE QUEDA... EL SEGUNDO LE SALVA LA VIDA.
PERO CUANDO SE DESPLOME SERÁ BRUTAL... NO QUEDARÁ NADA...
CRÉEME, AUDREY, SI HUBIERA OTRO MODO...
YO SEGUIRÍA SIN QUERER VERLO.
ES TODO TUYO, CELIA... BUENA SUERTE.

ESTO ES AHORA... SEMANA 43... PERO UNAS HORAS MÁS TARDE...
¿HA RESULTADO? ¿NO HA HABIDO PROBLEMAS CON ESA TORRE DE VIGÍA...? MIERDA...
¿ESTÁS BIEN?
NO QUIERO HABLAR DEL
IIIUUURRGG...
ESTOY FUERA...
SÍ... YA ESTÁS FUERA... Y NOS CARGAREMOS A LOS CABRONES QUE HICIERON ESTO.
TE LO PROMETO.
NO. ESTOY FUERA. HE TERMINADO. CON TODO ESTO. SOLO QUIERO UNA VIDA NORMAL...
QUIERO RECUPERAR LO QUE HE PERDIDO...
...TODO LO QUE NUNCA TUVE.

"FIESTA" TODA LA NOCHE EN EL PISO FRANCO.
...MUCHOS DAÑOS FÍSICOS... QUIZÁ TAMBIÉN DE OTRO TIPO... PERO LE MANTENDREMOS SEDADO UN TIEMPO... NO DEJA DE QUITARSE LOS TUBOS...
SEMANA 45.
¿Y CÓMO ESTÁS ESTA MAÑ...? ¿¿CONRAD??
NO QUIERO HABLAR DEL TEMA.

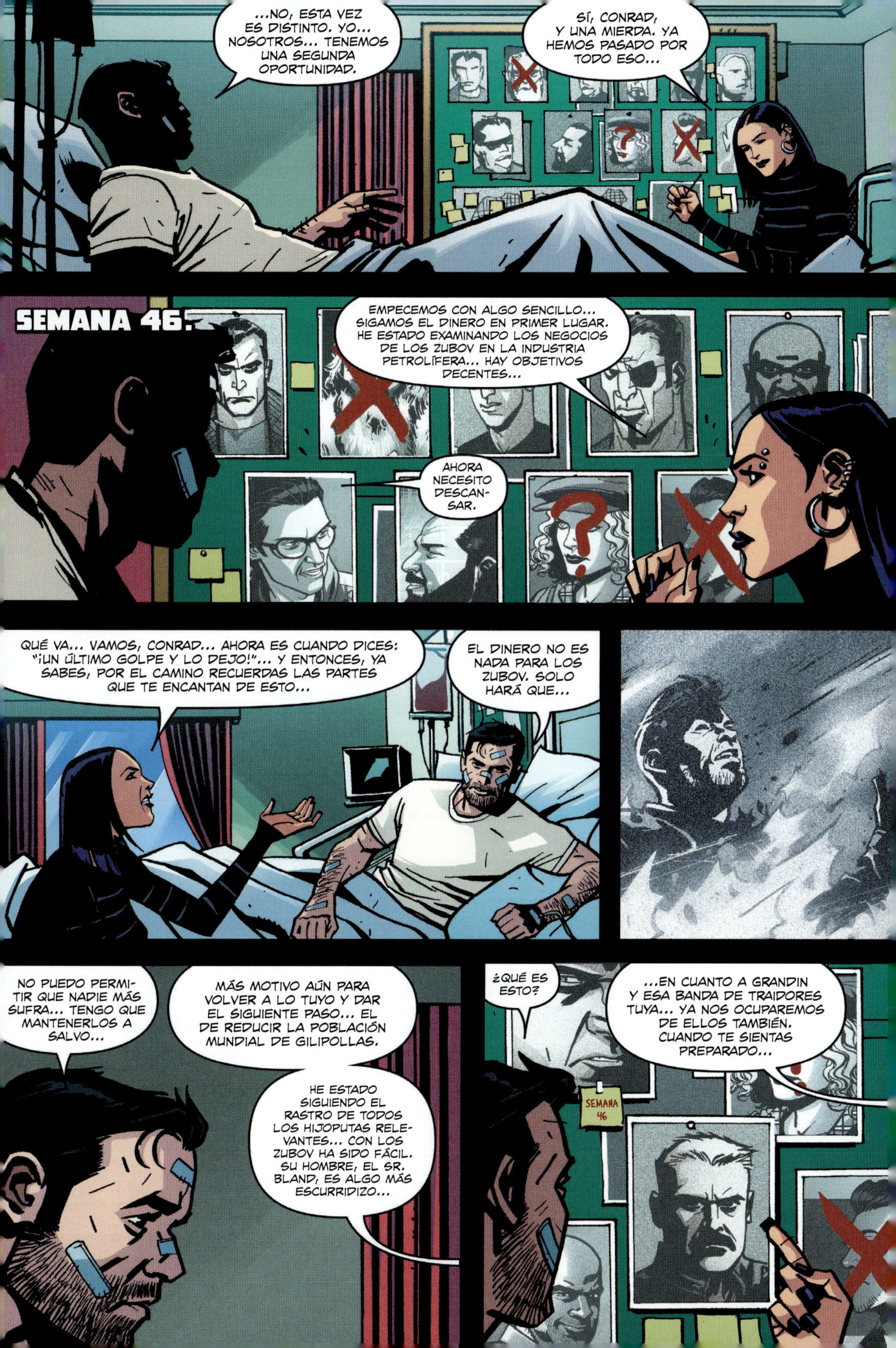

...NO, ESTA VEZ ES DISTINTO. YO... NOSOTROS... TENEMOS UNA SEGUNDA OPORTUNIDAD.
SÍ, CONRAD, Y UNA MIERDA. YA HEMOS PASADO POR TODO ESO...
SEMANA 46:
EMPECEMOS CON ALGO SENCILLO... SIGAMOS EL DINERO EN PRIMER LUGAR. HE ESTADO EXAMINANDO LOS NEGOCIOS DE LOS ZUBOV EN LA INDUSTRIA PETROLÍFERA... HAY OBJETIVOS DECENTES...
AHORA NECESITO DESCAN-SAR.
QUÉ VA... VAMOS, CONRAD... AHORA ES CUANDO DICES: "¡UN ÚLTIMO GOLPE Y LO DEJO!"... Y ENTONCES, YA SABES, POR EL CAMINO RECUERDAS LAS PARTES QUE TE ENCANTAN DE ESTO...
EL DINERO NO ES NADA PARA LOS ZUBOV. SOLO HARÁ QUE...
NO PUEDO PERMI-TIR QUE NADIE MÁS SUFRA... TENGO QUE MANTENERLOS A SALVO...
MÁS MOTIVO AÚN PARA VOLVER A LO TUYO Y DAR EL SIGUIENTE PASO... EL DE REDUCIR LA POBLACIÓN MUNDIAL DE GILIPOLLAS.
HE ESTADO SIGUIENDO EL RASTRO DE TODOS LOS HIJOPUTAS RELE-VANTES... CON LOS ZUBOV HA SIDO FÁCIL. SU HOMBRE, EL SR. BLAND, ES ALGO MÁS ESCURRIDIZO...
¿QUÉ ES ESTO?
...EN CUANTO A GRANDIN Y ESA BANDA DE TRAIDORES TUYA... YA NOS OCUPAREMOS DE ELLOS TAMBIÉN. CUANDO TE SIENTAS PREPARADO...
SEMANA 46

¿QUÉ ES ESTO...? ¿¿CONTABAS LAS SEMANAS DE MI INFIERNO?? ¿¿"DERROTA Y HUMILLACIÓN DE CONRAD"?? ¿CREES QUE QUIERO VER ES...? ¡UMF!
YA PUEDO YO... DÉJAME A MÍ...
¡NO ME DIGAS QUÉ HACER!
¿CUÁNTAS DE ESAS PASTILLAS TE HAS TOMADO...?
POR DIOS, CONRAD... ¡NO ME VENGAS CON CHORRADAS DE ESTRÉS POSTRAUMÁTICO!
¡TÚ NO SABES LO MALO QUE HA SIDO! LO QUE TE CONTÉ... LAS PARTES EN LAS QUE PUEDO APARENTAR QUE SALÍ BIEN DE ALLÍ... ¡ES TODO MENTIRA!
¿¿ERES EL ÚNICO QUE HA SUFRIDO?? AH, CLARO... ¿QUÉ COÑO DIGO...? NO ERES CAPAZ DE PENSAR EN LOS SENTIMIENTOS DE ALGUIEN MÁS... ¡ESO ES SOLO OTRA COSA QUE CREES QUE DEBERÍA PERTENECERTE!
¡EXACTO...! ¡¡NO PUEDO COMPARTIR NADA SIGNIFICATIVO CON NADIE SIN HACERLE DAÑO!! ¡VETE...! NO TERMINES TAMBIÉN ARRASTRADA CONMIGO...
¡TÚ Y TUS MIERDAS...! TENGO QUE SALIR DE AQUÍ...
...NO... BASTA DE MÉDICOS. NADA DE VISITAS. NO QUIERO QUE NADIE VEA ESTO.
¿NI SIQUIERA AUGUSTUS...? ¿AÚN TE NIEGAS A VER A TU PROPIO HIJO...? ¿ÉL SUFRE UN CASTIGO Y LOS MALOS SE VAN DE ROSITAS? ¿Y QUÉ PASA CON LA FIEBRE DEL ORO...? ¿Y CON NUESTRO DINERO?
¡EL DINERO NO ES NADA PARA ELLOS!
ES ALGO PARA MÍ... PARA MÍ Y PARA MI FAMILIA. NO ERES EL ÚNICO CON UN HIJO AL QUE CUIDAR...
BAH, A LA MIERDA.
SLAM.
PUEDES TRAERLE.

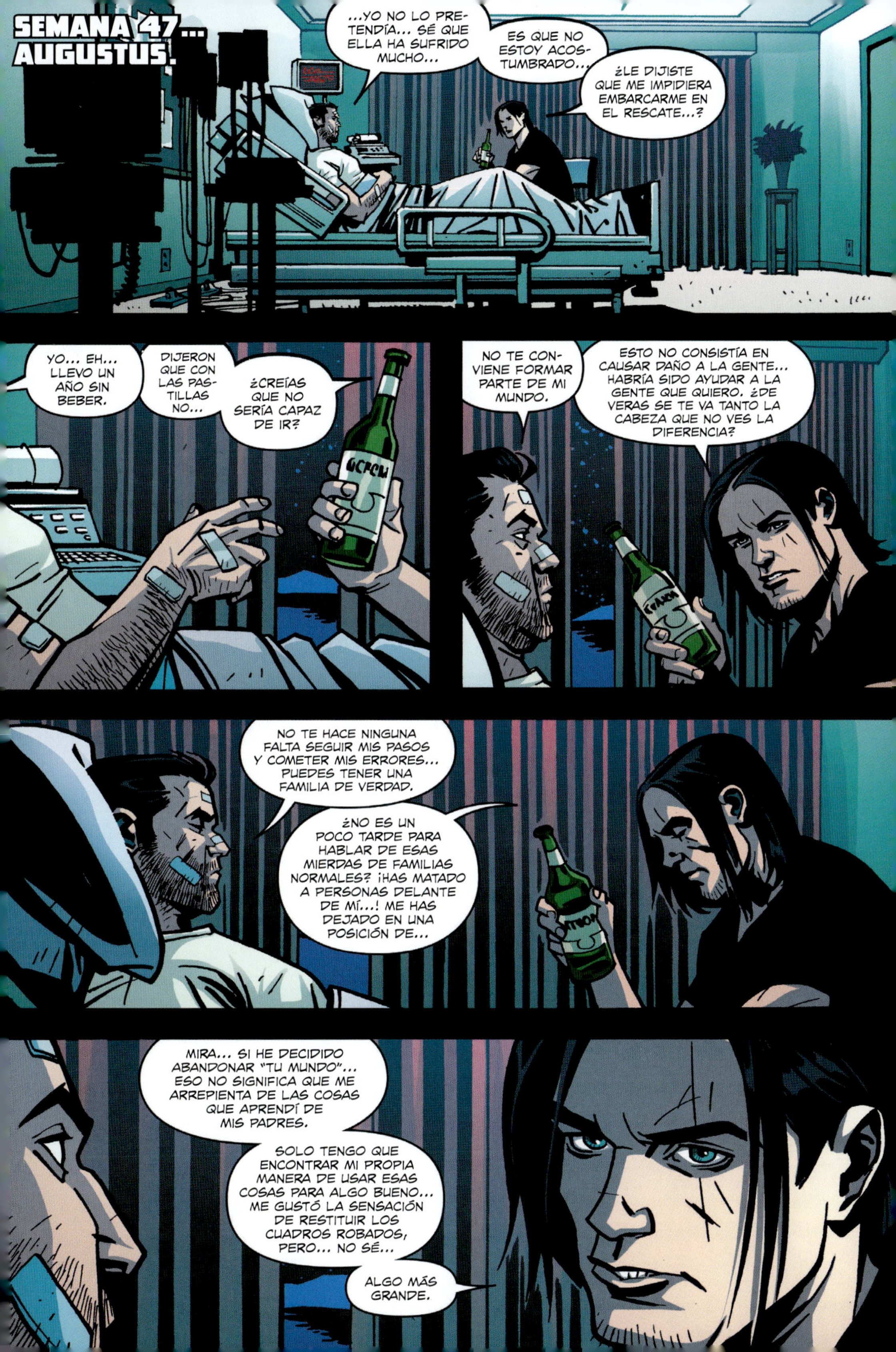
SEMANA 47... AUGUSTUS.
...YO NO LO PRETENDÍA... SÉ QUE ELLA HA SUFRIDO MUCHO...
ES QUE NO ESTOY ACOSTUMBRADO...
¿LE DIJISTE QUE ME IMPIDIERA EMBARCARME EN EL RESCATE...?
YO... EH... LLEVO UN AÑO SIN BEBER.
DIJERON QUE CON LAS PASTILLAS NO...
¿CREÍAS QUE NO SERÍA CAPAZ DE IR?
NO TE CONVIENE FORMAR PARTE DE MI MUNDO.
ESTO NO CONSISTÍA EN CAUSAR DAÑO A LA GENTE... HABRÍA SIDO AYUDAR A LA GENTE QUE QUIERO. ¿DE VERAS SE TE VA TANTO LA CABEZA QUE NO VES LA DIFERENCIA?
NO TE HACE NINGUNA FALTA SEGUIR MIS PASOS Y COMETER MIS ERRORES... PUEDES TENER UNA FAMILIA DE VERDAD.
¿NO ES UN POCO TARDE PARA HABLAR DE ESAS MIERDAS DE FAMILIAS NORMALES? ¡HAS MATADO A PERSONAS DELANTE DE MÍ...! ME HAS DEJADO EN UNA POSICIÓN DE...
MIRA... SI HE DECIDIDO ABANDONAR "TU MUNDO"... ESO NO SIGNIFICA QUE ME ARREPIENTA DE LAS COSAS QUE APRENDÍ DE MIS PADRES.
SOLO TENGO QUE ENCONTRAR MI PROPIA MANERA DE USAR ESAS COSAS PARA ALGO BUENO... ME GUSTÓ LA SENSACIÓN DE RESTITUIR LOS CUADROS ROBADOS, PERO... NO SÉ...
ALGO MÁS GRANDE.

NO ME DEBES NADA.
¿RECUERDAS CUANDO PASÉ LA VARICELA... EL CUENTO QUE ME LEÍSTE? EL DE LOS SAMURÁIS... LO QUE HACÍAN MIENTRAS NO HABÍA GUERRAS QUE LIBRAR...
TIGERS
CUBS
YA HE ESTADO EN TU FUNERAL UNA VEZ, PAPÁ.
MATAR SE HA TERMINADO. LO PROMETO.

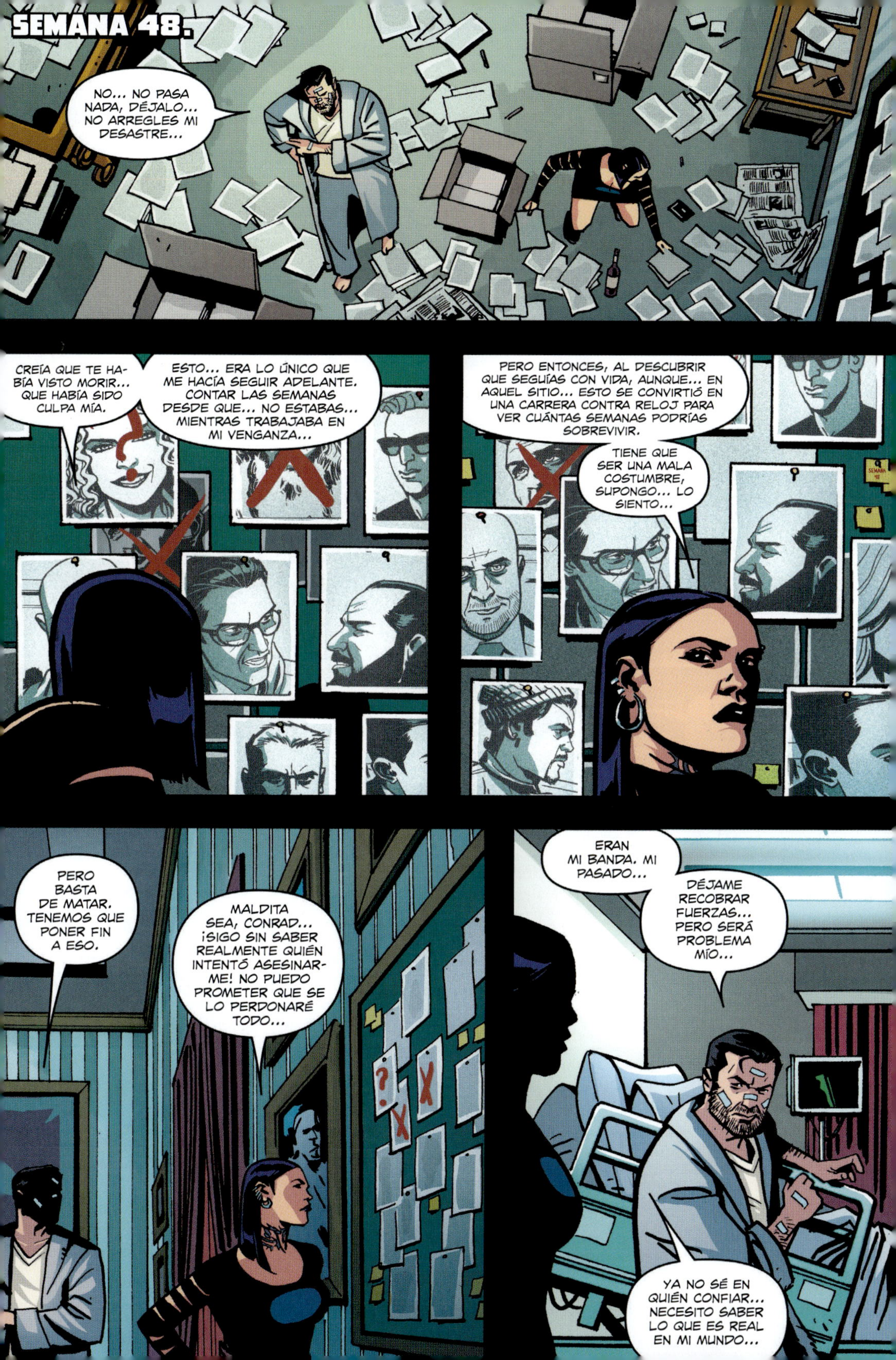
SEMANA 48.
NO... NO PASA NADA, DÉJALO... NO ARREGLES MI DESASTRE...
CREÍA QUE TE HABÍA VISTO MORIR... QUE HABÍA SIDO CULPA MÍA.
ESTO... ERA LO ÚNICO QUE ME HACÍA SEGUIR ADELANTE. CONTAR LAS SEMANAS DESDE QUE... NO ESTABAS... MIENTRAS TRABAJABA EN MI VENGANZA...
PERO ENTONCES, AL DESCUBRIR QUE SEGUÍAS CON VIDA, AUNQUE... EN AQUEL SITIO... ESTO SE CONVIRTIÓ EN UNA CARRERA CONTRA RELOJ PARA VER CUÁNTAS SEMANAS PODRÍAS SOBREVIVIR.
TIENE QUE SER UNA MALA COSTUMBRE, SUPONGO... LO SIENTO...
PERO BASTA DE MATAR. TENEMOS QUE PONER FIN A ESO.
MALDITA SEA, CONRAD... ¡SIGO SIN SABER REALMENTE QUIÉN INTENTÓ ASESINARME! NO PUEDO PROMETER QUE SE LO PERDONARÉ TODO...
ERAN MI BANDA. MI PASADO...
DÉJAME RECOBRAR FUERZAS... PERO SERÁ PROBLEMA MÍO...
YA NO SÉ EN QUIÉN CONFIAR... NECESITO SABER LO QUE ES REAL EN MI MUNDO...

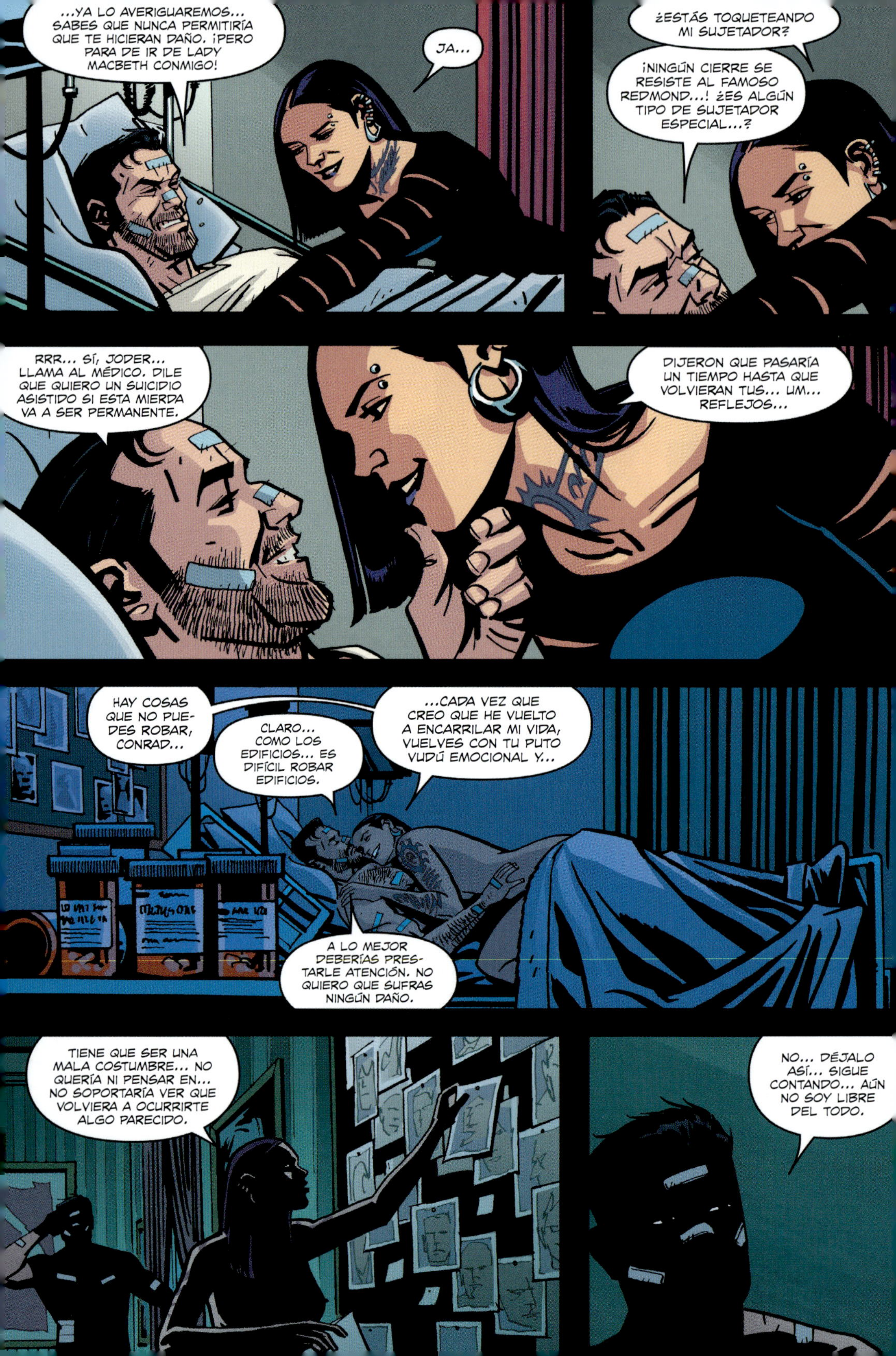
...YA LO AVERIGUAREMOS... SABES QUE NUNCA PERMITIRÍA QUE TE HICIERAN DAÑO. ¡PERO PARA DE IR DE LADY MACBETH CONMIGO!
JA...
¿ESTÁS TOQUETEANDO MI SUJETADOR?
¡NINGÚN CIERRE SE RESISTE AL FAMOSO REDMOND...! ¿ES ALGÚN TIPO DE SUJETADOR ESPECIAL...?
RRR... SÍ, JODER... LLAMA AL MÉDICO. DILE QUE QUIERO UN SUICIDIO ASISTIDO SI ESTA MIERDA VA A SER PERMANENTE.
DIJERON QUE PASARÍA UN TIEMPO HASTA QUE VOLVIERAN TUS... UM... REFLEJOS...
HAY COSAS QUE NO PUEDES ROBAR, CONRAD...
CLARO... COMO LOS EDIFICIOS... ES DIFÍCIL ROBAR EDIFICIOS.
...CADA VEZ QUE CREO QUE HE VUELTO A ENCARRILAR MI VIDA, VUELVES CON TU PUTO VUDÚ EMOCIONAL Y...
A LO MEJOR DEBERÍAS PRESTARLE ATENCIÓN. NO QUIERO QUE SUFRAS NINGÚN DAÑO.
TIENE QUE SER UNA MALA COSTUMBRE... NO QUERÍA NI PENSAR EN... NO SOPORTARÍA VER QUE VOLVIERA A OCURRIRTE ALGO PARECIDO.
NO... DÉJALO ASÍ... SIGUE CONTANDO... AÚN NO SOY LIBRE DEL TODO.

SEMANA 50.
¿TE ALEGRA ESTAR EN CASA?
HAY UN POCO MÁS DE ACTIVIDAD DE LA QUE ESTOY ACOSTUMBRADO A TENER POR AQUÍ...
PERO ¿TAN MALO ES ESO?
NO ME PARECE QUE LO MEREZCA.
NO ES ROBAR, CONRAD, SI LA GENTE TE DA COSAS POR VOLUNTAD PROPIA.
¿¿ESTÁS SEGURO?? LLEVAS MUCHO TIEMPO SIN SALIR... NO ME IMPORTA PASEAR CONTIGO...
PODRÍAMOS HABLAR DE...
NO, TRANQUILA... NECESITO DESPEJAR MI MENTE...
AÚN NO HE LLEGADO ALLÍ... PERO YA VEO LA LUZ AL FINAL DEL TÚNEL...

CONGRACIÁNDOSE CON LA ANTIGUA BANDA.
HAZLO.
HUBO UNA VOTACIÓN SOBRE CELIA. YA SABES CÓMO VA LA COSA. PARA EL RESTO DE NOSOTROS, EL CRIMEN ES ALGO MÁS QUE HACER RÁPEL Y LLEVAR DISFRACES VISTOSOS.
PERO TÚ ESTABAS AL MANDO.
NO TE DIRÉ QUIÉN MÁS VOTÓ EN QUÉ SENTIDO... ASÍ QUE DEJA QUE TE AHORRE EL RATO DE CAVARME UNA FOSA Y PRENDERME FUEGO... SABES QUE NO LO HARÉ. TAMBIÉN SE ME DAN BIEN CIERTAS COSAS, HERMANO.
PERO TAMBIÉN FUISTE TÚ EL QUE SE ENCARGÓ DE MI HIJO, ¿VERDAD...? LE IMPEDISTE IR A RUSIA...
NO LO HICE POR TI.
SIEMPRE TE HA GUSTADO IMPRESIONAR A AUDREY.
DE LOS DEMÁS ODIAMOS LO QUE ODIAMOS EN SECRETO DE NOSOTROS MISMOS.
CUIDADO, GRANDIN... PARECES LA BIBLIOTECA DE FOLSOM... TE DELATAS...
ES QUIENES SOMOS.
QUIEN FUI. ESTOY FUERA.
TUVISTEIS TIEMPO DE SOBRA PARA HACER LIMPIEZA... PARA CORTAR CUALQUIER VÍNCULO CON CELIA O CONMIGO. HEMOS TERMINADO.
SÍ... ESTÁ TODO CAUTERIZADO... PODEMOS TERMINAR...
PERO NINGUNO DE LOS DOS "TERMINARÁ" JAMÁS... SOMOS ESOS MONOS QUE SE DEVORAN A SÍ MISMOS HASTA LA MUERTE.

AHORA... SEMANA 52... BETH.
¿QUÉ SUCEDE, BETH, AÚN ME SIGUES? ¿NO ES LA MISMA MIERDA QUE TE METIÓ EN LÍOS?
HE VENIDO A BEBER... ES LO QUE HACEMOS LAS PERSONAS SIN EMPLEO. TE AGRADEZCO ESO, POR CIERTO.
¿Y NO OÍ QUE HABÍAN CELEBRADO TU FUNERAL...? PODRÍAS CAPTAR LA INDIRECTA, TAL VEZ.
DENEGADA
SOLO ME JUBILÉ... SE PARECE MUCHO A MORIR, SIMPLEMENTE NADIE SE ACUERDA DE TI.
AUN ASÍ, GRACIAS POR LAS FLORES.
EL FBI ENVÍA LAS FLORES... SE LIMITAN A PONER EL NOMBRE DE CUALQUIER AGENTE QUE HAYA TRABAJADO EN UN CASO... INCLUSO EL DE LAS AGENTES JODIDAS Y DESPEDIDAS A LAS QUE NADIE QUIERE.
¿QUÉ FUE DEL PUESTO EN LA ATF...? YO TAMBIÉN OIGO COSAS. ¿TE HA RECHAZADO OTRA AGENCIA FEDERAL? ¿POR QUÉ NO CAPTAS LA INDIRECTA TÚ?
DICEN QUE NOS LIMITAMOS A COMETER LOS MISMOS ERRORES UNA Y OTRA VEZ...
TRATAMOS DE REVIVIR NUESTRO PASADO... Y SE REPITE.
HAY GENTE QUE SOLO QUIERE REVIVIR EL DOLOR.
QUIEN ES DE VERDAD BUENO EN ALGO SUELE SENTIRSE SOLO.
NOSOTROS SÍ.
LOS ADICTOS DE LA PEOR CLASE.
LO MEJOR QUE PODEMOS HACER ES ORIENTAR EL BARCO SEGÚN EL VIENTO.
SIGO TENIENDO NUMEROSOS CONTACTOS EN EMPRESAS DE SEGURIDAD... HARÉ UNAS CUANTAS LLAMADAS... TODO EL MUNDO CONTRATA A EXAGENTES DEL FBI. DEJA QUE TE DÉ MI TARJETA...
ANDA Y QUE TE JODAN, CONRAD. DEVOLVERLE A ALGUIEN LAS OPORTUNIDADES QUE LE HAS ARREBATADO ES ALGO MÁS QUE RESTITUIR CUADROS ROBADOS...

¿...TE DICES QUE NUNCA HAS HECHO DAÑO A NADIE...? ¿CREES TENER LAS MANOS LIMPIAS POR TUS BUENAS INTENCIONES?
LOS ROBOS DE ARTE SON LA TERCERA FUENTE MÁS IMPORTANTE DE FINANCIACIÓN DEL TERRORISMO... ESTÁN EN LO MÁS ALTO, E INTERCONECTADOS, CON EL NARCOTRÁFICO Y EL CONTRABANDO DE PETRÓLEO...
"...AFRÓNTALO, TÍO, REDMOND TAN SOLO HA HECHO SUFRIR A LOS DEMÁS."
"Y VIVO O MUERTO... CONRAD PAULSON ESTÁ QUEMADO..."
¿NO TE PREOCUPA QUE TU HIJO VEA TODAS LAS ATROCIDADES QUE HAS PERMITIDO...? BIEN.
PORQUE... SI ENTIENDO LA NECESIDAD QUE TIENES DE PROTEGER A TU HIJO... SOLO ES CUESTIÓN DE TIEMPO... QUE ALGUNAS DE ESAS ATROCIDADES LE PASEN FACTURA.
CÁRTELES, LA MAFIA... ALGUIEN MENCIONÓ A LOS RUSOS... HAS ESTADO DESQUICIANDO A UNOS CUANTOS PUTOS GENIOS...
O... SERÁ EL GOBIERNO OTRA VEZ. EXCEPTO QUE A LA PRÓXIMA... EN EL ENTORNO ACTUAL... ALGUNA AGENCIA ANTITERRORISTA "MÁS FLEXIBLE"...
"...PODRÍA DESTRUIRTE LA VIDA SIN JUICIO ALGUNO..."
A NO SER... QUE PUDIERAS TOMAR LA INICIATIVA PRIMERO... ESAS MISMAS AGENCIAS SIEMPRE NECESITARÁN LO QUE HACES...
AÚN CONOZCO A VARIAS PERSONAS EN PROTECCIÓN DE TESTIGOS... ¿POR QUÉ NO HAGO UNAS LLAMADAS POR TI?
AUNQUE ESO IMPLICARÍA AFRONTAR LO QUE HAS HECHO...

"...Y QUIÉN ERES EN REALIDAD."
ESO FUE ENTONCES...
SEMANA 43...
LA FUGA.
FFHHHHHHFF.
THWIIIPP

"¿PUEDES HACER ESO, CONRAD...? ¿PUEDES SIQUIERA RECORDAR QUIÉN ERES EN REALIDAD...?"

AHORA.
¿¿...CONRAD?? ¿¿HOLA?? EH... BIENVENIDO OTRA VEZ... ¿ESTÁS BIEN?
SÍ.
LO ESTOY. SÍ...
SÉ QUIÉN SOY.
TENGO QUE IRME.
SI NO ACEPTAS MI TARJETA...
AL MENOS DEJA QUE TE DEVUELVA LA TUYA...
Con cariño
SOLO HAY UNA CLASE DE ADICTOS.
Con cariño
MIERDA.

AH... CONRAD... HOLA...
NO TE HE OÍDO ENTRAR...
ES PORQUE SOY UN LADRÓN.
PERO...
PARA LOS ZUBOV 100 MILLONES NO SON NADA... EL DINERO DEL ALMUERZO.
QUIERO QUE LO NOTEN. VOY A TIRARLES LA LECHE DE LA BANDEJA.
PERO HABÍAS DICHO...
ESO FUE ENTONCES.
SEMANA UNO
ESTO ES AHORA.

UN POCO BLAND... ¿O?
OCHO SEMANAS DESPUÉS.
ESTOY DENTRO...
PUEDO VER LA PUERTA DE LA SALA GPS.
VALE... ACTIVANDO DISTRACCIÓN... Y... ESPERA... VALE... EL CENTINELA SE DESPLAZA...

ENVIANDO PULSO... ¡YA! FORZANDO REINICIO DEL SISTEMA DE CÁMARAS... UN MOMENTO...
UN MOMENTO...
CÁMARA INUTILIZADA, VAMOS... VAMOS... ¡VAMOS! ¡OCHO SEGUNDOS!
SEIS SEGUNDOS HASTA QUE LOS SISTEMAS DE EMERGENCIA SE ACTIVEN...
CINCO... CUATRO... TRES... ¡VENGA, CONRAD, ES UNA CERRADURA SENCILLA!
¡PAAAAAHP!

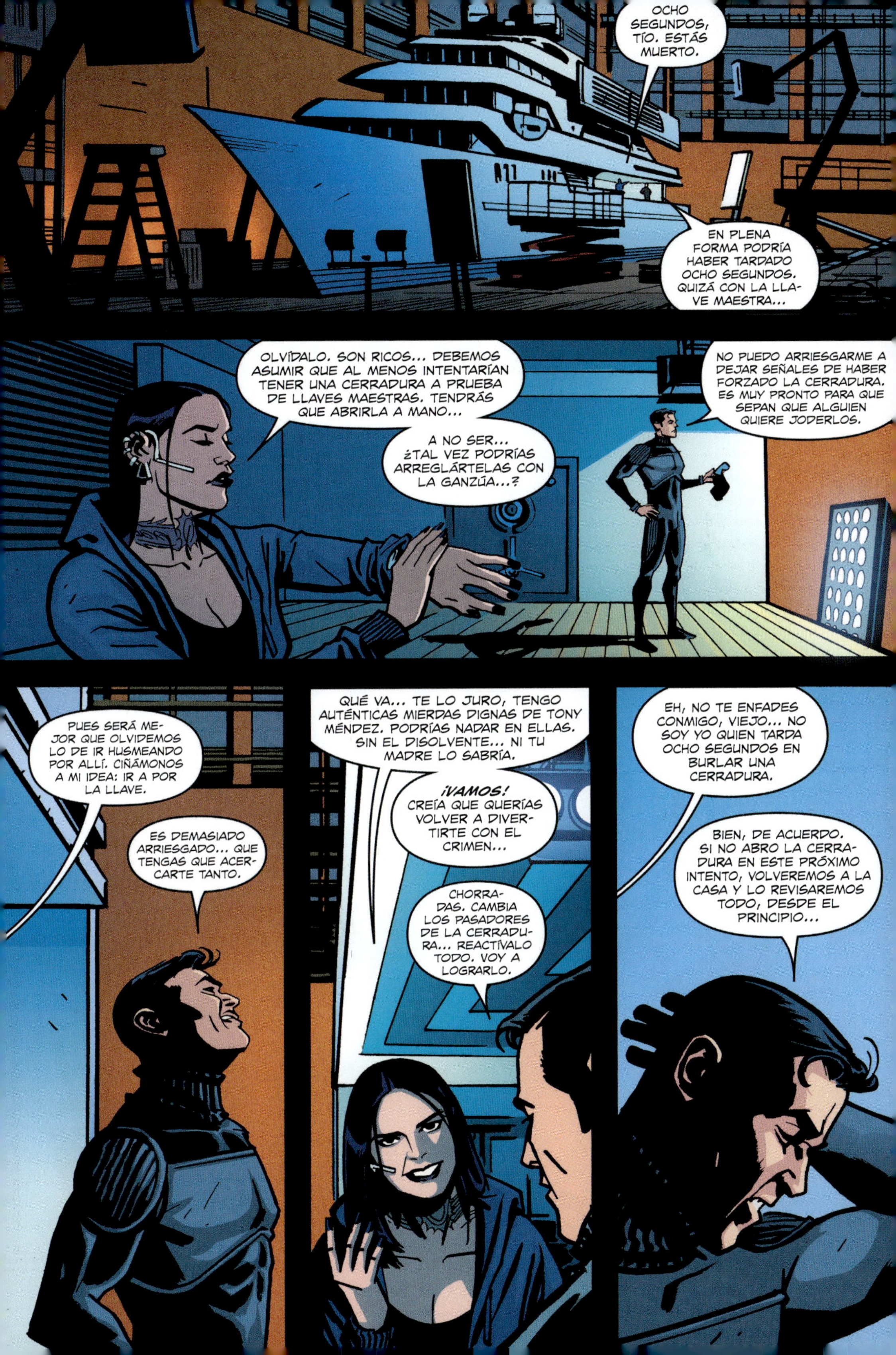
OCHO SEGUNDOS, TÍO. ESTÁS MUERTO.
EN PLENA FORMA PODRÍA HABER TARDADO OCHO SEGUNDOS. QUIZÁ CON LA LLAVE MAESTRA...
OLVÍDALO. SON RICOS... DEBEMOS ASUMIR QUE AL MENOS INTENTARÍAN TENER UNA CERRADURA A PRUEBA DE LLAVES MAESTRAS. TENDRÁS QUE ABRIRLA A MANO...
A NO SER... ¿TAL VEZ PODRÍAS ARREGLÁRTELAS CON LA GANZÚA...?
NO PUEDO ARRIESGARME A DEJAR SEÑALES DE HABER FORZADO LA CERRADURA. ES MUY PRONTO PARA QUE SEPAN QUE ALGUIEN QUIERE JODERLOS.
PUES SERÁ MEJOR QUE OLVIDEMOS LO DE IR HUSMEANDO POR ALLÍ. CIÑÁMONOS A MI IDEA: IR A POR LA LLAVE.
ES DEMASIADO ARRIESGADO... QUE TENGAS QUE ACERCARTE TANTO.
QUÉ VA... TE LO JURO, TENGO AUTÉNTICAS MIERDAS DIGNAS DE TONY MÉNDEZ. PODRÍAS NADAR EN ELLAS. SIN EL DISOLVENTE... NI TU MADRE LO SABRÍA.
¡VAMOS! CREÍA QUE QUERÍAS VOLVER A DIVERTIRTE CON EL CRIMEN...
CHORRADAS. CAMBIA LOS PASADORES DE LA CERRADURA... REACTÍVALO TODO. VOY A LOGRARLO.
EH, NO TE ENFADES CONMIGO, VIEJO... NO SOY YO QUIEN TARDA OCHO SEGUNDOS EN BURLAR UNA CERRADURA.
BIEN, DE ACUERDO. SI NO ABRO LA CERRADURA EN ESTE PRÓXIMO INTENTO, VOLVEREMOS A LA CASA Y LO REVISAREMOS TODO, DESDE EL PRINCIPIO...

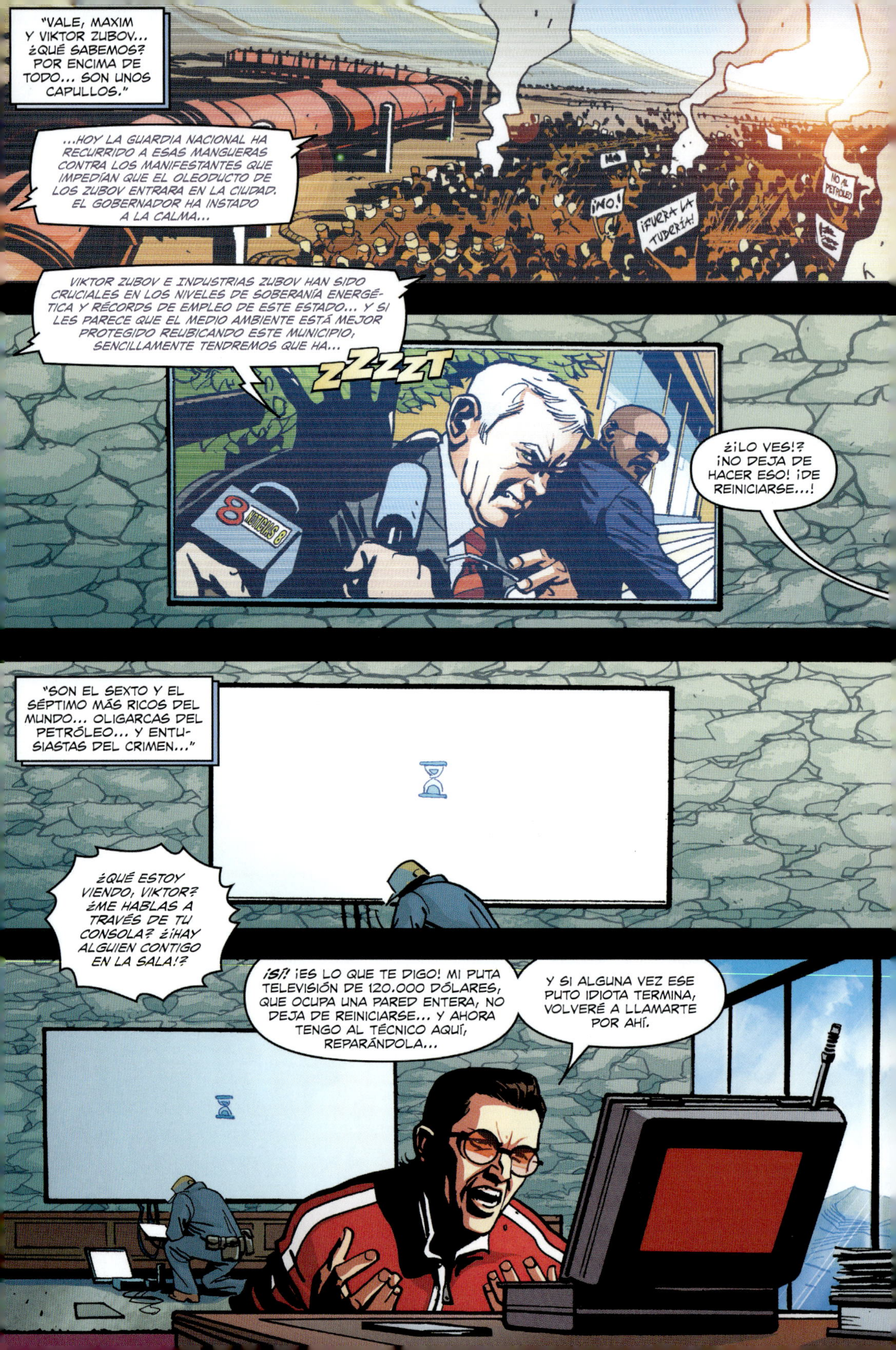
"VALE, MAXIM Y VIKTOR ZUBOV... ¿QUÉ SABEMOS? POR ENCIMA DE TODO... SON UNOS CAPULLOS."
...HOY LA GUARDIA NACIONAL HA RECURRIDO A ESAS MANGUERAS CONTRA LOS MANIFESTANTES QUE IMPEDÍAN QUE EL OLEODUCTO DE LOS ZUBOV ENTRARA EN LA CIUDAD. EL GOBERNADOR HA INSTADO A LA CALMA...
¡NO!
¡FUERA LA TUBERÍA!
NO AL PETRÓLEO
VIKTOR ZUBOV E INDUSTRIAS ZUBOV HAN SIDO CRUCIALES EN LOS NIVELES DE SOBERANÍA ENERGÉTICA Y RÉCORDS DE EMPLEO DE ESTE ESTADO... Y SI LES PARECE QUE EL MEDIO AMBIENTE ESTÁ MEJOR PROTEGIDO REUBICANDO ESTE MUNICIPIO, SENCILLAMENTE TENDREMOS QUE HA...
ZZZZT
8 NOTICIAS 8
¿¡LO VES!? ¡NO DEJA DE HACER ESO! ¡DE REINICIARSE...!
"SON EL SEXTO Y EL SÉPTIMO MÁS RICOS DEL MUNDO... OLIGARCAS DEL PETRÓLEO... Y ENTUSIASTAS DEL CRIMEN..."
¿QUÉ ESTOY VIENDO, VIKTOR? ¿ME HABLAS A TRAVÉS DE TU CONSOLA? ¿¡HAY ALGUIEN CONTIGO EN LA SALA!?
¡SÍ! ¡ES LO QUE TE DIGO! MI PUTA TELEVISIÓN DE 120.000 DÓLARES, QUE OCUPA UNA PARED ENTERA, NO DEJA DE REINICIARSE... Y AHORA TENGO AL TÉCNICO AQUÍ, REPARÁNDOLA...
Y SI ALGUNA VEZ ESE PUTO IDIOTA TERMINA, VOLVERÉ A LLAMARTE POR AHÍ.

Y... ¡OYE! ¡SE SUPONE QUE DEBE VERSE COMO SI FORMARA PARTE DEL MURO! SI PUEDO VER ESA PUTA TELE CUANDO ESTÉ APAGADA, PERDERÁS TU PUTO TRABAJO... ¿¡QUÉ TE PARECE!? ¿¡Y SI LLAMO AL PRESIDENTE DEL PUÑETERO PAÍS DEL QUE VENGAS Y ME ASEGURO DE QUE TE LLEVEN DE VUELTA ALLÍ!?
VALE, SEÑOR, NO HAY PROBLEMA... YA TERMINO.
"...DIRIGEN LA MAYORÍA DE SUS HOLDINGS POR SEPARADO Y SON FEROZMENTE COMPETITIVOS..."
¡VIKTOR! TONTEANDO, PERDIENDO EL TIEMPO... ¡COMO SIEMPRE DECÍA PAPÁ! POR ESO SIGUES SIENDO SOLO EL SÉPTIMO MÁS RICO DEL PLANETA.
DÉJANOS ALGO DE INTIMIDAD Y OCUPÉMONOS DEL ASUNTO... ACORDANDO UN PAGO CON NUESTROS AMIGOS DEL DESIERTO...
¡TÚ ERES EL QUE PIERDE EL TIEMPO, HERMANO, Y TAMBIÉN ESTA APUESTA! AHORA PODEMOS USAR UNO DE TUS PETROLEROS...
NO, NO... LA APUESTA ERA QUE PODRÍAS VENCER A ESOS GRUPOS ECOLOGISTAS Y QUITAR ESE PUEBLECILLO ASQUEROSO DE LAS MONTAÑAS... ¡¡POR TU CUENTA!!
¡TRAMPOSO! ¡APOSTASTE A QUE NO PODRÍA QUITAR ESE PUEBLO DE AHÍ CON TODA LA PRENSA MIRANDO Y APENAS ME HAN RETRASADO!
¡HACER QUE UN OLEODUCTO DE INDUSTRIAS ZUBOV PASE POR AHÍ ANULA LA APUESTA! ¡LOS SOBORNOS QUE HEMOS EFECTUADO EN NOMBRE DE LA COMPAÑÍA COMPRARON AL GOBIERNO PARA QUE NOS PERMITIERA HACER ESAS COSAS! ES COMO SI YO APOSTARA CONTRA MÍ MISMO, SI METES NUESTRO PETRÓLEO DE POR MEDIO...
"PERO CIERTOS PROYECTOS... LES GUSTA ABORDARLOS JUNTOS."
¡¡BAH!! AHORA QUE LA FIEBRE DEL ORO ESTÁ A BUEN RECAUDO, Y ESTAMOS BIEN PROTEGIDOS... ¡NO VEO MOTIVOS PARA NO CONSENTIRNOS UNOS CUANTOS CAPRICHOS!
HABLANDO DE LA FIEBRE DEL ORO... SI YA TE HAS DEJADO DE MAMONEOS... ES CASI LA HORA DE QUE SINCRONICEMOS NUESTRAS CONTRASEÑAS DE HOY...

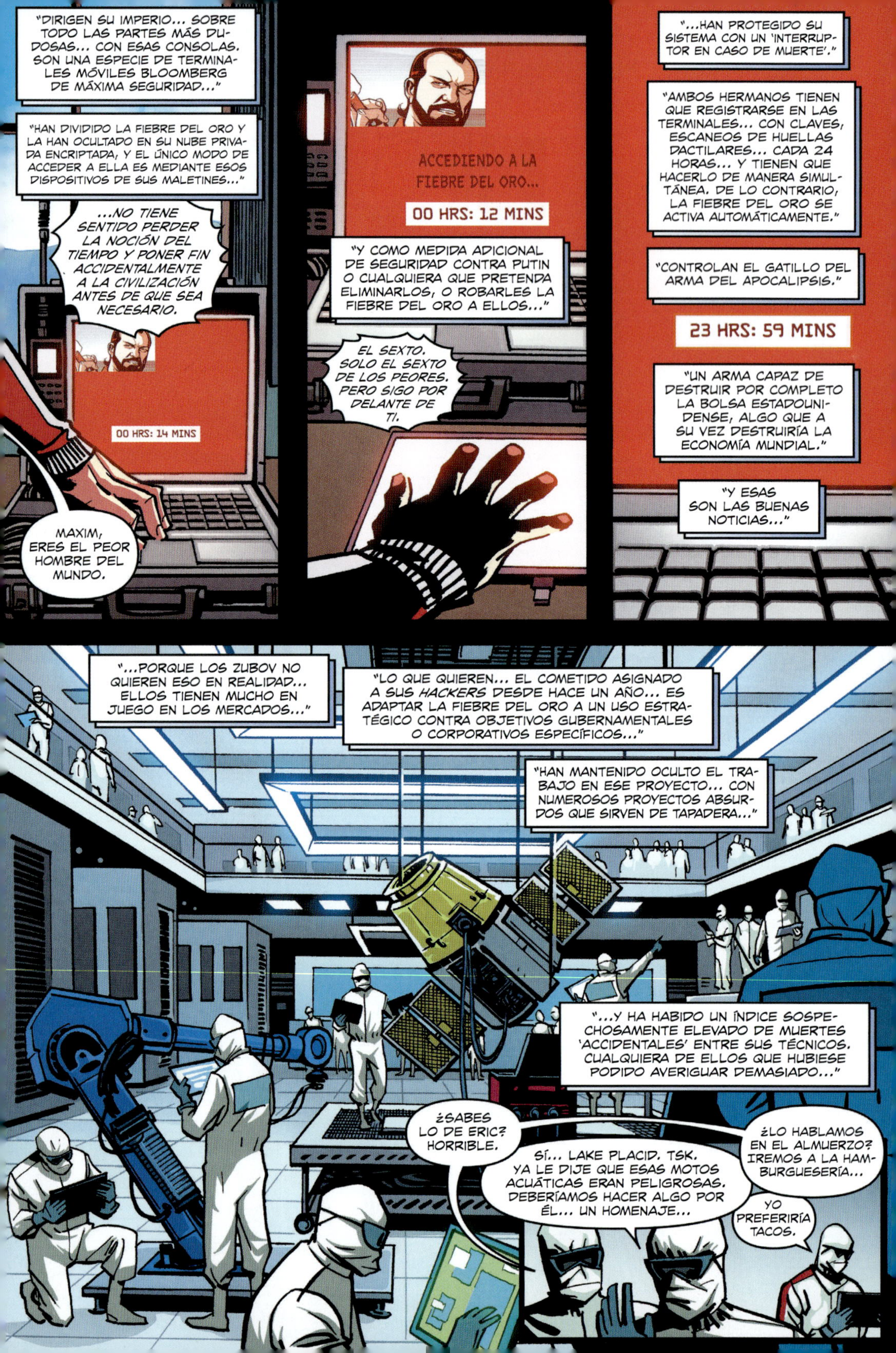
"DIRIGEN SU IMPERIO... SOBRE TODO LAS PARTES MÁS DUDOSAS... CON ESAS CONSOLAS. SON UNA ESPECIE DE TERMINALES MÓVILES BLOOMBERG DE MÁXIMA SEGURIDAD..."
"HAN DIVIDIDO LA FIEBRE DEL ORO Y LA HAN OCULTADO EN SU NUBE PRIVADA ENCRIPTADA, Y EL ÚNICO MODO DE ACCEDER A ELLA ES MEDIANTE ESOS DISPOSITIVOS DE SUS MALETINES..."
...NO TIENE SENTIDO PERDER LA NOCIÓN DEL TIEMPO Y PONER FIN ACCIDENTALMENTE A LA CIVILIZACIÓN ANTES DE QUE SEA NECESARIO.
00 HRS: 14 MINS
MAXIM, ERES EL PEOR HOMBRE DEL MUNDO.
ACCEDIENDO A LA FIEBRE DEL ORO...
00 HRS: 12 MINS
"Y COMO MEDIDA ADICIONAL DE SEGURIDAD CONTRA PUTIN O CUALQUIERA QUE PRETENDA ELIMINARLOS, O ROBARLES LA FIEBRE DEL ORO A ELLOS..."
EL SEXTO. SOLO EL SEXTO DE LOS PEORES. PERO SIGO POR DELANTE DE TI.
"...HAN PROTEGIDO SU SISTEMA CON UN 'INTERRUPTOR EN CASO DE MUERTE'."
"AMBOS HERMANOS TIENEN QUE REGISTRARSE EN LAS TERMINALES... CON CLAVES, ESCANEOS DE HUELLAS DACTILARES... CADA 24 HORAS... Y TIENEN QUE HACERLO DE MANERA SIMULTÁNEA. DE LO CONTRARIO, LA FIEBRE DEL ORO SE ACTIVA AUTOMÁTICAMENTE."
"CONTROLAN EL GATILLO DEL ARMA DEL APOCALIPSIS."
23 HRS: 59 MINS
"UN ARMA CAPAZ DE DESTRUIR POR COMPLETO LA BOLSA ESTADOUNIDENSE, ALGO QUE A SU VEZ DESTRUIRÍA LA ECONOMÍA MUNDIAL."
"Y ESAS SON LAS BUENAS NOTICIAS..."
"...PORQUE LOS ZUBOV NO QUIEREN ESO EN REALIDAD... ELLOS TIENEN MUCHO EN JUEGO EN LOS MERCADOS..."
"LO QUE QUIEREN... EL COMETIDO ASIGNADO A SUS *HACKERS* DESDE HACE UN AÑO... ES ADAPTAR LA FIEBRE DEL ORO A UN USO ESTRATÉGICO CONTRA OBJETIVOS GUBERNAMENTALES O CORPORATIVOS ESPECÍFICOS..."
"HAN MANTENIDO OCULTO EL TRABAJO EN ESE PROYECTO... CON NUMEROSOS PROYECTOS ABSURDOS QUE SIRVEN DE TAPADERA..."
"...Y HA HABIDO UN ÍNDICE SOSPECHOSAMENTE ELEVADO DE MUERTES 'ACCIDENTALES' ENTRE SUS TÉCNICOS. CUALQUIERA DE ELLOS QUE HUBIESE PODIDO AVERIGUAR DEMASIADO..."
¿SABES LO DE ERIC? HORRIBLE.
SÍ... LAKE PLACID. TSK. YA LE DIJE QUE ESAS MOTOS ACUÁTICAS ERAN PELIGROSAS. DEBERÍAMOS HACER ALGO POR ÉL... UN HOMENAJE...
¿LO HABLAMOS EN EL ALMUERZO? IREMOS A LA HAMBURGUESERÍA...
YO PREFERIRÍA TACOS.

¿Y NO PODEMOS ACCEDER A LA FIEBRE DEL ORO HACKEANDO SU NUBE?
ES UN POCO MÁS COMPLICADO QUE ENVIAR UN CÓDIGO A UN TELEVISOR PARA QUE SE REINICIE CON LOS AJUSTES DE FÁBRICA. SE TRATA DE UN ALGORITMO ENCRIPTADO EN UN SISTEMA CERRADO. INCLUSO CON ACCESO A LOS MALETINES Y UN EQUIPO DE EXPERTOS, NOS LLEVARÍA... MESES...
Y NO TENDRÍAMOS MÁS DE 24 HORAS.
JODEEER.
POR ESO HEMOS ESTADO BUSCANDO OTROS PUNTOS DÉBILES...
LA ÚNICA VEZ QUE LAS TERMINALES DE LOS ZUBOV SE CONECTAN FÍSICAMENTE A ALGO ES CUANDO SE SINCRONIZAN CON EL SISTEMA GPS DE LA EMPRESA...
...DEPENDIENTE DE SUS SATÉLITES PRIVADOS Y UTILIZADO POR TODOS SUS BARCOS Y CAMIONES... EN APARIENCIA PARA QUE COMPETIDORES O PIRATAS NO PUEDAN RASTREARLOS...
"ES BASTANTE HABITUAL QUE UNA GRAN PETROLERA DENUNCIE QUE UNO DE SUS BUQUES SE HA 'PERDIDO EN ALTA MAR'..."
"AUN ASÍ, NO CONSTAN BARCOS DE LOS ZUBOV EN NINGÚN MERCADO NEGRO..."
PERO ¿¡OTRA VEZ UNO DE MIS BARCOS!?
"SOLO LOS ZUBOV PUEDEN INTRODUCIR MANUALMENTE CAMBIOS EN EL SISTEMA... CAMBIOS COMO, POR EJEMPLO, BORRAR UN BARCO."
PODEMOS CONSIDERAR ESTO TU PAGO POR LA APUESTA.
¡Y POR ESO AHORA PARTICIPAS DE LOS BENEFICIOS QUE DIO!
¡LIQUIDAMOS TRES DE MIS PETROLEROS PARA FINANCIAR LA OPERACIÓN DEL AÑO PASADO EN RUSIA!
VAMOS, VIKTOR, NUESTROS INVITADOS ESPERAN EN CUBIERTA... ELIJAMOS UN BARCO CUYA TRIPULACIÓN NADIE VAYA A ECHAR MUCHO DE MENOS...
"SU SISTEMA GPS, CUSTODIADO POR MAXIM, ESTÁ PRESERVADO EN UNA 'SALA LIMPIA' DOTADA DE UNA JAULA DE FARADAY, ASÍ QUE ES IMPOSIBLE ACCEDER A ÉL POR VÍA REMOTA."
"MUCHA SEGURIDAD... PERO SIGUE SIENDO EL FLANCO MÁS ABIERTO... PORQUE CASI TODAS LAS MEDIDAS DE SEGURIDAD PERMANECEN CON MAXIM Y SU MALETÍN..."

"...Y PORQUE SABEMOS DÓNDE GUARDA ÉL LA ÚNICA LLAVE DE ESA SALA."
¡AH, CABALLEROS! ¡DISCULPEN! COMO SIEMPRE, HE TENIDO QUE AYUDAR A MI HERMANO PEQUEÑO... PERO SU PAGO YA SE HA PROGRAMADO. LES SORPRENDERÍA LO FÁCIL QUE RESULTA PERDER UN PETROLERO... ESTE MUNDO ES TAN PELIGROSO...
"NO SE LA QUITA DE ENCIMA. NI PODEMOS QUITÁRSELA... NI PUEDEN SABER QUE LO ESTAMOS INTENTANDO."
CRETA.
Y MI SOCIO, EL SR. BLAND, LLEGARÁ EN BREVE... SE UNIRÁ A SUS HOMBRES PARA EL INTERCAMBIO EN GINEBRA.
MIENTRAS TANTO... CONFÍO EN QUE LAS DISTRACCIONES HAYAN SIDO ACEPTABLES...
¡DIOS MÍO! ¡ES MAXIM ZUBOV! ¡¡NUNCA HABÍA ESTADO JUNTO AL HOMBRE MÁS RICO DEL PLANETA!!
¡VAMOS A HACERNOS UN SELFI!
¡SNAP! ¡SNAP! ¡SNAP!

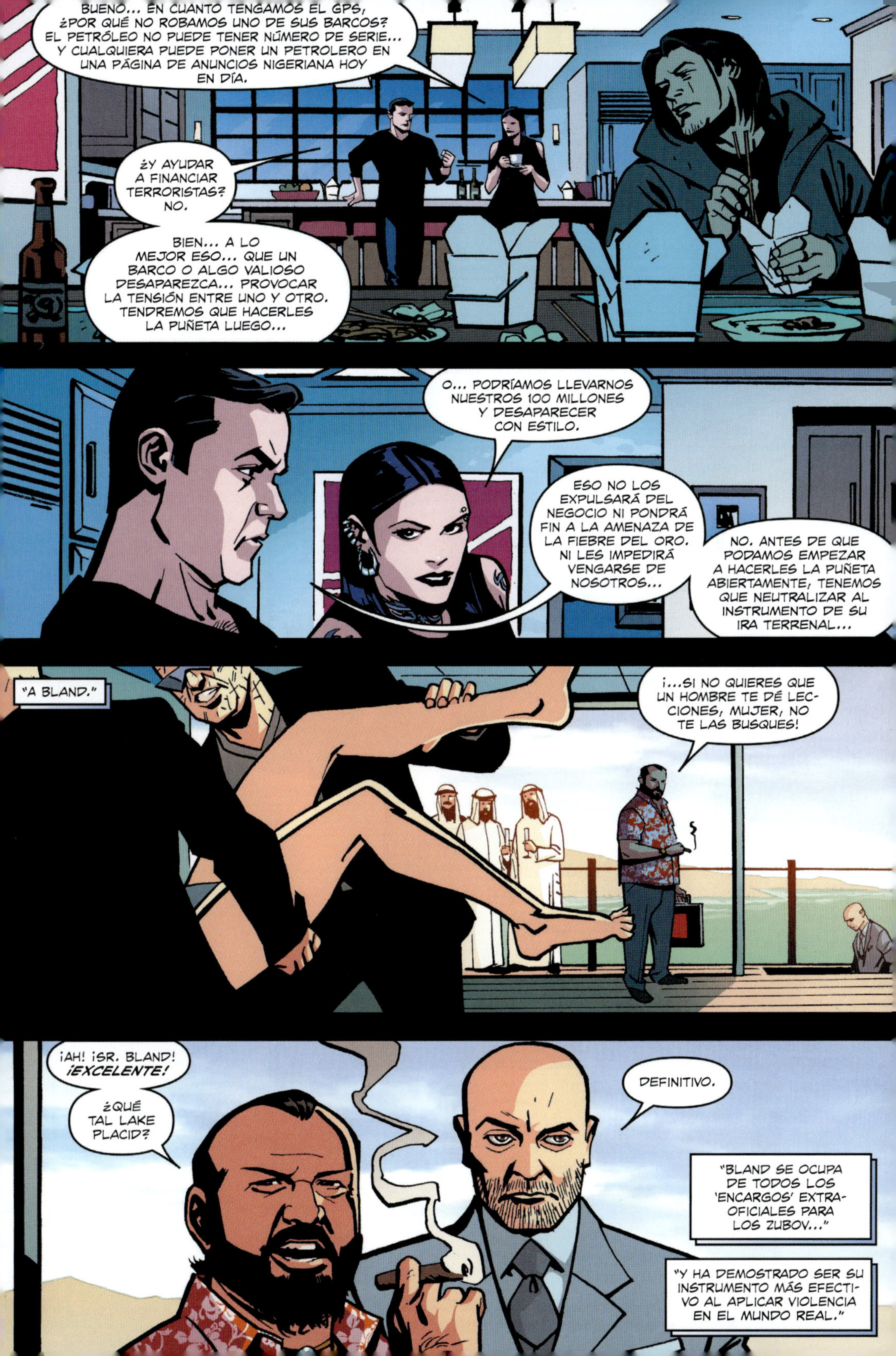
BUENO... EN CUANTO TENGAMOS EL GPS, ¿POR QUÉ NO ROBAMOS UNO DE SUS BARCOS? EL PETRÓLEO NO PUEDE TENER NÚMERO DE SERIE... Y CUALQUIERA PUEDE PONER UN PETROLERO EN UNA PÁGINA DE ANUNCIOS NIGERIANA HOY EN DÍA.
¿Y AYUDAR A FINANCIAR TERRORISTAS? NO.
BIEN... A LO MEJOR ESO... QUE UN BARCO O ALGO VALIOSO DESAPAREZCA... PROVOCAR LA TENSIÓN ENTRE UNO Y OTRO. TENDREMOS QUE HACERLES LA PUÑETA LUEGO...
O... PODRÍAMOS LLEVARNOS NUESTROS 100 MILLONES Y DESAPARECER CON ESTILO.
ESO NO LOS EXPULSARÁ DEL NEGOCIO NI PONDRÁ FIN A LA AMENAZA DE LA FIEBRE DEL ORO. NI LES IMPEDIRÁ VENGARSE DE NOSOTROS...
NO. ANTES DE QUE PODAMOS EMPEZAR A HACERLES LA PUÑETA ABIERTAMENTE, TENEMOS QUE NEUTRALIZAR AL INSTRUMENTO DE SU IRA TERRENAL...
"A BLAND."
¡...SI NO QUIERES QUE UN HOMBRE TE DÉ LECCIONES, MUJER, NO TE LAS BUSQUES!
¡AH! ¡SR. BLAND! ¡EXCELENTE!
¿QUÉ TAL LAKE PLACID?
DEFINITIVO.
"BLAND SE OCUPA DE TODOS LOS 'ENCARGOS' EXTRAOFICIALES PARA LOS ZUBOV..."
"Y HA DEMOSTRADO SER SU INSTRUMENTO MÁS EFECTIVO AL APLICAR VIOLENCIA EN EL MUNDO REAL."

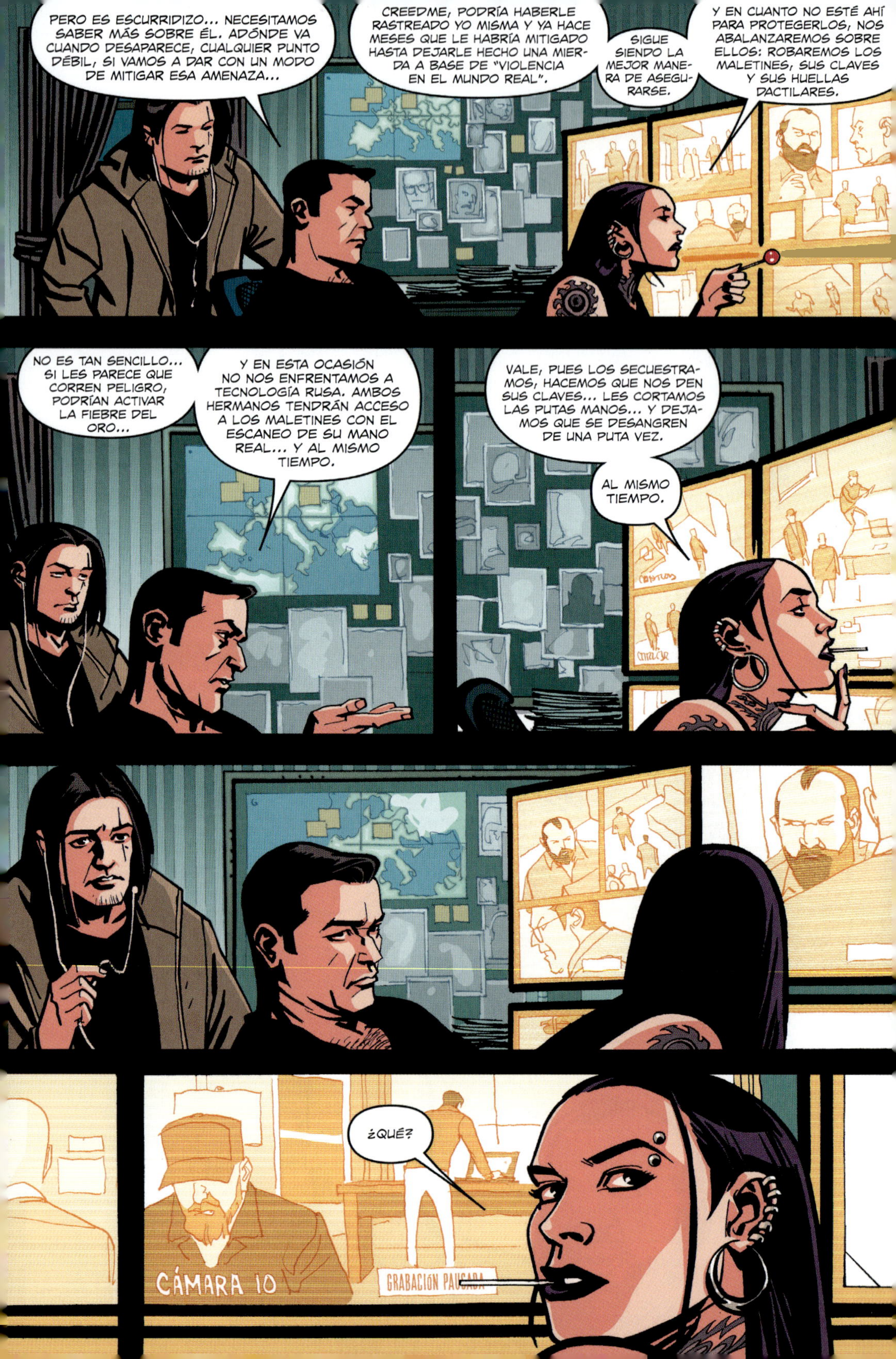
PERO ES ESCURRIDIZO... NECESITAMOS SABER MÁS SOBRE ÉL. ADÓNDE VA CUANDO DESAPARECE, CUALQUIER PUNTO DÉBIL, SI VAMOS A DAR CON UN MODO DE MITIGAR ESA AMENAZA...
CREEDME, PODRÍA HABERLE RASTREADO YO MISMA Y YA HACE MESES QUE LE HABRÍA MITIGADO HASTA DEJARLE HECHO UNA MIERDA A BASE DE "VIOLENCIA EN EL MUNDO REAL".
SIGUE SIENDO LA MEJOR MANERA DE ASEGURARSE.
Y EN CUANTO NO ESTÉ AHÍ PARA PROTEGERLOS, NOS ABALANZAREMOS SOBRE ELLOS: ROBAREMOS LOS MALETINES, SUS CLAVES Y SUS HUELLAS DACTILARES.
NO ES TAN SENCILLO... SI LES PARECE QUE CORREN PELIGRO, PODRÍAN ACTIVAR LA FIEBRE DEL ORO...
Y EN ESTA OCASIÓN NO NOS ENFRENTAMOS A TECNOLOGÍA RUSA. AMBOS HERMANOS TENDRÁN ACCESO A LOS MALETINES CON EL ESCANEO DE SU MANO REAL... Y AL MISMO TIEMPO.
VALE, PUES LOS SECUESTRAMOS, HACEMOS QUE NOS DEN SUS CLAVES... LES CORTAMOS LAS PUTAS MANOS... Y DEJAMOS QUE SE DESANGREN DE UNA PUTA VEZ.
AL MISMO TIEMPO.
¿QUÉ?
CÁMARA 10
GRABACIÓN PAUSADA

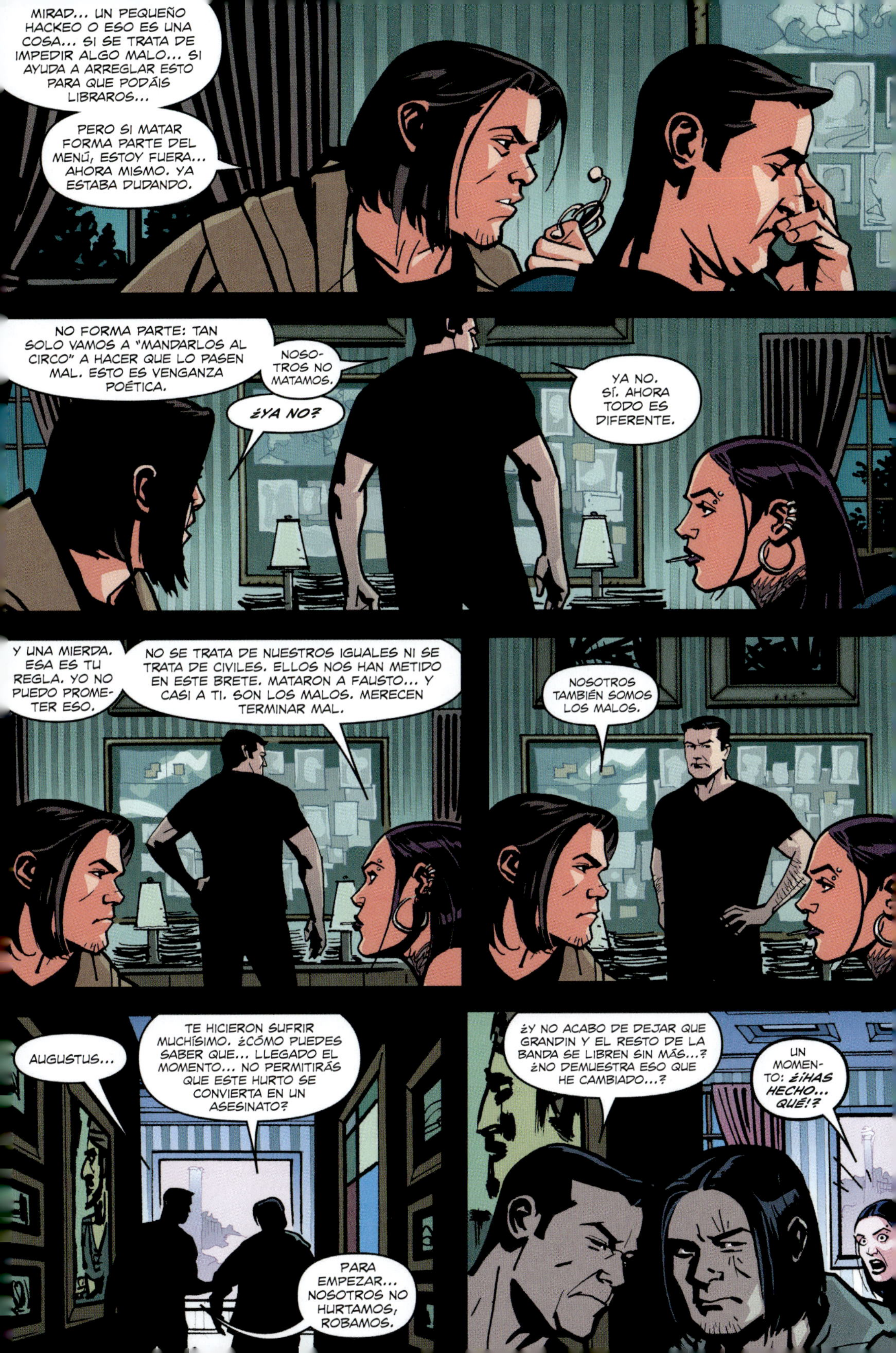
MIRAD... UN PEQUEÑO HACKEO O ESO ES UNA COSA... SI SE TRATA DE IMPEDIR ALGO MALO... SI AYUDA A ARREGLAR ESTO PARA QUE PODÁIS LIBRAROS...
PERO SI MATAR FORMA PARTE DEL MENÚ, ESTOY FUERA... AHORA MISMO. YA ESTABA DUDANDO.
NO FORMA PARTE: TAN SOLO VAMOS A "MANDARLOS AL CIRCO" A HACER QUE LO PASEN MAL. ESTO ES VENGANZA POÉTICA.
NOSOTROS NO MATAMOS.
¿YA NO?
YA NO. SÍ. AHORA TODO ES DIFERENTE.
Y UNA MIERDA. ESA ES TU REGLA. YO NO PUEDO PROMETER ESO.
NO SE TRATA DE NUESTROS IGUALES NI SE TRATA DE CIVILES. ELLOS NOS HAN METIDO EN ESTE BRETE. MATARON A FAUSTO... Y CASI A TI. SON LOS MALOS. MERECEN TERMINAR MAL.
NOSOTROS TAMBIÉN SOMOS LOS MALOS.
AUGUSTUS...
TE HICIERON SUFRIR MUCHÍSIMO. ¿CÓMO PUEDES SABER QUE... LLEGADO EL MOMENTO... NO PERMITIRÁS QUE ESTE HURTO SE CONVIERTA EN UN ASESINATO?
PARA EMPEZAR... NOSOTROS NO HURTAMOS, ROBAMOS.
¿Y NO ACABO DE DEJAR QUE GRANDIN Y EL RESTO DE LA BANDA SE LIBREN SIN MÁS...? ¿NO DEMUESTRA ESO QUE HE CAMBIADO...?
UN MOMENTO: ¿¡HAS HECHO... QUÉ!?

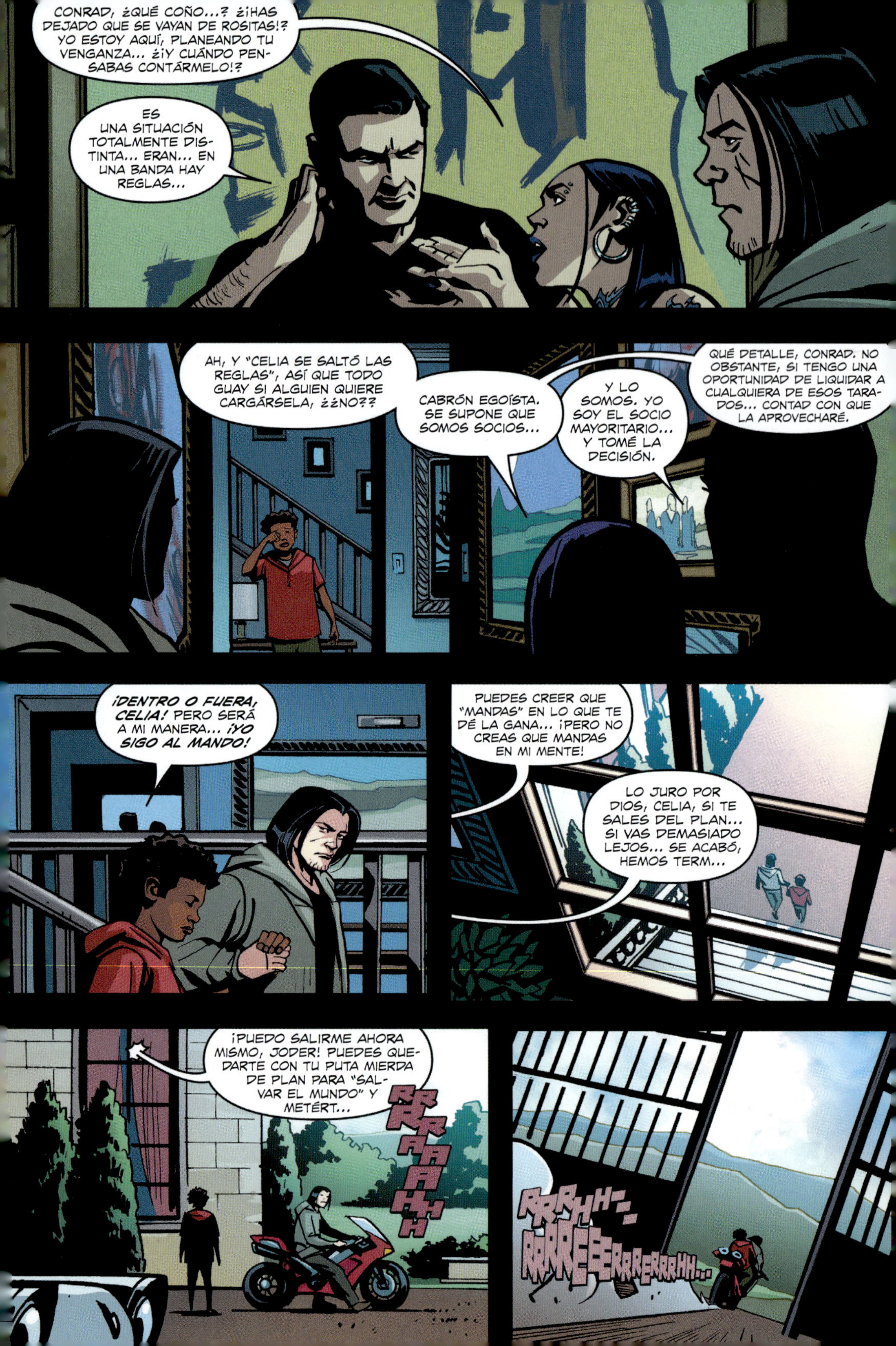
CONRAD, ¿QUÉ COÑO...? ¿¡HAS DEJADO QUE SE VAYAN DE ROSITAS!? YO ESTOY AQUÍ, PLANEANDO TU VENGANZA... ¿¡Y CUÁNDO PENSABAS CONTÁRMELO!?
ES UNA SITUACIÓN TOTALMENTE DISTINTA... ERAN... EN UNA BANDA HAY REGLAS...
AH, Y "CELIA SE SALTÓ LAS REGLAS", ASÍ QUE TODO GUAY SI ALGUIEN QUIERE CARGÁRSELA, ¿¿NO??
CABRÓN EGOÍSTA. SE SUPONE QUE SOMOS SOCIOS...
Y LO SOMOS. YO SOY EL SOCIO MAYORITARIO... Y TOMÉ LA DECISIÓN.
QUÉ DETALLE, CONRAD. NO OBSTANTE, SI TENGO UNA OPORTUNIDAD DE LIQUIDAR A CUALQUIERA DE ESOS TARADOS... CONTAD CON QUE LA APROVECHARÉ.
¡DENTRO O FUERA, CELIA! PERO SERÁ A MI MANERA... ¡YO SIGO AL MANDO!
PUEDES CREER QUE "MANDAS" EN LO QUE TE DÉ LA GANA... ¡PERO NO CREAS QUE MANDAS EN MI MENTE!
LO JURO POR DIOS, CELIA, SI TE SALES DEL PLAN... SI VAS DEMASIADO LEJOS... SE ACABÓ, HEMOS TERM...
¡PUEDO SALIRME AHORA MISMO, JODER! PUEDES QUEDARTE CON TU PUTA MIERDA DE PLAN PARA "SALVAR EL MUNDO" Y METÉRT...
RRRRAAAHHH
RRRHH-...
RRRREEERRRRERRRHH...

ESO FUE ENTONCES.
¿PODEMOS HACKEAR ESA TELE GIGANTE A DISTANCIA... VIGILAR A VIKTOR?
A DISTANCIA NO... HABRÍA QUE METERSE EN EL SISTEMA DE MODO MANUAL...
PERO YO PODRÍA ARREGLÁRMELAS PARA ENVIAR UN CÓDIGO DE REINICIO DEL SISTEMA A LA CONFIGURACIÓN DE FÁBRICA. ¿QUÉ TENÍAS EN MENTE?
LA PARTE DIVERTIDA (REMEZCLA): HACER RÁPEL Y LLEVAR DISFRACES VISTOSOS.
VALE, SEÑOR, NO HAY PROBLEMA... YA TERMINO.
Y TODO ESTO ES AHORA.
Y MI SOCIO, EL SR. BLAND, LLEGARÁ EN BREVE... SE UNIRÁ A SUS HOMBRES PARA EL INTERCAMBIO EN GINEBRA.
¡VAMOS A HACERNOS UN SELFI!
¡SNAP! ¡SNAP! ¡SNAP!

¡NADA DE FOTOS!
¡VALE! LAS ESTÁ BORRANDO...
¿TE PARECE BIEN, PEQUE?
ASEGURAOS DE QUE DESAPAREZCAN... Y LLAMAD AL SERVICIO PARA QUE ENVÍEN A OTRA CHICA.
PING
POUR QUOI!? ¡ESE MÓVIL CUESTA 1.000 DÓLARES, GILIPOLLAS! ¿¡QUIÉN VA A PAGARLO!?
SE TE HABÍA ORDENADO DEJAR EL MÓVIL ABAJO. SE TE HABÍA ADVERTIDO QUE NO HICIERAS FOTOS...
AHORA NO TIENES MÓVIL.
¡POR DIOS! SOLO QUERÍA UN SELFI. ¡¡NO HACE FALTA QUE ME DES LECCIONES, MACHISTA!!
¡...SI NO QUIERES QUE UN HOMBRE TE DÉ LECCIONES, MUJER, NO TE LAS BUSQUES!
¡AH! ¡SR. BLAND! ¡EXCELENTE!
¿QUÉ TAL LAKE PLACID?

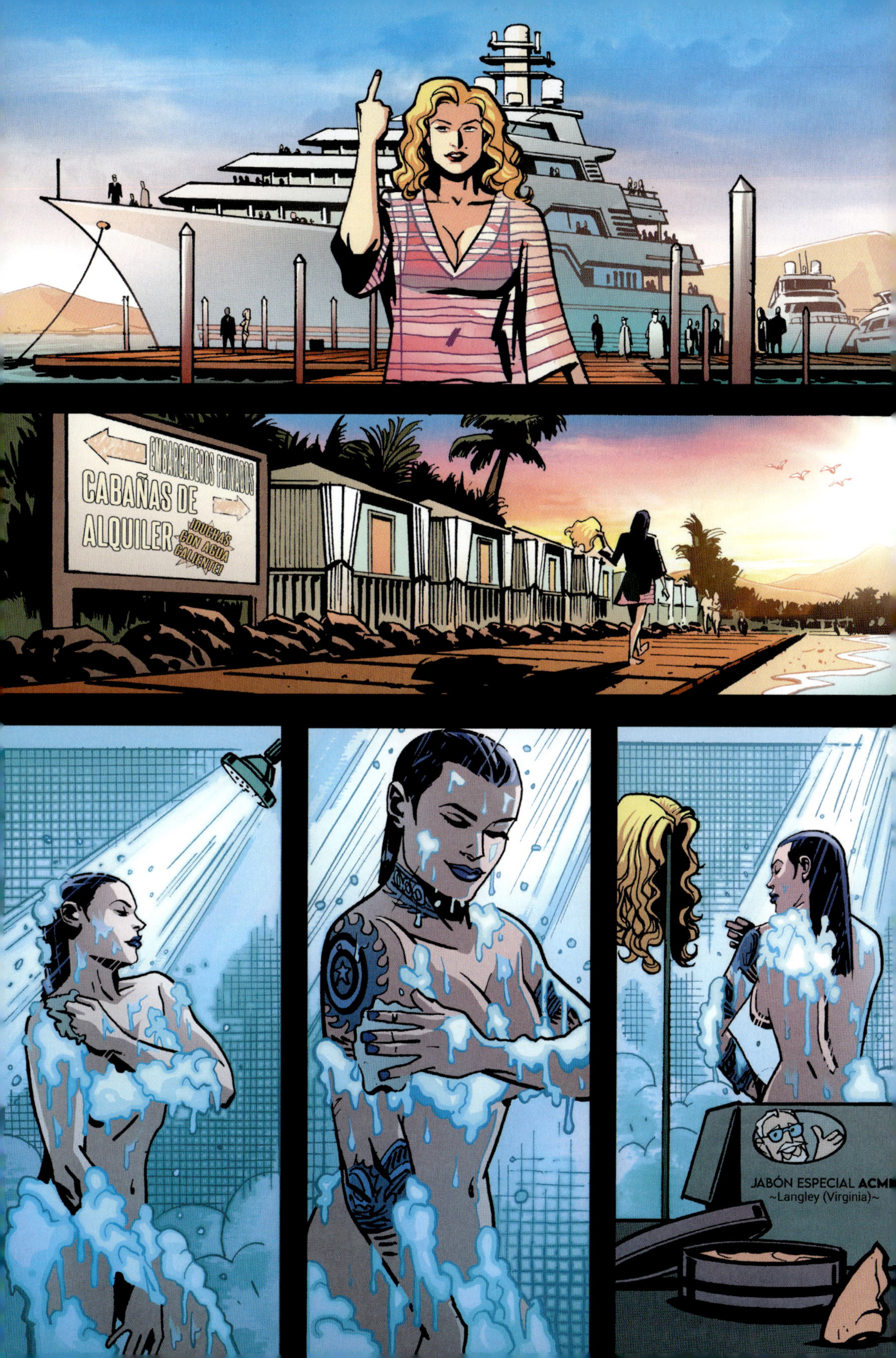
EMBARCADEROS PRIVADOS
CABAÑAS DE ALQUILER
¡DUCHAS CON AGUA CALIENTE!
JABÓN ESPECIAL ACM
~Langley (Virginia)~

SILICON VALLEY (20 MINUTOS ANTES DE ESA DUCHA).
IMPRIMIENDO DESDE LA NUBE...
LLAVES IMPRESAS MIENTRAS ESPERA... ¡PRUEBE NUESTRA APLICACIÓN!
IMPRIMIENDO DESDE LA NUBE...
¿TE PARECE BIEN, PEQUE?
PUES CLARO.
0751
1376D5
YA SE ESTÁ IMPRIMIENDO. ¿ESTÁS BIEN?
PERFECTAMENTE. ME HAN ECHADO A PATADAS.
¡TACOS!
ESTUPENDO... EN CUANTO CONTROLEMOS ESE GPS, PODREMOS RASTREAR SIN PROBLEMA A LOS HERMANOS Y, SI HAY SUERTE, TAMBIÉN TENDRÁN A BLAND EN EL SISTEMA...
¡ESPERA UN POCO! YA SÉ DÓNDE VAN A ENVIAR A BLAND AHORA...
VOY PARA ALLÁ.

DESPUÉS DE 22 HORAS.
EL PUERTO FRANCO DE GINEBRA.
VALE... YA ESTÁ FUERA DEL ALMACÉN DE ANTIGÜEDADES...
NO VEO NADA. ¿SE HAN METIDO POR OTRA PASARELA?
NO. ESTA VEZ SE REÚNEN EN UN ASCENSOR... LOS CONTRABANDISTAS TAMBIÉN LOS UTILIZAN... DIFICULTAN LAS ESCUCHAS CON MICRÓFONOS. ADEMÁS, SI SALEN POR ARRIBA, PODRÍA PERDERLOS.
¿LE VES? ¿ME RECIBES? ESTÁ CON DOS HOMBRES.
SI ESTÁN CON ÉL, TAMBIÉN SON OBJETIVOS VÁLIDOS.
HACE UN AÑO, YO ESTABA CON ÉL...
CELIA, NO VOLVAMOS CON LO MISM...
YA LE TENGO. SALE ÉL SOLO... POR EL SUR, SE MUEVE DEPRISA, CRUZA HACIA LA ESTACIÓN DE FERROCARRILES...

PARÍS
LE VEO. YO... MIERDA. DEMASIADO TARDE. ES EL EXPRESO A PARÍS.
CELIA... ¡TENEMOS QUE ADELANTARNOS A ESE TREN! ¡NOS VEMOS EN EL COCHE!
¿CELIA? ¿ME RECIBES?
TE RECIBO, CONRAD. NEGATIVO. YA ESTOY EN LA CARRETERA.
NOS VEREMOS EN PARÍS.

PARÍS... CINCO HORAS DESPUÉS.
CONTACTO VISUAL. ESTÁ ENTRANDO EN LA FLORISTERÍA. PARECE QUE TENGA UNA CITA.
POR MÍ COMO SI SE VA AL PUTO BAILE DE GRADUACIÓN... EL ARMA ESTÁ A PUNTO. SI SE SEPARA DE LA MULTITUD, LE LIQUIDO. DEFCON UNO, JODER.
BBRRRIIINNNGG
CELIA, ESPERA... NO LO HAGAS. TENEMOS QUE SEGUIRLE.
A LA MIERDA. ARMA PREPARADA, OBJETIVO EN EL PUNTO DE MIRA... DÉJAME EN PAZ DE UNA PUTA VEZ, CONRAD.
UN MOMENTO, CELIA. UN...

ESTÁ A TIRO. VOY A DISP...
PA-PA!
MIERDA.
¿QUÉ? ¿PUEDES REPETIRLO?
NO DISPARO. TÚ GANAS. LO HACEMOS A TU MANERA.
RECI-BIDO.
MALDITA SEA.

"DE AQUELLOS POLVOS..."
SI DE REPENTE SE ENCUENTRAN USTEDES SIN EMPLEO, EL DIRECTOR DE ANTIGÜEDADES DE EL CAIRO ES SAMIR HALABI.
ESTARÁ BUSCANDO PERSONAL MOTIVADO.
DUBÁI. HACE 18 MESES.
CONFIRMADO... HE VISTO A REDMOND.

MONTANA. 36 HORAS DESPUÉS.
¿Y QUÉ HAY DE LA MÁSCARA MORTUORIA...? ¿TAMBIÉN FUISTE CAPAZ DE PRESERVARLA?
LAS ÓRDENES DE SU HERMANO ERAN MUY CONCRETAS, SEÑOR...
¡MAXIM ES MI SOCIO, NO MI JEFE! ¡¡MI VOZ CUENTA IGUAL!! ¡¡Y TÚ ERES REEMPLAZABLE, "SEÑOR" BLAND!!
IRRELEVANTE. LE ORDENÉ QUE LA OLVIDARA. QUE SE CENTRARA SOLO EN EL RECLUTAMIENTO DEL LADRÓN AMERICANO.

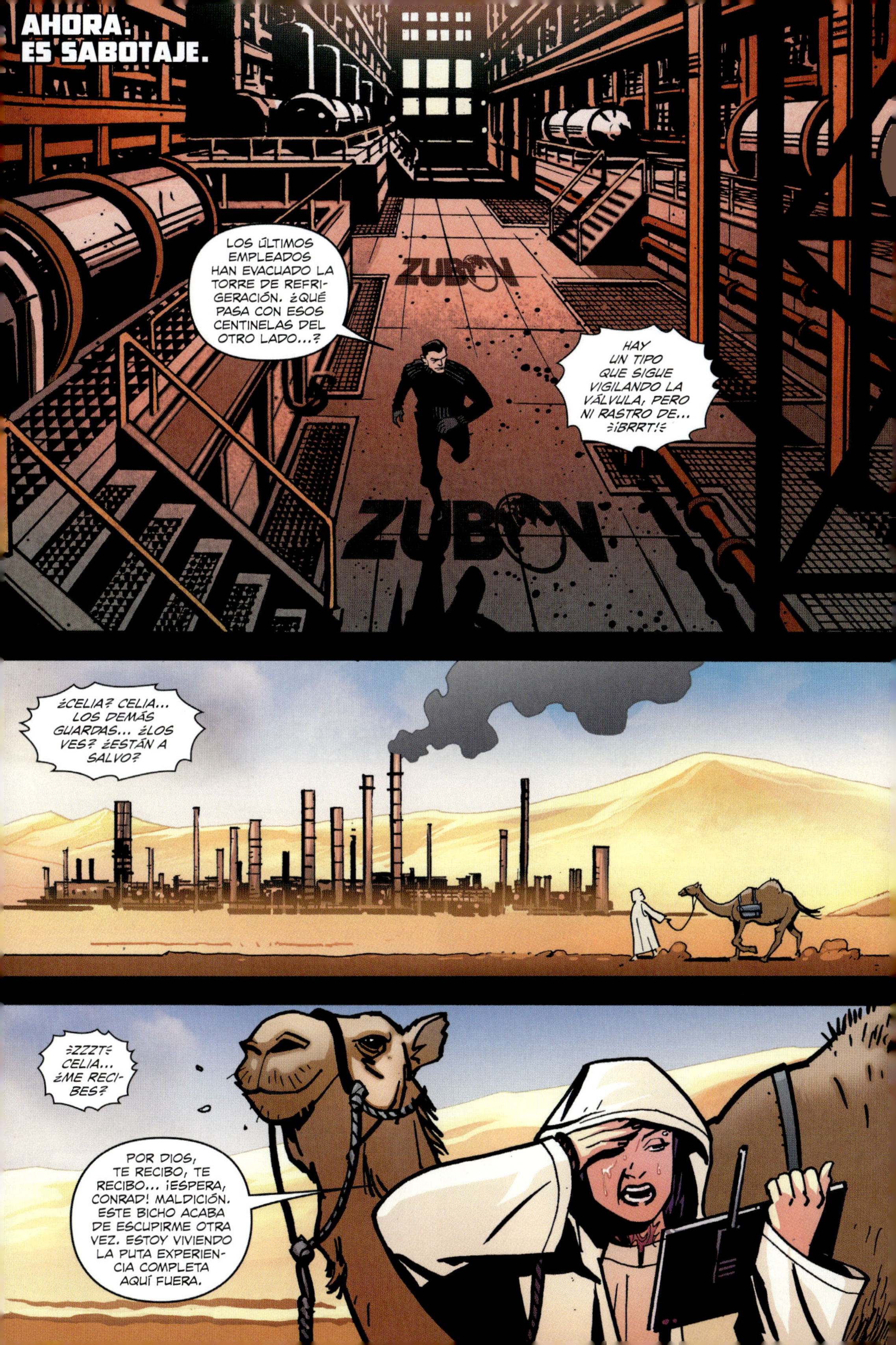
AHORA. ES SABOTAJE.
LOS ÚLTIMOS EMPLEADOS HAN EVACUADO LA TORRE DE REFRIGERACIÓN. ¿QUÉ PASA CON ESOS CENTINELAS DEL OTRO LADO...?
HAY UN TIPO QUE SIGUE VIGILANDO LA VÁLVULA, PERO NI RASTRO DE... ¡BRRT!
ZUBON
ZUBON
¿CELIA? CELIA... LOS DEMÁS GUARDAS... ¿LOS VES? ¿ESTÁN A SALVO?
ZZZT CELIA... ¿ME RECIBES?
POR DIOS, TE RECIBO, TE RECIBO... ¡ESPERA, CONRAD! MALDICIÓN. ESTE BICHO ACABA DE ESCUPIRME OTRA VEZ. ESTOY VIVIENDO LA PUTA EXPERIENCIA COMPLETA AQUÍ FUERA.

ANTES.
¿Y ESE ES TU PLAN, EN SERIO? ¿¿LIMITARTE A... JODER SUS OPERACIONES PETROLÍFERAS EN ORIENTE MEDIO... SIN ROBAR NADA??
NO PODEMOS RASTREAR A MAXIM EN ALTA MAR... CON LO CUAL... HASTA QUE SU YATE VUELVA A SER DETECTABLE POR REDES Y PODAMOS ACCEDER A SU SALA GPS, LAS ÚNICAS INSTALACIONES OCULTAS DE SU PROPIEDAD LOCALIZABLES Y ATACABLES SERÁN AQUELLAS HASTA LAS QUE NOS GUÍE BLAND. ASÍ QUE, POR AHORA, SÍ, BÁSICAMENTE ES EL PLAN.
PERO ¿POR QUÉ NO SABOTEAMOS ALGUNOS DE SUS POZOS PETROLÍFEROS DE CANADÁ O TEXAS Y MIERDAS ASÍ? ¿TENEMOS QUE METERNOS EN UNA MARAÑA DE ZONAS DE GUERRA DESÉRTICAS?
SI EMPEZARAN A ESTALLAR REFINERÍAS EN CANADÁ, SE HARÍAN PREGUNTAS QUE NO SON LAS QUE QUEREMOS QUE SE HAGAN...
ADEMÁS... ENVÍEN DONDE ENVÍEN LOS ZUBOV AL SR. BLAND, SABEMOS QUE NO SERÁ A GESTIONAR NEGOCIOS LEGÍTIMOS. CONQUE, LA PRÓXIMA VEZ QUE SALGA DE PARÍS, QUIERO QUE ESTEMOS LISTOS PARA SEGUIRLE ADONDE SEA.
Y DE ESE MODO PODREMOS FASTIDIARLES LO SUFICIENTE PARA QUE SE ENFADEN Y HABLEN ENTRE ELLOS... A VER QUÉ SE APRESURAN A OCULTAR O PROTEGER... Y TODO ELLO SIN SOSPECHAR QUÉ CLASE DE MOVIMIENTO ES EN REALIDAD...
PERO, ENTRETANTO, ESTAMOS MALGASTANDO NUESTROS BENEFICIOS POTENCIALES EN LA ARENA...
¿Y QUÉ SENTIDO TIENE? AUNQUE EL PETRÓLEO IMPLIQUE MUCHO DINERO PARA NOSOTROS... TAMPOCO SE TRATA DE NINGUNA GRAN PÉRDIDA PARA ELLOS...
OLVÍDALO... NO VAMOS A VENDER PETRÓLEO DE CONTRABANDO. NO HAGO ESTO CON TAL DE TERMINAR ENRIQUECIENDO A OTRO HATAJO DE CAPULLOS MALNACIDOS.
Y TE SORPRENDERÍA CUÁNTO MIEDO TIENEN LOS RICOS A PERDER DINERO... SOBRE TODO LOS OBSCENAMENTE RICOS QUE LO HEREDARON, COMO ESOS DOS. SIEMPRE ESTÁN ASUSTADOS EN SECRETO POR SI NO LLEGAN A RECUPERARLO JAMÁS.

ENTONCES, MIENTRAS ESTÉN DISTRAÍDOS, PODREMOS ENCONTRAR UN BUEN PUNTO DÉBIL EN OTRA PARTE... Y ASÍ SEGUIREMOS... HASTA DAR CON ALGO QUE PODAMOS "APROVECHAR"... ALGO IRRESISTIBLE... LO BASTANTE GRANDE PARA QUE NOS DEJEN UN FLANCO ABIERTO QUE NOS PERMITA ATACAR LA FIEBRE DEL ORO...
SÍ, NOS HARÍA FALTA ALGO CONDENADAMENTE IRRESISTIBLE SI VAMOS A MACHACAR A ESOS DOS. PERO, DE MOMENTO, ESTO ES COMO DISPARAR FLECHAS A CIEGAS Y ESPERAR QUE APAREZCA UN OBJETIVO.
QUÉ VA, ES IMPROVISACIÓN JAZZÍSTICA CRIMINAL. SI SE VUELVEN EMOCIONALES... PODEMOS HACER QUE PASEN POR CUALQUIER ARO. SI SE DESCUIDAN... PODEMOS AFECTARLES MÁS...
Y SI TENEMOS SUERTE, SI LOGRAMOS DESEQUILIBRARLOS LO SUFICIENTE, QUIZÁ PODAMOS PROVOCAR UNA ESCISIÓN ENTRE ELLOS...
POR DIOS, CONRAD... ¿ESO ES LO QUE INTENTAS VENDERME? ¿¡QUIERES QUE SE PELEEN!? ¿¡CREES QUE PUEDES JODERLOS LO SUFICIENTE PARA QUE SE ENFRENTEN!? ¿¿POR QUÉ DIABLOS PIENSAS QUE DARÁ RESULTADO??
PORQUE SON LADRONES CHUNGOS Y CODICIOSOS, QUE VIENEN DE UNA FAMILIA DE LADRONES CHUNGOS Y CODICIOSOS...
CALMA... EH, ESPERA... TEN CUIDADO, CONRAD... "SIEMPRE HABLA..."
OH, VAMOS, CONRAD, NO TE PONGAS ÑOÑO CONMIGO... SOLO DIGO: ¿QUÉ FUE DEL TIPO QUE LO PLANEABA TODO METICULOSAMENTE...?
PERDIÓ MUCHÍSIMO TIEMPO.

AHORA. OTRA VEZ.
¿DESPEJADO?
DESPEJADO. NO HAY VIGILANTES... ESTÁN AL OTRO LADO DE LOS DEPÓSITOS DE AGUA. PERO NO VEO A ESE ÚLTIMO TÉCNICO... ¿HA VUELTO A ENTRAR?
ESTÁ BIEN. PESA MUCHO, PERO ESTÁ BIEN. ALLÁ VAMOS.
¡AAH... ÜÜÜÜH... GAH! ¡AAH... ÜÜÜÜÜ... GAH!
=AVISO... AVISO... RECÁMARA... RECÁMARA... AVISO... AVISO=
¡AAH... ÜÜÜÜH... GAH! ¡AAH... ÜÜÜÜÜ... GAH!
¡BOOOOM!

MONTANA.
ESTAS CIFRAS DE FILTRACIONES PARECEN NORMALES PARA LA REGIÓN... ADEMÁS, TÚ MISMO DIJISTE QUE DEBÍAMOS ESTAR SEGUROS DE QUE CIERTO PORCENTAJE DE NUESTRO PETRÓLEO "DESAPARECERÍA", SI QUERÍAMOS SEGUIR ADELANTE.
¡NO SE TRATA DE DESVIAR "DERRAMES" PARA PAGAR A ALIADOS EXTRAOFICIALES! ¡¡ESTO SON INFRAESTRUCTURAS PERDIDAS Y UN DESAFÍO A NUESTRA POSICIÓN REGIONAL!! ¿QUÉ SENTIDO TIENE CREAR ESCASEZ DE PETRÓLEO SI EL VOLUMEN QUE PRODUCIMOS NO LLEGA AL MERCADO...?
GRUPOS DISRUPTIVOS ALEATORIOS E INESTABILIDAD EN ESTAS REGIONES SON LOS MOTIVOS DE QUE PROGRESEMOS ALLÍ. INCONVENIENTES PASAJEROS.
PERO AHORA TENEMOS LA FIEBRE DEL ORO. NINGUNO DE NUESTROS AUTÉNTICOS ENEMIGOS OSARÍA DESAFIARNOS... NI SIQUIERA PUTIN...
ESTA CONFUSIÓN ES UNA OPORTUNIDAD DE POTENCIAR NUESTROS ESFUERZOS: HE ESTADO ENVIANDO A BLAND A PROTEGER NUESTRAS ANTIGÜEDADES "RECUPERADAS". TAMBIÉN PUEDE COMPROBAR NUESTRAS EMPRESAS PETROLÍFERAS...
PARA TI ES FÁCIL DECIRLO. ¡TODAS ERAN INSTALACIONES DE MI PARTE DE LA COMPAÑÍA! Y NO ES MOMENTO DE PROYECTOS SECUNDARIOS... ¡TENEMOS QUE INTERRUMPIR CUALQUIER OTRA OPERACIÓN!

NO SI ESPERAMOS MANTENER NUESTRA INFLUENCIA SOBRE ESAS MILICIAS... TENEMOS QUE SEGUIR PAGANDO A NUESTROS ORGANIZADORES EN DUBÁI U OTRAS ZONAS TAMBIÉN SE CONVERTIRÁN EN PROBLEMAS. Y ADEMÁS... PAGAMOS POR ESAS OBRAS DE ARTE CON MI PETRÓLEO.
NO, ¡PAGAMOS POR ESTE CAOS CON NUESTRO PETRÓLEO! ¡TAN SOLO NOS IMPLICAMOS CON SU PROBLEMA DE LAS OBRAS DE ARTE PARA QUE ELLOS PUDIERAN COMPROMETERSE CON NUESTROS OBJETIVOS PETROLÍFEROS! ¡EL ARTE ES UN LUJO PRESCINDIBLE...! NECESITAMOS A BLAND... Y A NUESTROS AMIGOS EN ESE DESIERTO... AFRONTANDO EL PROBLEMA DEL PETRÓLEO. CUANDO ESO SEA SEGURO, PODRÁS PREOCUPARTE POR TUS ANTIGUALLAS.
¿¿"ANTIGUALLAS"?? ¡ANTIGÜEDADES DE VALOR INCALCULABLE! LOS CONTENIDOS DE ESOS TEMPLOS VALEN MÁS QUE UN YACIMIENTO DE PETRÓLEO. NUESTROS INTERMEDIARIOS Y SUS COMPRADORES AGUARDAN... ¡IGUAL QUE NUESTROS OBJETIVOS!
ASÍ QUE, A NO SER QUE PLANEEMOS METER LOS PETROLEROS DESAPARECIDOS DIRECTAMENTE EN LAS CÁMARAS ACORAZADAS DE GINEBRA... E INCLUSO LOS SUIZOS PODRÍAN "DARSE CUENTA" DE ESO...
¡...NECESITAMOS BIENES SUSCEPTIBLES DE DESAPARECER PARA CONTINUAR APOYANDO A NUESTROS INTERCEPTORES!
¡¡EL ÚNICO "LUJO PRESCINDIBLE" DE NUESTROS NEGOCIOS CON OBRAS DE ARTE FUE QUE NOS LLEVARON A ENCONTRAR A LOS LADRONES QUE AL FIN NOS CONSIGUIERON LA FIEBRE DEL ORO!! ¿Y QUÉ SENTIDO TUVO AQUELLO, SI NO PODEMOS MANTENER LAS ARMAS DE NUESTRO LADO?

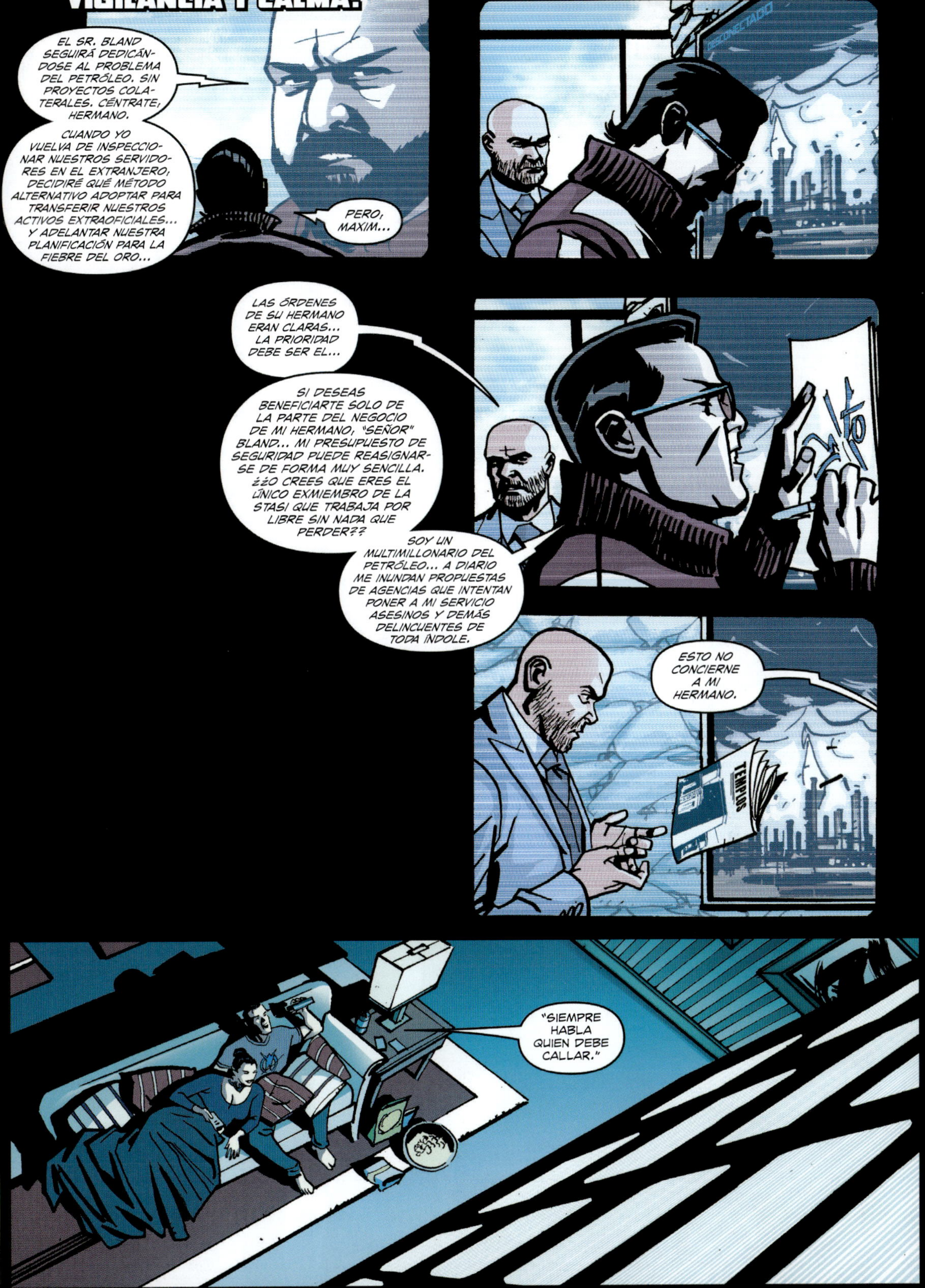
VIGILANCIA Y CALMA.
EL SR. BLAND SEGUIRÁ DEDICÁNDOSE AL PROBLEMA DEL PETRÓLEO. SIN PROYECTOS COLATERALES. CÉNTRATE, HERMANO.
CUANDO YO VUELVA DE INSPECCIONAR NUESTROS SERVIDORES EN EL EXTRANJERO, DECIDIRÉ QUÉ MÉTODO ALTERNATIVO ADOPTAR PARA TRANSFERIR NUESTROS ACTIVOS EXTRAOFICIALES... Y ADELANTAR NUESTRA PLANIFICACIÓN PARA LA FIEBRE DEL ORO...
PERO, MAXIM...
DESCONECTADO
LAS ÓRDENES DE SU HERMANO ERAN CLARAS... LA PRIORIDAD DEBE SER EL...
SI DESEAS BENEFICIARTE SOLO DE LA PARTE DEL NEGOCIO DE MI HERMANO, "SEÑOR" BLAND... MI PRESUPUESTO DE SEGURIDAD PUEDE REASIGNARSE DE FORMA MUY SENCILLA. ¿¿O CREES QUE ERES EL ÚNICO EXMIEMBRO DE LA STASI QUE TRABAJA POR LIBRE SIN NADA QUE PERDER??
SOY UN MULTIMILLONARIO DEL PETRÓLEO... A DIARIO ME INUNDAN PROPUESTAS DE AGENCIAS QUE INTENTAN PONER A MI SERVICIO ASESINOS Y DEMÁS DELINCUENTES DE TODA ÍNDOLE.
ESTO NO CONCIERNE A MI HERMANO.
TEMPLOS
"SIEMPRE HABLA QUIEN DEBE CALLAR."

ENTONCES. HACE 18 MESES...
EL GRAN MAR DE ARENA, A LO LARGO DE LAS FRONTERAS TRIBALES ENTRE LIBIA Y EGIPTO.
DURANTE 600 AÑOS, PEREGRINOS GRIEGOS Y ROMANOS ACUDIERON A ESTOS TEMPLOS Y ORÁCULOS... ¡¡Y CUANDO REABRAMOS EL COMPLEJO DE ESTE VALLE AL TURISMO MODERNO RIVALIZARÁ CON GUIZA!! YA HEMOS EMPEZADO A DESENTERRAR LA...
¡¡NO ES BUEN MOMENTO!! POR CIERTO... ¿¡QUIÉN ES!? ESTOY EN MEDIO DE...
PROFESOR SAMIR HALABI...
SOY REDMOND.
¿REDMOND...? ¿¿E-EL LADRÓN, REDMOND??
LE CONVENDRÍA REVISAR SU EXPOSICIÓN SOBRE LA DECIMOSEGUNDA DINASTÍA.
DIOS MÍO... ¿NOS HAS ROBADO?
"NO, NO... EN ABSOLUTO, PROFESOR..."
"...DE HECHO, TODO LO CONTRARIO."

AHORA. EL GRAN MAR DE ARENA. LAS FRONTERAS TRIBALES MILITARIZADAS ENTRE LIBIA Y EGIPTO.
¡PROFESOR!
¡BAH! AHORA... NO ES BUEN MOMENTO... ¿¡QUIÉN ES!?
YA SABE QUIÉN SOY.
AH... YO... POR SUPUESTO... CUALQUIER COSA POR TI, VIEJO AMIGO... P-PERO, SINCERAMENTE, TE ASEGURO... QUE NO ES MUY BUEN MOMENTO...
NO. ES PERFECTO, CRÉAME... HE VENIDO CON MI SOCIA Y SOLO QUERÍAMOS PRESENTARLE ALGUNAS IDEAS...

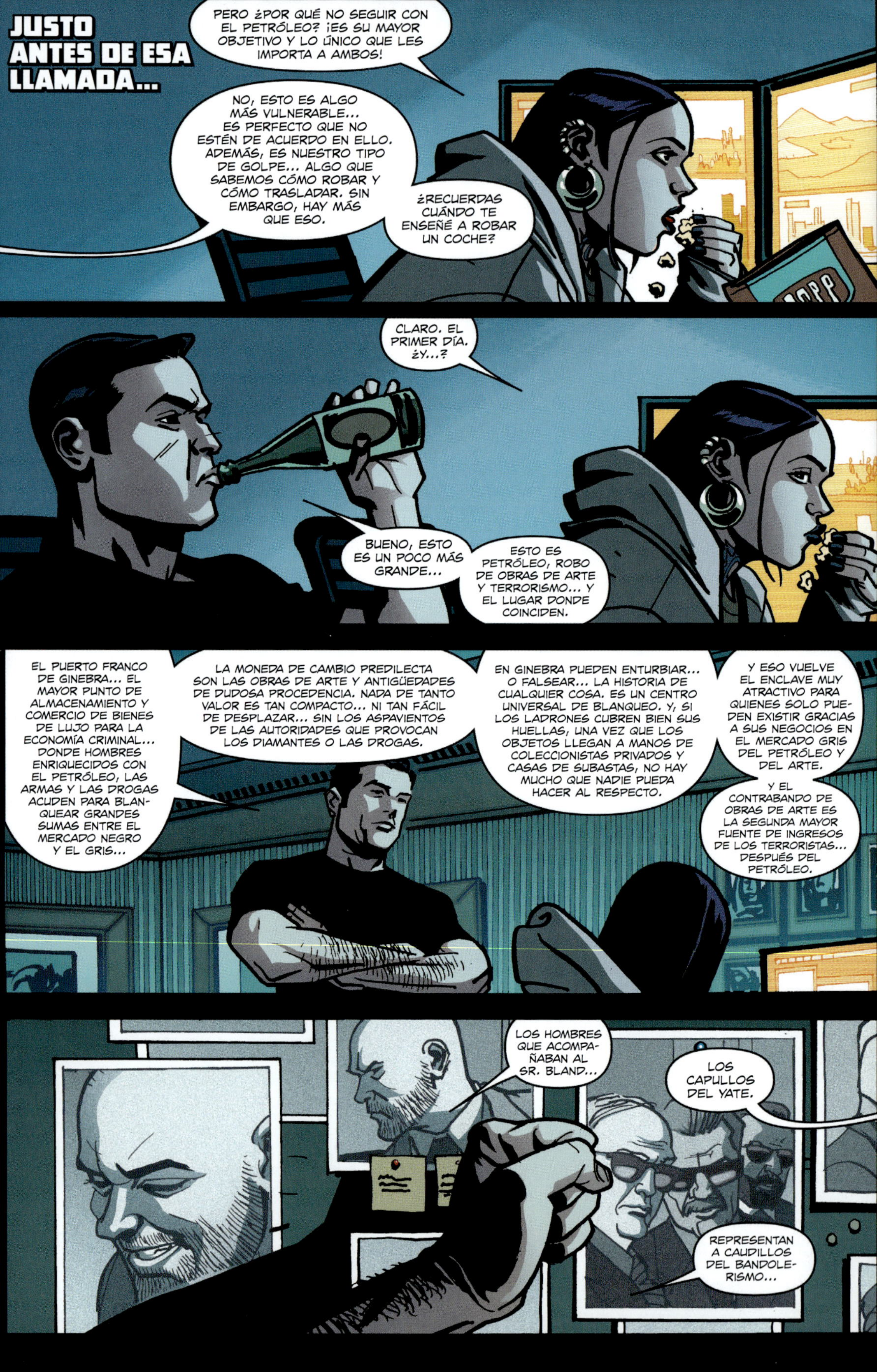
JUSTO ANTES DE ESA LLAMADA...
PERO ¿POR QUÉ NO SEGUIR CON EL PETRÓLEO? ¡ES SU MAYOR OBJETIVO Y LO ÚNICO QUE LES IMPORTA A AMBOS!
NO, ESTO ES ALGO MÁS VULNERABLE... ES PERFECTO QUE NO ESTÉN DE ACUERDO EN ELLO. ADEMÁS, ES NUESTRO TIPO DE GOLPE... ALGO QUE SABEMOS CÓMO ROBAR Y CÓMO TRASLADAR. SIN EMBARGO, HAY MÁS QUE ESO.
¿RECUERDAS CUÁNDO TE ENSEÑÉ A ROBAR UN COCHE?
CLARO. EL PRIMER DÍA. ¿Y...?
BUENO, ESTO ES UN POCO MÁS GRANDE...
ESTO ES PETRÓLEO, ROBO DE OBRAS DE ARTE Y TERRORISMO... Y EL LUGAR DONDE COINCIDEN.
EL PUERTO FRANCO DE GINEBRA... EL MAYOR PUNTO DE ALMACENAMIENTO Y COMERCIO DE BIENES DE LUJO PARA LA ECONOMÍA CRIMINAL... DONDE HOMBRES ENRIQUECIDOS CON EL PETRÓLEO, LAS ARMAS Y LAS DROGAS ACUDEN PARA BLANQUEAR GRANDES SUMAS ENTRE EL MERCADO NEGRO Y EL GRIS...
LA MONEDA DE CAMBIO PREDILECTA SON LAS OBRAS DE ARTE Y ANTIGÜEDADES DE DUDOSA PROCEDENCIA. NADA DE TANTO VALOR ES TAN COMPACTO... NI TAN FÁCIL DE DESPLAZAR... SIN LOS ASPAVIENTOS DE LAS AUTORIDADES QUE PROVOCAN LOS DIAMANTES O LAS DROGAS.
EN GINEBRA PUEDEN ENTURBIAR... O FALSEAR... LA HISTORIA DE CUALQUIER COSA. ES UN CENTRO UNIVERSAL DE BLANQUEO. Y, SI LOS LADRONES CUBREN BIEN SUS HUELLAS, UNA VEZ QUE LOS OBJETOS LLEGAN A MANOS DE COLECCIONISTAS PRIVADOS Y CASAS DE SUBASTAS, NO HAY MUCHO QUE NADIE PUEDA HACER AL RESPECTO.
Y ESO VUELVE EL ENCLAVE MUY ATRACTIVO PARA QUIENES SOLO PUEDEN EXISTIR GRACIAS A SUS NEGOCIOS EN EL MERCADO GRIS DEL PETRÓLEO Y DEL ARTE.
Y EL CONTRABANDO DE OBRAS DE ARTE ES LA SEGUNDA MAYOR FUENTE DE INGRESOS DE LOS TERRORISTAS... DESPUÉS DEL PETRÓLEO.
LOS HOMBRES QUE ACOMPAÑABAN AL SR. BLAND...
LOS CAPULLOS DEL YATE.
REPRESENTAN A CAUDILLOS DEL BANDOLERISMO...

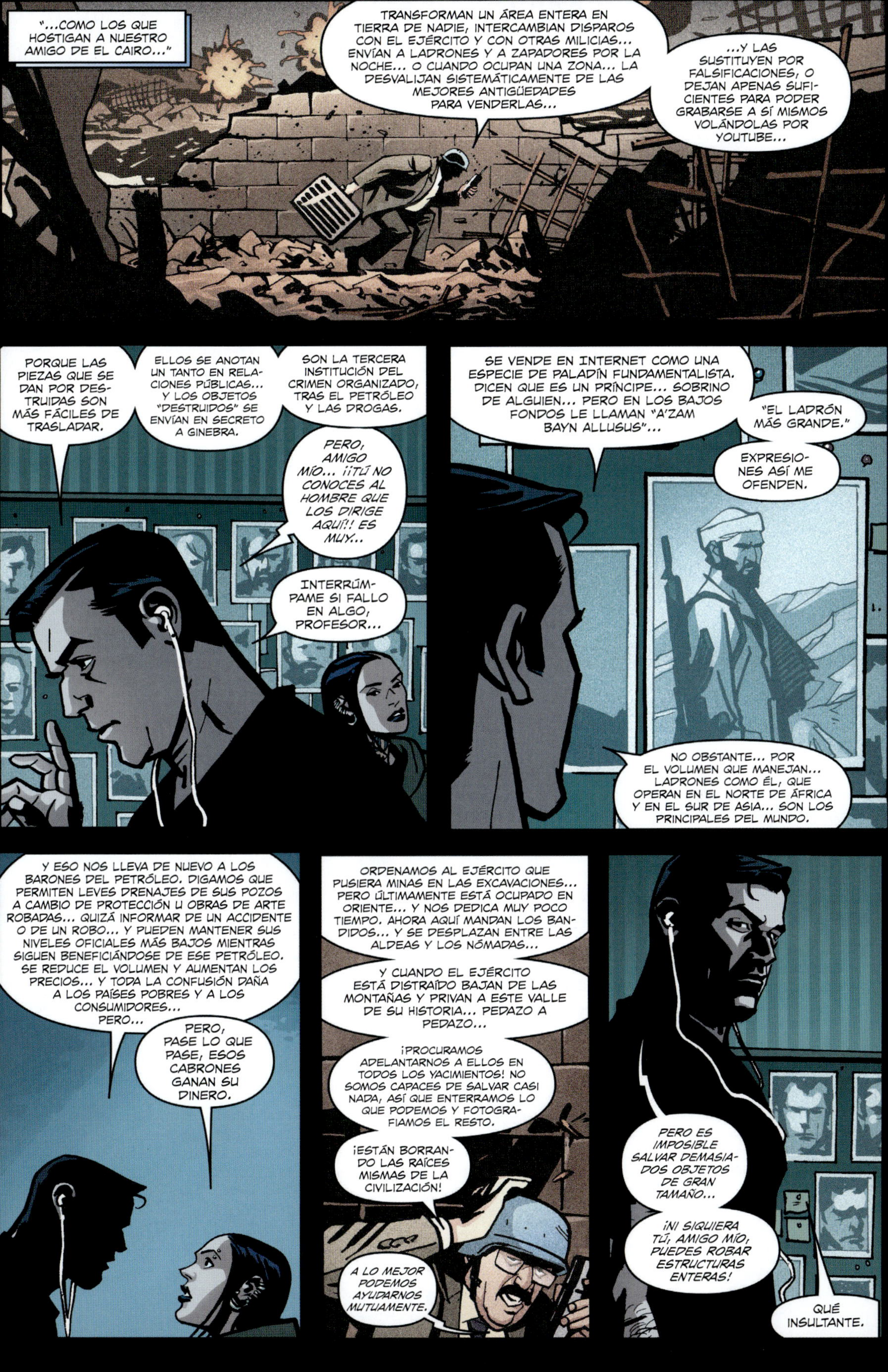
"...COMO LOS QUE HOSTIGAN A NUESTRO AMIGO DE EL CAIRO..."
TRANSFORMAN UN ÁREA ENTERA EN TIERRA DE NADIE, INTERCAMBIAN DISPAROS CON EL EJÉRCITO Y CON OTRAS MILICIAS... ENVÍAN A LADRONES Y A ZAPADORES POR LA NOCHE... O CUANDO OCUPAN UNA ZONA... LA DESVALIJAN SISTEMÁTICAMENTE DE LAS MEJORES ANTIGÜEDADES PARA VENDERLAS...
...Y LAS SUSTITUYEN POR FALSIFICACIONES, O DEJAN APENAS SUFICIENTES PARA PODER GRABARSE A SÍ MISMOS VOLÁNDOLAS POR YOUTUBE...
PORQUE LAS PIEZAS QUE SE DAN POR DESTRUIDAS SON MÁS FÁCILES DE TRASLADAR.
ELLOS SE ANOTAN UN TANTO EN RELACIONES PÚBLICAS... Y LOS OBJETOS "DESTRUIDOS" SE ENVÍAN EN SECRETO A GINEBRA.
SON LA TERCERA INSTITUCIÓN DEL CRIMEN ORGANIZADO, TRAS EL PETRÓLEO Y LAS DROGAS.
PERO, AMIGO MÍO... ¡¡TÚ NO CONOCES AL HOMBRE QUE LOS DIRIGE AQUÍ!! ES MUY...
INTERRÚMPAME SI FALLO EN ALGO, PROFESOR...
SE VENDE EN INTERNET COMO UNA ESPECIE DE PALADÍN FUNDAMENTALISTA. DICEN QUE ES UN PRÍNCIPE... SOBRINO DE ALGUIEN... PERO EN LOS BAJOS FONDOS LE LLAMAN "A'ZAM BAYN ALLUSUS"...
"EL LADRÓN MÁS GRANDE."
EXPRESIONES ASÍ ME OFENDEN.
NO OBSTANTE... POR EL VOLUMEN QUE MANEJAN... LADRONES COMO ÉL, QUE OPERAN EN EL NORTE DE ÁFRICA Y EN EL SUR DE ASIA... SON LOS PRINCIPALES DEL MUNDO.
Y ESO NOS LLEVA DE NUEVO A LOS BARONES DEL PETRÓLEO. DIGAMOS QUE PERMITEN LEVES DRENAJES DE SUS POZOS A CAMBIO DE PROTECCIÓN U OBRAS DE ARTE ROBADAS... QUIZÁ INFORMAR DE UN ACCIDENTE O DE UN ROBO... Y PUEDEN MANTENER SUS NIVELES OFICIALES MÁS BAJOS MIENTRAS SIGUEN BENEFICIÁNDOSE DE ESE PETRÓLEO. SE REDUCE EL VOLUMEN Y AUMENTAN LOS PRECIOS... Y TODA LA CONFUSIÓN DAÑA A LOS PAÍSES POBRES Y A LOS CONSUMIDORES... PERO...
PERO, PASE LO QUE PASE, ESOS CABRONES GANAN SU DINERO.
ORDENAMOS AL EJÉRCITO QUE PUSIERA MINAS EN LAS EXCAVACIONES... PERO ÚLTIMAMENTE ESTÁ OCUPADO EN ORIENTE... Y NOS DEDICA MUY POCO TIEMPO. AHORA AQUÍ MANDAN LOS BANDIDOS... Y SE DESPLAZAN ENTRE LAS ALDEAS Y LOS NÓMADAS...
Y CUANDO EL EJÉRCITO ESTÁ DISTRAÍDO BAJAN DE LAS MONTAÑAS Y PRIVAN A ESTE VALLE DE SU HISTORIA... PEDAZO A PEDAZO...
¡PROCURAMOS ADELANTARNOS A ELLOS EN TODOS LOS YACIMIENTOS! NO SOMOS CAPACES DE SALVAR CASI NADA, ASÍ QUE ENTERRAMOS LO QUE PODEMOS Y FOTOGRAFIAMOS EL RESTO.
¡ESTÁN BORRANDO LAS RAÍCES MISMAS DE LA CIVILIZACIÓN!
A LO MEJOR PODEMOS AYUDARNOS MUTUAMENTE.
PERO ES IMPOSIBLE SALVAR DEMASIADOS OBJETOS DE GRAN TAMAÑO...
¡NI SIQUIERA TÚ, AMIGO MÍO, PUEDES ROBAR ESTRUCTURAS ENTERAS!
QUÉ INSULTANTE.

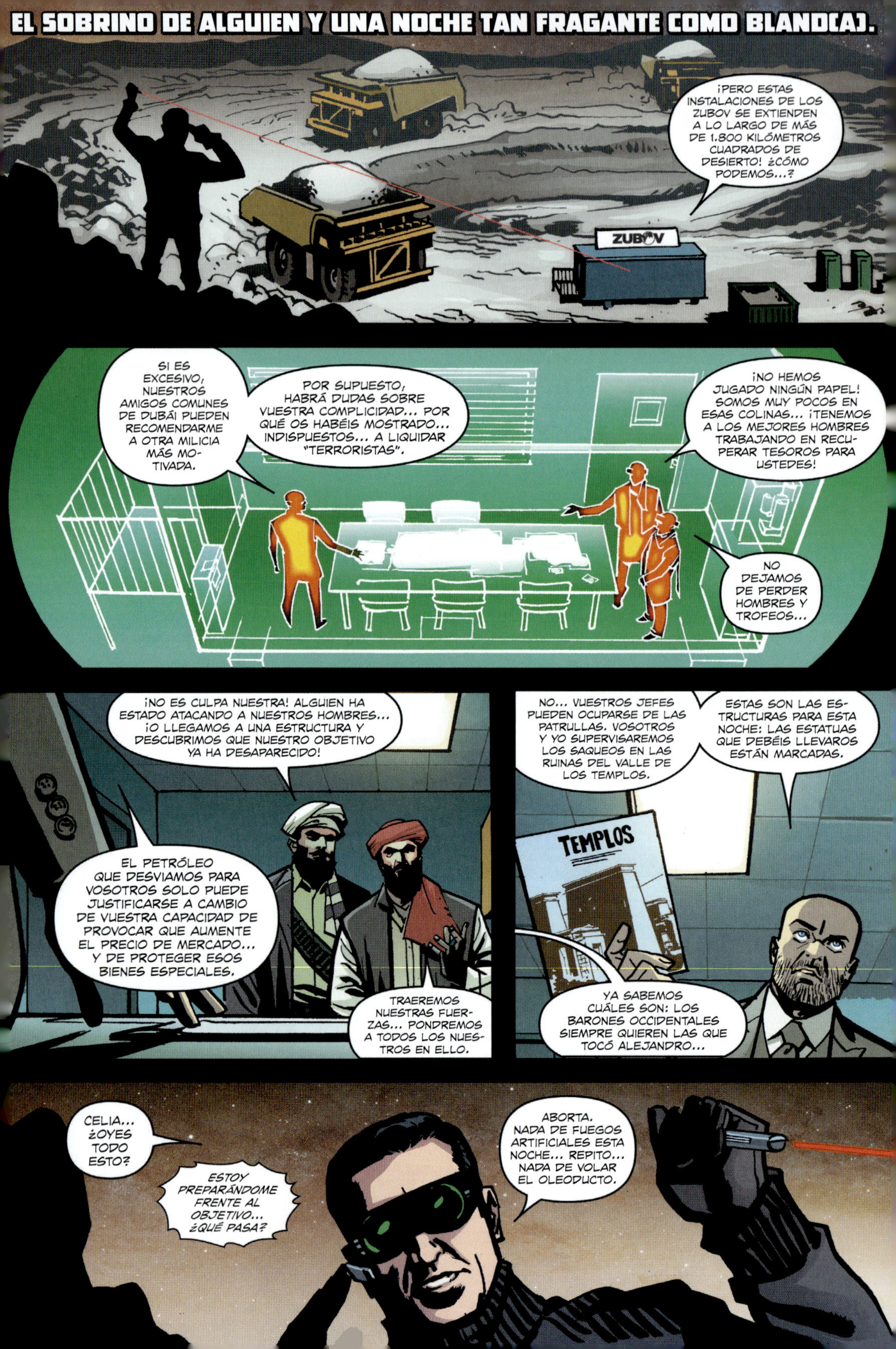
EL SOBRINO DE ALGUIEN Y UNA NOCHE TAN FRAGANTE COMO BLAND(A).
¡PERO ESTAS INSTALACIONES DE LOS ZUBOV SE EXTIENDEN A LO LARGO DE MÁS DE 1.800 KILÓMETROS CUADRADOS DE DESIERTO! ¿CÓMO PODEMOS...?
ZUBOV
SI ES EXCESIVO, NUESTROS AMIGOS COMUNES DE DUBÁI PUEDEN RECOMENDARME A OTRA MILICIA MÁS MOTIVADA.
POR SUPUESTO, HABRÁ DUDAS SOBRE VUESTRA COMPLICIDAD... POR QUÉ OS HABÉIS MOSTRADO... INDISPUESTOS... A LIQUIDAR "TERRORISTAS".
¡NO HEMOS JUGADO NINGÚN PAPEL! SOMOS MUY POCOS EN ESAS COLINAS... ¡TENEMOS A LOS MEJORES HOMBRES TRABAJANDO EN RECUPERAR TESOROS PARA USTEDES!
NO DEJAMOS DE PERDER HOMBRES Y TROFEOS...
¡NO ES CULPA NUESTRA! ALGUIEN HA ESTADO ATACANDO A NUESTROS HOMBRES... ¡O LLEGAMOS A UNA ESTRUCTURA Y DESCUBRIMOS QUE NUESTRO OBJETIVO YA HA DESAPARECIDO!
EL PETRÓLEO QUE DESVIAMOS PARA VOSOTROS SOLO PUEDE JUSTIFICARSE A CAMBIO DE VUESTRA CAPACIDAD DE PROVOCAR QUE AUMENTE EL PRECIO DE MERCADO... Y DE PROTEGER ESOS BIENES ESPECIALES.
TRAEREMOS NUESTRAS FUERZAS... PONDREMOS A TODOS LOS NUESTROS EN ELLO.
NO... VUESTROS JEFES PUEDEN OCUPARSE DE LAS PATRULLAS. VOSOTROS Y YO SUPERVISAREMOS LOS SAQUEOS EN LAS RUINAS DEL VALLE DE LOS TEMPLOS.
ESTAS SON LAS ESTRUCTURAS PARA ESTA NOCHE: LAS ESTATUAS QUE DEBÉIS LLEVAROS ESTÁN MARCADAS.
TEMPLOS
YA SABEMOS CUÁLES SON: LOS BARONES OCCIDENTALES SIEMPRE QUIEREN LAS QUE TOCÓ ALEJANDRO...
CELIA... ¿OYES TODO ESTO?
ESTOY PREPARÁNDOME FRENTE AL OBJETIVO... ¿QUÉ PASA?
ABORTA. NADA DE FUEGOS ARTIFICIALES ESTA NOCHE... REPITO... NADA DE VOLAR EL OLEODUCTO.

¿QUÉ? ME HE TIRADO TODO EL DÍA PARA VENIR AQUÍ Y ENCONTRAR UN BONITO SECTOR SIN VIGILAN-CIA...
VÍSTETE CON TU ROPA INDÍGENA Y VUELVE A LA CRESTA DEL VALLE. SE DIRIGEN AL CAMPAMENTO DE LOS NÓMADAS, Y NO PUEDO USAR UN MICRÓFONO LÁSER PARA OÍR LO QUE DICEN EN UNA TIENDA PORQUE EL SONIDO NO TIENE DÓNDE REBOTAR.
MIERDA... CLARO... VALE... PERO NO PIENSO LIDIAR CON EL PUTO CAMELLO... ASÍ QUE ESTA VEZ MI DISFRAZ VA A TENER QUE SER EL DE "NÓMADA INDÍGENA QUE CONDUCE UN RANGE ROV..."
¡SCHHHBOOM!
PERO ¿¡QUÉ...!? CELIA... ¡POR FAVOR, DIME QUE NO HAS DETONA-DO ESE CONDUCTO! CELIA, MALDITA SEA, HE DICHO QUE ABOR...
¡SHUNK!
SSSSSSSSS
¿¡QUÉ COJONES...!? CONRAD... NUNCA HE LLEGADO A PONER LAS CARGAS. NO HE SIDO YO.

"SI UN HOMBRE VIENE A ROBAR UN BUEY..."
SEGUID ABRIENDO FUEGO... A LAS FUERZAS GUBERNAMENTALES QUE NO ESTÉN DIRIGIÉNDOSE YA AL OLEODUCTO... LAS MANTENDREMOS A RAYA DESDE AQUÍ.
REUNID A LOS HOMBRES... INFORMEMOS A QUIENES VAYAN A INFILTRARSE.
UN EQUIPO PEQUEÑO PUEDE VERSE FÁCILMENTE SOBREPASADO...
UN EQUIPO PEQUEÑO PUEDE PASAR INADVERTIDO Y EVITAR MEJOR LAS MINAS. TRES EFECTIVOS DENTRO Y UNO QUE SE ENCARGUE DE LOS EXPLOSIVOS.
ESTA NOCHE SOLO HAY UN OBJETO EN LA LISTA. SIN MARGEN DE ERROR. EL BUSTO DEL DIOS BUEY.
¡PERO MIRAD QUÉ TAMAÑO TIENE! ¡NECESITAMOS MÁS HOMBRES!
NO... TODO NO... LA CABEZA ES LO ÚNICO QUE QUEREMOS. CORTÁDSELA Y DEJAD EL RESTO COMO PRUEBA DE QUE HA SIDO UNA OBRA DESTRUIDA.
¡Y ECHAD ABAJO ALGUNAS DE LAS ESTATUAS MÁS GRANDES...! ¡GRABADLO EN VÍDEO!

¿YA LOS VES, CONRAD?
SÍ, SE ESTÁN SEPARANDO... YO ME OCUPARÉ DE LOS QUE ENTREN, CELIA.

¿TE HAS ENCARGADO DE LOS OTROS DOS?
¿QUÉ DOS? HE DESPACHADO AL DE AFUERA... Y TÚ A ESTOS TRES. SON CUATRO EN TOTAL.
CINCO. HABÍA CINCO. LOS HE CONTADO CUANDO HAN LLEGADO A LAS RUINAS.
SOLO HABÍAN SALIDO CUATRO DEL CAMPAMENTO, PERO... ESPERA... ¿Y LA CABEZA DEL BUEY?
JODER.

NADIE HA VUELTO POR DONDE HABÍAN VENIDO...
¿SABES, CELIA...? ACABO DE CAER EN LA CUENTA...
A LO MEJOR HEMOS ESTADO ENFOCANDO TODO ESTO MAL...
CORRIENDO DE ACÁ PARA ALLÁ... EN BUSCA DE PUNTOS DÉBILES... TRATANDO DE DAR CON MANERAS DE AFECTAR A LOS ZUBOV...
CUANDO DEBERÍAMOS HABER ESTADO BUSCANDO A ALGUIEN QUE YA HACE UN AÑO QUE SE DEDICA A ENCONTRAR FORMAS DE HACERLES PUPA.
UN POCO MÁS A TU IZQUIER-DA...
HOSTIA... PUTA.

JODIDA.
SALLY.
PIKE.

DOS SEMANAS DESPUÉS... AHORA.
"ENTRE LADRONES..."
LA EXPLOSIÓN DEL OLEODUCTO ATRAJO AL EJÉRCITO NACIONAL EN MASA A LOS VALLES. LA MILICIA DE LADRONES YA NO PUEDE ACCEDER A LOS OBJETIVOS DE FORMA RENTABLE... TENEMOS QUE MANTENERLOS FINANCIADOS HASTA QUE...
LAS PÉRDIDAS DE PETRÓLEO QUE ESTAMOS SUFRIENDO EN LA REGIÓN IMPIDEN CUALQUIER "FILTRACIÓN" FAVORABLE A NUESTROS ALIADOS EN ESTOS MOMENTOS, SEA CUAL SEA EL MOTIVO.
DEBEN ADQUIRIR NUEVOS OBJETIVOS Y RETOMAR LAS ADQUISICIONES DE ANTIGÜEDADES. EXTIENDE LA RED... EXPANDE TU TERRITORIO DE BÚSQUEDA.
¿ALGO DE VALOR EN TU UBICACIÓN, CELIA?
ZUB
YA ESTÁN BASTANTE "DISPERSOS"... LA BÚSQUEDA DE SABOTEADORES, LOS SAQUEOS INFRUCTUOSOS...
QUIZÁ VAYA SIENDO HORA DE CONSIDERAR MÉTODOS ALTERNATIVOS PARA MOVER LIBREMENTE EL DINERO NEGRO.
ES PROBABLE, VIKTOR, QUE ESTA VEZ... SU HERMANO TENGA... RAZÓN.
BAH... BLAND SIGUE AHÍ DENTRO... ESTÁ DISCUTIENDO CON VIKTOR.
LA MISMA MIERDA... ESTÁN ANSIOSOS POR DAR UN PASO, PERO NO HAN ACORDADO NADA EN CONCRETO... NINGUNA FIESTA QUE PODAMOS AGUAR.
NO. DEBEMOS ASEGURARNOS DE QUE ESTA REGIÓN VUELVE A IR COMO LA SEDA... ANTES DE QUE MI HERMANO REGRESE DE INSPECCIONAR LOS NUEVOS SERVIDORES DE LA FIEBRE DEL ORO...
ME NIEGO A CONCEDERLE UNA VICTORIA SIN NECESIDAD. Y SI TENEMOS QUE CARGAR CON EL MARRÓN DE ANULAR TODA ESTA OPERACIÓN... LOS EFECTOS EN NUESTROS GASTOS EXTRAOFICIALES... SERÁN GRAVES.
PARA TODOS NOSOTROS, "SR. BLAND".
...AUNQUE TE DIGO UNA COSA, CONRAD... ESTA MINA PARECE REPLETA DE MIERDAS DE LOS ZUBOV... PODRÍAMOS LLEVARNOS UNO DE ESOS CAMIONES ENORMES O REVENTAR UNA DE LAS...
OLVÍDALO, NADA DE ESO... ZÁNJALO TODO Y VUELVE LO ANTES POSIBLE...
¿QUÉ?
...HABLANDO DE AGUAFIESTAS... CREO QUE TENGO ALGO POR AQUÍ...

...ME PARECE QUE HE ENCONTRADO NUESTRO OTRO AS EN LA MANGA.
AH, QUE ME JODAN.

SALLY.
"...ROBAR FUE DIVERTIDO HASTA ENTONCES, HASTA EL GOLPE DE LA FIEBRE DEL ORO..."
"LAMENTO CÓMO TERMINÓ TODO."
¡BANG!
ESO FUE ENTONCES. HACE 16 MESES. RUSIA.
AFICIONADO.
¿DÓNDE ESTÁ LA OTRA...? DEBERÍA HABER OTRA PERSONA... LA BRITÁNICA.
NADIE HA ABANDONADO EL PERÍMETRO. SI HA VUELTO AL INTERIOR, DESAPARECERÁ JUNTO AL RESTO DE LA ESTRUCTURA.

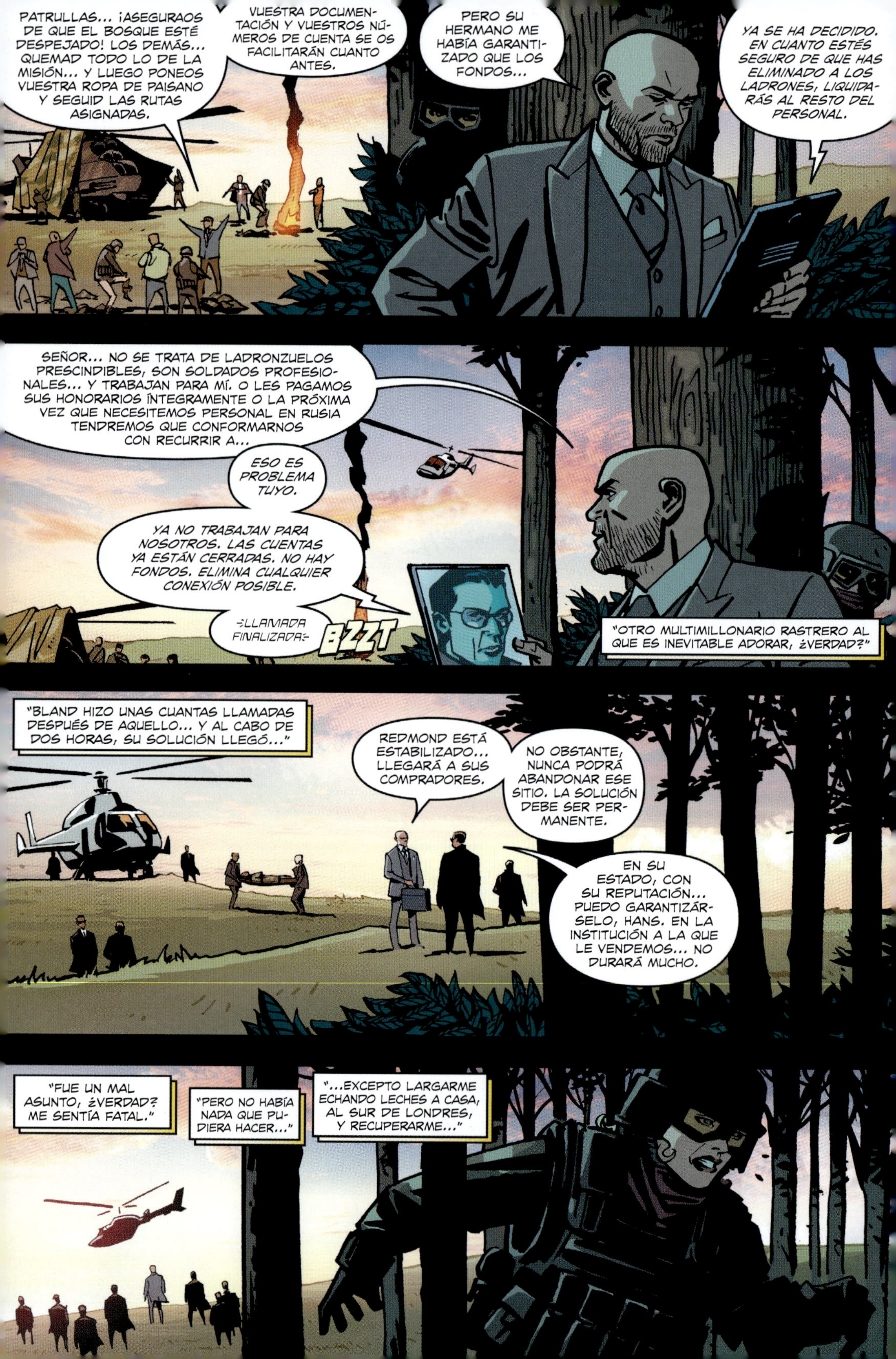
PATRULLAS... ¡ASEGURAOS DE QUE EL BOSQUE ESTÉ DESPEJADO! LOS DEMÁS... QUEMAD TODO LO DE LA MISIÓN... Y LUEGO PONEOS VUESTRA ROPA DE PAISANO Y SEGUID LAS RUTAS ASIGNADAS.
VUESTRA DOCUMENTACIÓN Y VUESTROS NÚMEROS DE CUENTA SE OS FACILITARÁN CUANTO ANTES.
PERO SU HERMANO ME HABÍA GARANTIZADO QUE LOS FONDOS...
YA SE HA DECIDIDO. EN CUANTO ESTÉS SEGURO DE QUE HAS ELIMINADO A LOS LADRONES, LIQUIDARÁS AL RESTO DEL PERSONAL.
SEÑOR... NO SE TRATA DE LADRONZUELOS PRESCINDIBLES, SON SOLDADOS PROFESIONALES... Y TRABAJAN PARA MÍ. O LES PAGAMOS SUS HONORARIOS ÍNTEGRAMENTE O LA PRÓXIMA VEZ QUE NECESITEMOS PERSONAL EN RUSIA TENDREMOS QUE CONFORMARNOS CON RECURRIR A...
ESO ES PROBLEMA TUYO.
YA NO TRABAJAN PARA NOSOTROS. LAS CUENTAS YA ESTÁN CERRADAS. NO HAY FONDOS. ELIMINA CUALQUIER CONEXIÓN POSIBLE.
=LLAMADA FINALIZADA=
BZZT
"OTRO MULTIMILLONARIO RASTRERO AL QUE ES INEVITABLE ADORAR, ¿VERDAD?"
"BLAND HIZO UNAS CUANTAS LLAMADAS DESPUÉS DE AQUELLO... Y AL CABO DE DOS HORAS, SU SOLUCIÓN LLEGÓ..."
REDMOND ESTÁ ESTABILIZADO... LLEGARÁ A SUS COMPRADORES.
NO OBSTANTE, NUNCA PODRÁ ABANDONAR ESE SITIO. LA SOLUCIÓN DEBE SER PERMANENTE.
EN SU ESTADO, CON SU REPUTACIÓN... PUEDO GARANTIZÁRSELO, HANS. EN LA INSTITUCIÓN A LA QUE LE VENDEMOS... NO DURARÁ MUCHO.
"FUE UN MAL ASUNTO, ¿VERDAD? ME SENTÍA FATAL."
"PERO NO HABÍA NADA QUE PUDIERA HACER..."
"...EXCEPTO LARGARME ECHANDO LECHES A CASA, AL SUR DE LONDRES, Y RECUPERARME..."

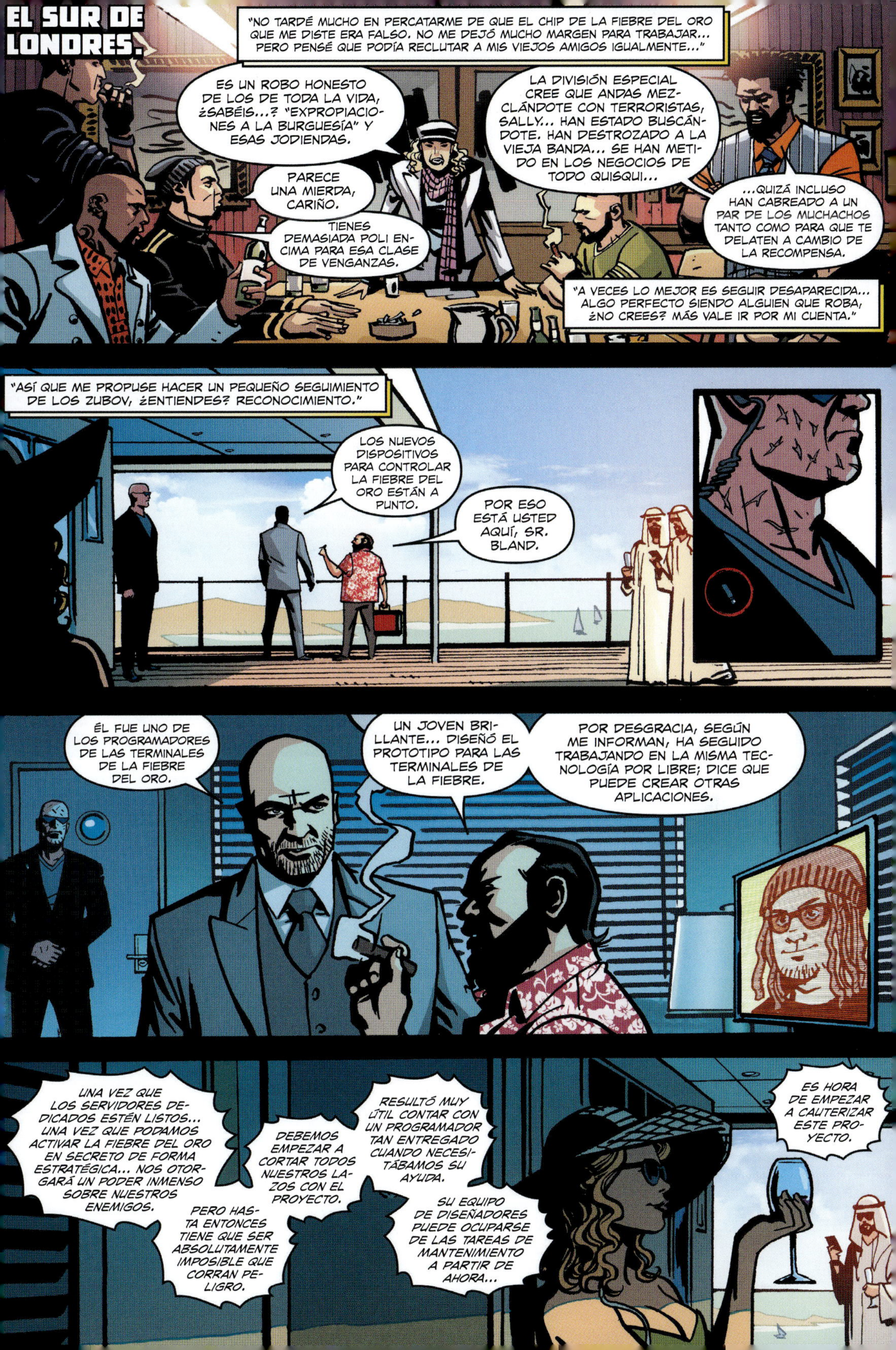

EL SUR DE LONDRES.
"NO TARDÉ MUCHO EN PERCATARME DE QUE EL CHIP DE LA FIEBRE DEL ORO QUE ME DISTE ERA FALSO. NO ME DEJÓ MUCHO MARGEN PARA TRABAJAR... PERO PENSÉ QUE PODÍA RECLUTAR A MIS VIEJOS AMIGOS IGUALMENTE..."
ES UN ROBO HONESTO DE LOS DE TODA LA VIDA, ¿SABÉIS...? "EXPROPIACIONES A LA BURGUESÍA" Y ESAS JODIENDAS.
PARECE UNA MIERDA, CARIÑO.
TIENES DEMASIADA POLI ENCIMA PARA ESA CLASE DE VENGANZAS.
LA DIVISIÓN ESPECIAL CREE QUE ANDAS MEZCLÁNDOTE CON TERRORISTAS, SALLY... HAN ESTADO BUSCÁNDOTE. HAN DESTROZADO A LA VIEJA BANDA... SE HAN METIDO EN LOS NEGOCIOS DE TODO QUISQUI...
...QUIZÁ INCLUSO HAN CABREADO A UN PAR DE LOS MUCHACHOS TANTO COMO PARA QUE TE DELATEN A CAMBIO DE LA RECOMPENSA.
"A VECES LO MEJOR ES SEGUIR DESAPARECIDA... ALGO PERFECTO SIENDO ALGUIEN QUE ROBA, ¿NO CREES? MÁS VALE IR POR MI CUENTA."
"ASÍ QUE ME PROPUSE HACER UN PEQUEÑO SEGUIMIENTO DE LOS ZUBOV, ¿ENTIENDES? RECONOCIMIENTO."
LOS NUEVOS DISPOSITIVOS PARA CONTROLAR LA FIEBRE DEL ORO ESTÁN A PUNTO.
POR ESO ESTÁ USTED AQUÍ, SR. BLAND.
ÉL FUE UNO DE LOS PROGRAMADORES DE LAS TERMINALES DE LA FIEBRE DEL ORO.
UN JOVEN BRILLANTE... DISEÑÓ EL PROTOTIPO PARA LAS TERMINALES DE LA FIEBRE.
POR DESGRACIA, SEGÚN ME INFORMAN, HA SEGUIDO TRABAJANDO EN LA MISMA TECNOLOGÍA POR LIBRE; DICE QUE PUEDE CREAR OTRAS APLICACIONES.
UNA VEZ QUE LOS SERVIDORES DEDICADOS ESTÉN LISTOS... UNA VEZ QUE PODAMOS ACTIVAR LA FIEBRE DEL ORO EN SECRETO DE FORMA ESTRATÉGICA... NOS OTORGARÁ UN PODER INMENSO SOBRE NUESTROS ENEMIGOS.
PERO HASTA ENTONCES TIENE QUE SER ABSOLUTAMENTE IMPOSIBLE QUE CORRAN PELIGRO.
DEBEMOS EMPEZAR A CORTAR TODOS NUESTROS LAZOS CON EL PROYECTO.
RESULTÓ MUY ÚTIL CONTAR CON UN PROGRAMADOR TAN ENTREGADO CUANDO NECESITÁBAMOS SU AYUDA.
SU EQUIPO DE DISEÑADORES PUEDE OCUPARSE DE LAS TAREAS DE MANTENIMIENTO A PARTIR DE AHORA...
ES HORA DE EMPEZAR A CAUTERIZAR ESTE PROYECTO.

GASOLINERA
COCTELERÍA
CAPITÁN
EL CAPITÁN
HORARIO DE APARCAMIENTO
ABIERTO 24 HORAS
¡EH, HOLA! ¿PODRÍAS EXPLICARME QUÉ ES ESO DE LAS *BITCOINS*?
SKABOOOM
"PENSARON QUE LE HABÍAN QUITADO LA VIDA..."
"PERO LO QUE ERA MÁS IMPORTANTE AÚN..."
"...ÉL SABÍA QUE LO HABÍAN INTENTADO."
"Y SE MOSTRÓ MÁS QUE DISPUESTO A ENTREGAR SU PROTOTIPO DE LAS TERMINALES..."

"TUVE QUE MANTENERME FUERA DE SU RED... PERO LOS DATOS ALMACENADOS EN EL DISPOSITIVO ME PROPORCIONARON UNA IDEA BASTANTE EXACTA DE ALGUNAS DE SUS OPERACIONES EXTRAOFICIALES..."
"INCLUYENDO ESTA, AQUÍ ABAJO..."
"ES PRECIOSO... ENCUENTRAN LOS YACIMIENTOS Y SE ENCARGAN DE BURLAR LAS MINAS..."
"Y ENTONCES, CUANDO ESTÁN DISTRAÍDOS... POR EJEMPLO, SI APARECE EL EJÉRCITO, O SI ALGO EXPLOTA 'INESPERADAMENTE'... YO ME CUELO... Y LLEVO A CABO MI SELECCIÓN..."
"A VECES TIENEN COMPRADORES EN ESPERA... ASÍ QUE RECURRO A UN INTERMEDIARIO PARA CONTACTAR CON ELLOS Y COMPLETAR LAS VENTAS."
"SOLO ES UN HOMBRE DE PAJA... NO EXISTE... PERO ES MUY RESPETADO."
"HACE UNOS DÍAS, ALGUIEN INCLUSO RECURRIÓ A 'ÉL' INTENTANDO VENDER INFORMACIÓN SOBRE EL EJÉRCITO, QUE TENÍA ESTE MAPA ALLÍ ESTA NOCHE..."
AHORA.
MUESTRA LAS EXCAVACIONES ARQUEOLÓGICAS QUE EL GOBIERNO TUVO QUE ABANDONAR CUANDO TODO SE FUE A LA MIERDA POR AQUÍ; YACIMIENTOS QUE OCULTARON O RODEARON CON CAMPOS DE MINAS.
SÍ... MUY BONITO Y DETALLADO... INCLUSO HAN MARCADO CUÁLES ESTÁN TODAVÍA LLENOS DE ARTEFACTOS... Y EN CUÁLES ELLOS HAN DADO EL CAMBIAZO POR RÉPLICAS.
HASTA AHORA, HE TENIDO SUERTE DE METERME EN UN PAR DE ESTOS SITIOS... Y LLEVARME UNAS CUANTAS COSAS... ANTES DE QUE LA MILICIA LOS DESALOJARA Y LOS VOLARA POR LOS AIRES.
PERO AHORA... SÍ... PUEDO TRABAJAR CON EMPLAZAMIENTOS INTACTOS.
AUN ASÍ, ¿QUÉ HAY DE LO DE VENGARSE...? ¿NO QUIERES ROBARLES SUS COSAS?
¿Y SI HACEMOS ALGO MÁS IMPORTANTE CON ESTE MAPA?
TIENES EL PROTOTIPO... ¿TODAVÍA CUENTAS CON EL PROGRAMADOR?

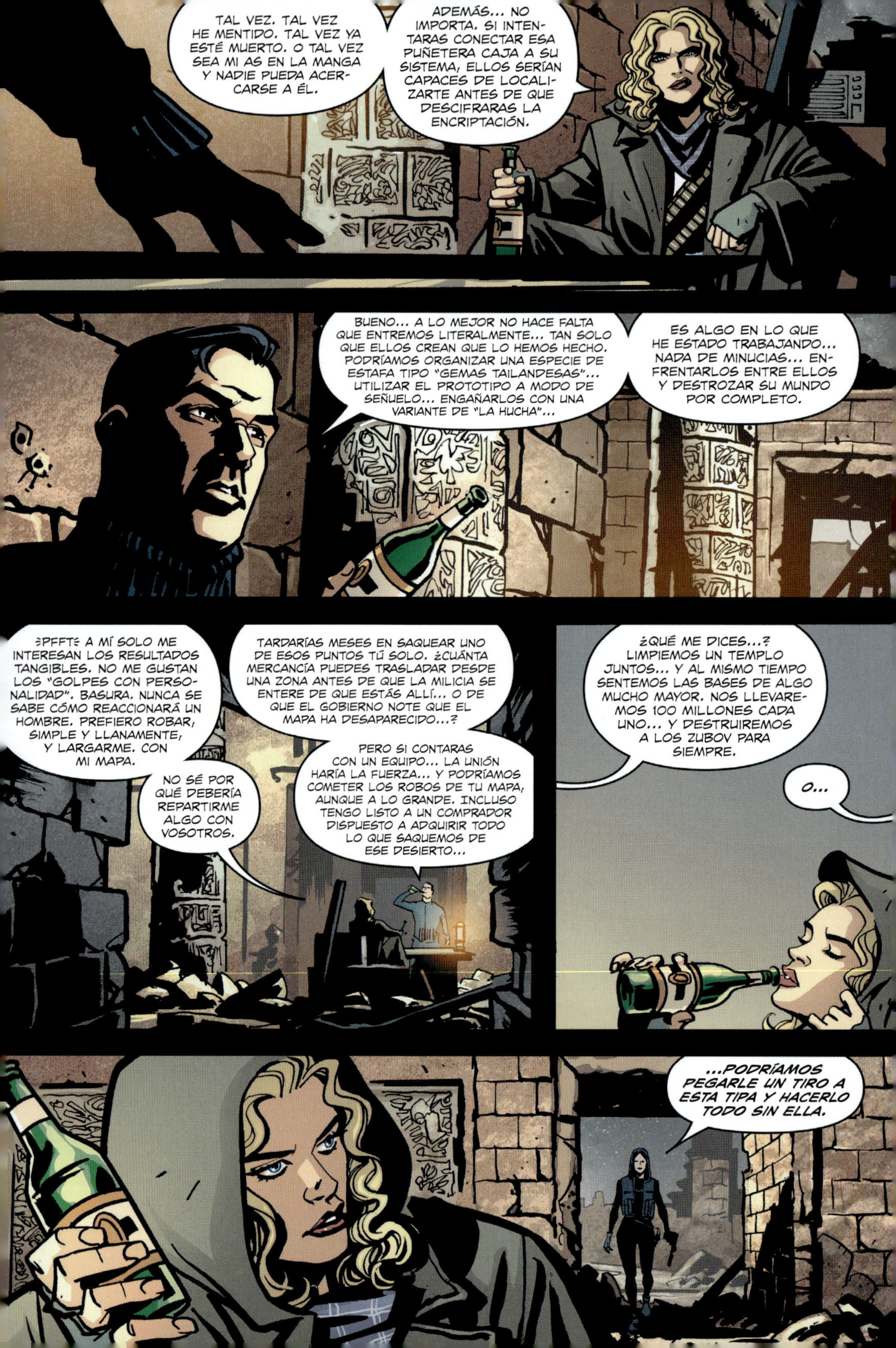
TAL VEZ. TAL VEZ HE MENTIDO. TAL VEZ YA ESTÉ MUERTO. O TAL VEZ SEA MI AS EN LA MANGA Y NADIE PUEDA ACERCARSE A ÉL.
ADEMÁS... NO IMPORTA. SI INTENTARAS CONECTAR ESA PUÑETERA CAJA A SU SISTEMA, ELLOS SERÍAN CAPACES DE LOCALIZARTE ANTES DE QUE DESCIFRARAS LA ENCRIPTACIÓN.
BUENO... A LO MEJOR NO HACE FALTA QUE ENTREMOS LITERALMENTE... TAN SOLO QUE ELLOS CREAN QUE LO HEMOS HECHO. PODRÍAMOS ORGANIZAR UNA ESPECIE DE ESTAFA TIPO "GEMAS TAILANDESAS"... UTILIZAR EL PROTOTIPO A MODO DE SEÑUELO... ENGAÑARLOS CON UNA VARIANTE DE "LA HUCHA"...
ES ALGO EN LO QUE HE ESTADO TRABAJANDO... NADA DE MINUCIAS... ENFRENTARLOS ENTRE ELLOS Y DESTROZAR SU MUNDO POR COMPLETO.
=PFFT= A MÍ SOLO ME INTERESAN LOS RESULTADOS TANGIBLES. NO ME GUSTAN LOS "GOLPES CON PERSONALIDAD". BASURA. NUNCA SE SABE CÓMO REACCIONARÁ UN HOMBRE. PREFIERO ROBAR, SIMPLE Y LLANAMENTE, Y LARGARME. CON MI MAPA.
NO SÉ POR QUÉ DEBERÍA REPARTIRME ALGO CON VOSOTROS.
TARDARÍAS MESES EN SAQUEAR UNO DE ESOS PUNTOS TÚ SOLO. ¿CUÁNTA MERCANCÍA PUEDES TRASLADAR DESDE UNA ZONA ANTES DE QUE LA MILICIA SE ENTERE DE QUE ESTÁS ALLÍ... O DE QUE EL GOBIERNO NOTE QUE EL MAPA HA DESAPARECIDO...?
PERO SI CONTARAS CON UN EQUIPO... LA UNIÓN HARÍA LA FUERZA... Y PODRÍAMOS COMETER LOS ROBOS DE TU MAPA, AUNQUE A LO GRANDE. INCLUSO TENGO LISTO A UN COMPRADOR DISPUESTO A ADQUIRIR TODO LO QUE SAQUEMOS DE ESE DESIERTO...
¿QUÉ ME DICES...? LIMPIEMOS UN TEMPLO JUNTOS... Y AL MISMO TIEMPO SENTEMOS LAS BASES DE ALGO MUCHO MAYOR. NOS LLEVAREMOS 100 MILLONES CADA UNO... Y DESTRUIREMOS A LOS ZUBOV PARA SIEMPRE.
O...
...PODRÍAMOS PEGARLE UN TIRO A ESTA TIPA Y HACERLO TODO SIN ELLA.

VAYA... AHÍ ESTÁ. MUCHO RUIDO Y POCAS NUECES.
¡TODO ESTO HA SIDO CULPA SUYA! ¡CASI NOS ANIQUILA POR COMPLETO!
TENEMOS ENEMIGOS COMUNES... LA NECESITAMOS.
NO TODO GIRA EN TORNO A LA VENGANZA.
PERO, CELIA... SI NECESITAS PASAR DE ESTO...
AH, CLARO, EL "GRAN CAMBIO" DE CONRAD... ¡CLARO!
MÁS BIEN NO HAS CAMBIADO NADA CON TANTA MIERDA... ¡LAS PUTAS REGLAS DE CONRAD PAULSON HASTA EL FINAL!
¡NO PUEDO CREER QUE ELIJAS CONFIAR EN ELLA!
¿CUÁNTAS VECES PUEDES INTENTAR CRUZAR UN RÍO CON UN ESCORPIÓN A CUESTAS?
¡DEBÍ HABERLO SABIDO DESPUÉS DE LO DE GRANDIN...! DESPUÉS DE LO DE TU MUJER... CON ESA BAZOFIA QUE LE ESCRIBISTE EN LA CARTA...
¿¡MI MUJER!? ¡ERA UNA "COMETA"! ¡ESTABA INTENTANDO ORGANIZAR UNA MALDITA FUGA!
PROMETÍ QUE TE PROTEGERÍA.
LO HICISTE... ME TRAJISTE DE VUELTA... YA NO TIENES POR QUÉ SEGUIR SALVÁNDOME.
NO ME DEBES NADA.
AH, ¡DEJADLO DE UNA PUTA VEZ!
¡ES LA HISTORIA MÁS VIEJA DEL MUNDO! ELLA CREÍA TENER NOVIO, ÉL CREÍA TENER UNA AMIGA...
NO PUEDO VERTE SUFRIR OTRA VEZ.
NI LO HARÉ.
Y TÚ...
YA ESTÁS AVISADA, JODER.

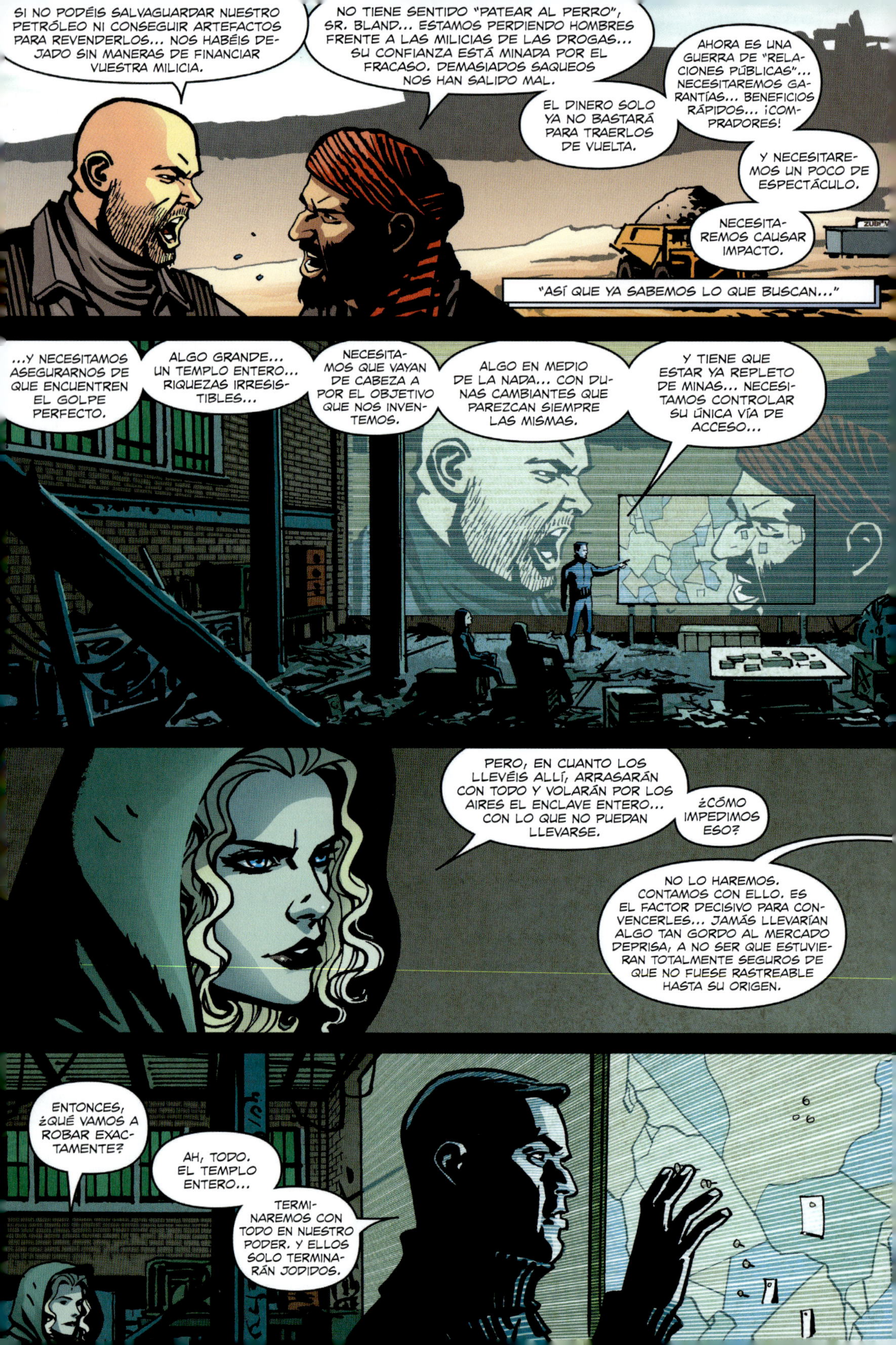
SI NO PODÉIS SALVAGUARDAR NUESTRO PETRÓLEO NI CONSEGUIR ARTEFACTOS PARA REVENDERLOS... NOS HABÉIS DEJADO SIN MANERAS DE FINANCIAR VUESTRA MILICIA.
NO TIENE SENTIDO "PATEAR AL PERRO", SR. BLAND... ESTAMOS PERDIENDO HOMBRES FRENTE A LAS MILICIAS DE LAS DROGAS... SU CONFIANZA ESTÁ MINADA POR EL FRACASO. DEMASIADOS SAQUEOS NOS HAN SALIDO MAL.
EL DINERO SOLO YA NO BASTARÁ PARA TRAERLOS DE VUELTA.
AHORA ES UNA GUERRA DE "RELACIONES PÚBLICAS"... NECESITAREMOS GARANTÍAS... BENEFICIOS RÁPIDOS... ¡COMPRADORES!
Y NECESITAREMOS UN POCO DE ESPECTÁCULO.
NECESITAREMOS CAUSAR IMPACTO.
"ASÍ QUE YA SABEMOS LO QUE BUSCAN..."
...Y NECESITAMOS ASEGURARNOS DE QUE ENCUENTREN EL GOLPE PERFECTO.
ALGO GRANDE... UN TEMPLO ENTERO... RIQUEZAS IRRESISTIBLES...
NECESITAMOS QUE VAYAN DE CABEZA A POR EL OBJETIVO QUE NOS INVENTEMOS.
ALGO EN MEDIO DE LA NADA... CON DUNAS CAMBIANTES QUE PAREZCAN SIEMPRE LAS MISMAS.
Y TIENE QUE ESTAR YA REPLETO DE MINAS... NECESITAMOS CONTROLAR SU ÚNICA VÍA DE ACCESO...
PERO, EN CUANTO LOS LLEVÉIS ALLÍ, ARRASARÁN CON TODO Y VOLARÁN POR LOS AIRES EL ENCLAVE ENTERO... CON LO QUE NO PUEDAN LLEVARSE.
¿CÓMO IMPEDIMOS ESO?
NO LO HAREMOS. CONTAMOS CON ELLO. ES EL FACTOR DECISIVO PARA CONVENCERLES... JAMÁS LLEVARÍAN ALGO TAN GORDO AL MERCADO DEPRISA, A NO SER QUE ESTUVIERAN TOTALMENTE SEGUROS DE QUE NO FUESE RASTREABLE HASTA SU ORIGEN.
ENTONCES, ¿QUÉ VAMOS A ROBAR EXACTAMENTE?
AH, TODO. EL TEMPLO ENTERO...
TERMINAREMOS CON TODO EN NUESTRO PODER. Y ELLOS SOLO TERMINARÁN JODIDOS.

¿CUÁL ES EL CEBO? ¿CÓMO LOGRAMOS QUE PIQUEN...?
USAREMOS A TU HOMBRE DE PAJA, EL INTERMEDIARIO.
ESTÁS SEGURA DE QUE NO HAY POSIBILIDADES DE QUE APAREZCA DE REPENTE, ¿VERDAD?
NI UNA SOLA. ASUMÍ SU IDENTIDAD EN CUANTO EL AUTÉNTICO INTERMEDIARIO TUVO UNA DESGRACIA EL AÑO PASADO... Y DESAPARECIÓ.
"DESAPARECIÓ"... QUÉ MONADA.
¿VERDAD?
FUNCIONA. PUEDO HACER QUE FUNCIONE.
YA ESTAMOS HACIENDO CIRCULAR RUMORES POR LA INTERNET OSCURA... LAS CASAS DE SUBASTAS EN NEGRO ESTÁN ENTUSIASMADAS CON ESOS YACIMIENTOS "PRÍSTINOS" EN EL MERCADO.
Y PRONTO TU HOMBRE DE PAJA, EL DE LA GRAN REPUTACIÓN, EMPEZARÁ A FILTRAR LISTAS DE DESEOS COMPUESTAS POR ANTIGÜEDADES EN NOMBRE DE SUS CLIENTES, "ADINERADOS COLECCIONISTAS". OFRECERÁ UN PASTIZAL... EN EFECTIVO.
A PARTIR DE AHÍ, ES UN "LADY LIBERTY"... TAN SOLO NECESITAMOS QUE VENGAN A NUESTRA PARTICULAR "COLINA"...
AÑADIREMOS UNOS CUANTOS CABLES TRAMPA IMPOSIBLES Y NOS ASEGURAREMOS DE QUE DESCUBRAN NUESTRO BONITO FLANCO ABIERTO CON BUENAS VISTAS DEL OBJETIVO. ENTONCES CONTROLAREMOS SU CAMPO VISUAL.
YA VAMOS A PONER TONELADAS DE EXPLOSIVOS. ADEMÁS, PODREMOS TRABAJAR CON LAS BENGALAS Y LOS FOCOS. NO SERÁN CAPACES DE VER NADA EXCEPTO LO QUE NOSOTROS QUERAMOS.
VÍA LIBRE
"COLINA"
¿QUERÉIS CABLEAR UNA PUTA COLINA PARA HACER UN "LADY LIBERTY"...? ¿Y QUÉ VAMOS A USAR COMO GIRO?
ES OBVIO QUE TENDREMOS QUE CONSTRUIRLO...
Y PARA ESO... NOS HARÁ FALTA IR DE COMPRAS...

DE COMPRAS.
ENTIENDO QUE NO ES CULPA VUESTRA... PERO MI SUPERVISORA... SI REVISA EL 628S... O SEA, TODO ESTO DEBERÍA ESTAR...
LO SÉ... LO SIENTO... NOS TOMAMOS EL FORMULARIO 628 MUY EN SERIO. SE LO HE DICHO A ELLA POR TELÉFONO... EL SERVICIO DE SOLICITUDES NO HA FUNCIONADO EN TODA LA MAÑANA... LA AUTORIZACIÓN HA TARDADO EN LLEGAR. MIS CHICOS ACABAN DE RECIBIR...
MIRA... QUIZÁ NI SIQUIERA OS PIDAN EL 628S... PERO SI HAY ALGUNA AMENAZA TERRORISTA TRABAJAREMOS CON ESTA ASEGURADORA...
ASÍ QUE LO ANTES POSIBLE... O SEA... LA SEGURIDAD DE LA OTRA EXCAVACIÓN ES...
NO, YA LO SABÉIS... MEJOR PONER TODAS LAS CÁPSULAS DE FÓSFORO... Y TRES BOBINAS MÁS DE CABLES DE DETONACIÓN...
¿SEGURO QUE HAS DESACTIVADO EL GPS DEL OTRO CAMIÓN?
¿TE PAREZCO IMBÉCIL O QUÉ?
¡TÚ PREOCÚPATE DE QUE TENGAMOS BASTANTES EXPLOSIVOS! NO PARECEN SUFICIENTES.
¿NUNCA HAS TRABAJADO CON COMPUESTOS DE MINERÍA? SON MUY EFECTIVOS. LOS USAN PARA CARGARSE LAS CIMAS DE MONTAÑAS.
BIEN, BIEN... ¿Y HAS DEJADO OBJETOS VALIOSOS EN PRIMERA FILA?
DEBERÍAMOS HABER MATADO A LOS ZUBOV Y PUNTO.
POR UNA VEZ ESTOY DE ACUERDO CON LA PETARDA.
SERÁ MEJOR QUE TE LIMPIES Y TE VAYAS...
ES LA HORA DE NUESTRO "INTERMEDIARIO".

ASÍ LO HEMOS ENCONTRADO: LA EXPLOSIÓN HABRÁ VUELTO A ACTIVAR EL GPS DEL CAMIÓN.
ALGUIEN INTENTÓ ABRIRSE PASO A TRAVÉS DEL CAMPO DE MINAS... Y CASI LLEGÓ A CONSEGUIRLO.
PODEMOS ENVIAR A ZAPADORES AL ATARDECER PARA QUE COMPRUEBEN Y MARQUEN EL CAMINO. Y LUEGO, MAÑANA POR LA NOCHE...
NO. ENVIADLOS *YA*.
QUIENQUIERA QUE FUESE PODRÍA RECUPERARSE Y VOLVER A INTENTARLO, Y TENEMOS COMPRADORES ESPERANDO...
"...IREMOS ESTA NOCHE."
Y HEMOS TERMINADO DE DESPEJAR EL CAMINO DESDE ESTA COLINA HASTA LA FACHADA DEL TEMPLO... SIN SEÑALES DE PROBLEMAS... PERO PUEDE CUBRIRNOS DESDE AQUÍ ARRIBA.
NO, TÚ TE QUEDARÁS AQUÍ Y ME CUBRIRÁS A MÍ. VOY A ENTRAR CON ELLOS.
¡QUE NADIE SE DESVÍE DEL CAMINO DESPEJADO POR NINGÚN MOTIVO!
CARGAD PRIMERO CON LOS OBJETOS MÁS PEQUEÑOS Y VALIOSOS... TODAS LAS ESTATUAS... ¡Y LUEGO TRABAJAREMOS EN LAS SECCIONES DE COLUMNAS! HASTA QUE LAS CAMIONETAS ESTÉN LLENAS, O HASTA EL AMANECER...
ENTONCES NOS IREMOS Y VOLAREMOS EL RESTO... EL TEMPLO Y CUALQUIER OTRA PRUEBA.
VOY A BAJAR. CORTO Y CIERRO.
PRONTO.
¿QUÉ HA SIDO ESO? PARECÍA UNA BENGALA, AUNQUE NO VEO...
TODO ESTÁ EN CALMA, SR. BLAND...

POP POP POP POP POP
¡BOOM!
POP POP POP POP POP
¡¡ES EL GOBIERNO!!
¡¡NOS ESTÁN MACHACANDO!!
¿¡CÓMO NOS HAN ENCONTRADO!?
¡TENEMOS QUE HUIR!
¡MANTENEOS DENTRO DE LA VÍA LIBRE! ¡TERMINAD DE CARGAR LO QUE YA NOS HEMOS LLEVADO!
¡NUESTROS HOMBRES NOS CUBREN DESDE LA COLINA! ¡SEGUIDME!
LES HE ORDENADO PONER LOS EXPLOSIVOS Y PROTEGER NUESTRA HUIDA... ¿LAS DOS CAMIONETAS HAN VUELTO INTACTAS?
POP POP POP POP POP
SÍ, PERO SU ARTILLERÍA SE ACERCA... ¿¡NO LO NOTA!? ¡TENEMOS QUE IRNOS!
EN CUANTO NOS ASEGUREMOS DE QUE EL TEMPLO QUEDA DESTRUIDO... ¡ORDENA A TUS HOMBRES QUE DETONEN LAS BOMBAS...! NADA DE ESTO TENDRÁ VALOR SI PUEDEN RASTREARLO HASTA UN YACIMIENTO EXISTENTE...
RUMBLE RUMBLE
≠CCZZT... POP POP...≠
HAY TROPAS POR TODAS PARTES... EL EJÉRCITO INTENTA... ≠BZZT≠
NOS PISAN LOS TALONES... ¡NOS HAN ACORRALADO! ¡SE ACERCAN!
¡¡DEPRISA...!!
¡NO DEBEN ALCANZAR LOS EXPLOSIVOS!
RUMBLE RUMBLE
¡ALEJAOS LO MÁXIMO POSIBLE Y DETONADLO TODO!
¡DETONAD! ¡DETONAD!
¡NUNCA OS OLVIDAREMOS!

¡BOOM!
¡TAPAOS LOS OJOS!
¡TEMPLO DESTRUIDO! ¡VAMOS!
RUMBLE RUMBLE RUMBLE
¡MADRE!
NO TARDARÁN EN RETOMAR LA OFENSIVA...
¡DEBEMOS ESCAPAR CON LOS TROFEOS!
¡¡SOMOS RICOS!!
RÁPIDO... ¡LOS COMPRADORES AGUARDAN Y NO CONVIENE DECEPCIONARLOS!
ESTO ES LO QUE VOY A AÑORAR DEL CRIMEN.

ENTONCES. CONSTRUYENDO EL "LADY LIBERTY".
¿Y QUÉ VAMOS A USAR COMO GIRO?
PARA ESO...
...NOS HARÁ FALTA IR DE COMPRAS.
"NECESITAMOS DOS CAMIONES... UNO DE LOS GRANDES, CON REMOLQUE ROTATORIO, Y LUEGO UNA EXCAVADORA O ALGO ASÍ... QUE EMPLEAREMOS PARA ENTERRAR EL PRIMER CAMIÓN..."
"...Y ESA SERÁ NUESTRA 'COLINA'. LO ACCIONAREMOS TODO POR CONTROL REMOTO MOVIENDO EL REMOLQUE CON EL MISMO PANEL CON EL QUE CONTROLAREMOS LOS 'FUEGOS ARTIFICIALES'..."
EN CUANTO TENGAN GRAN PARTE DEL BOTÍN... INICIAREMOS NUESTRA "OFENSIVA" MILITAR... CON LAS BENGALAS Y LOS EXPLOSIVOS PEQUEÑOS... Y ENCENDEREMOS LOS FOCOS DE LA CRESTA.
PONDRÉ CERCA PETARDOS CON SONIDO DE BALAS. PERO ¿Y SI ACUDE BLAND EN PERSONA?
TENDRÁ QUE SALIR ANTES DE ORDENAR QUE VUELEN EL TEMPLO.
TARDARÁN AL MENOS UN MINUTO EN VOLVER A LA COLINA... TIEMPO DE SOBRA PARA DESARMAR SUS EXPLOSIVOS REALES... SIN EMBARGO, EN CUALQUIER CASO, TENDREMOS QUE SER MUY PRECISOS CON LA SINCRONIZACIÓN.
Y CUANDO INTENTEN DETONAR SUS EXPLOSIVOS... NOSOTROS ACTIVAREMOS NUESTRA "BOMBA"...
LES DAREMOS UN MENEO CON LAS GRANDES CARGAS... Y REDOBLAREMOS LA INTENSIDAD DE LOS FOCOS Y DEL FÓSFORO... CON HUMO POR TODAS PARTES.
TEMPLO
YA HABREMOS HECHO QUE TIEMBLE EL SUELO CON NUESTRA "ARTILLERÍA" Y CON LOS SONIDOS DE NUESTRA GRAN "EXPLOSIÓN DEL TEMPLO". NO SE PERCATARÁN DE QUE LA COLINA GIRA POCO A POCO... SOLO UNOS 15 GRADOS... DURANTE UNOS 10 SEGUNDOS... MIENTRAS HACEMOS ROTAR POCO A POCO LA PLATAFORMA DEL CAMIÓN... Y SU PUNTO DE VISTA...
AL ABRIR LOS OJOS Y VER DE NUEVO "LO QUE TIENEN DELANTE", LO QUE VERÁN EN REALIDAD SERÁ ESTO, ROCAS QUEMADAS QUE PARECERÁN LAS RUINAS DEL TEMPLO.
EN ESE INSTANTE... CON LA ADRENALINA AL MÁXIMO, EXALTADOS... CREERÁN QUE HAN DESTRUIDO EL LUGAR Y SE IRÁN, SEGUROS DE HABER CUBIERTO SUS HUELLAS.

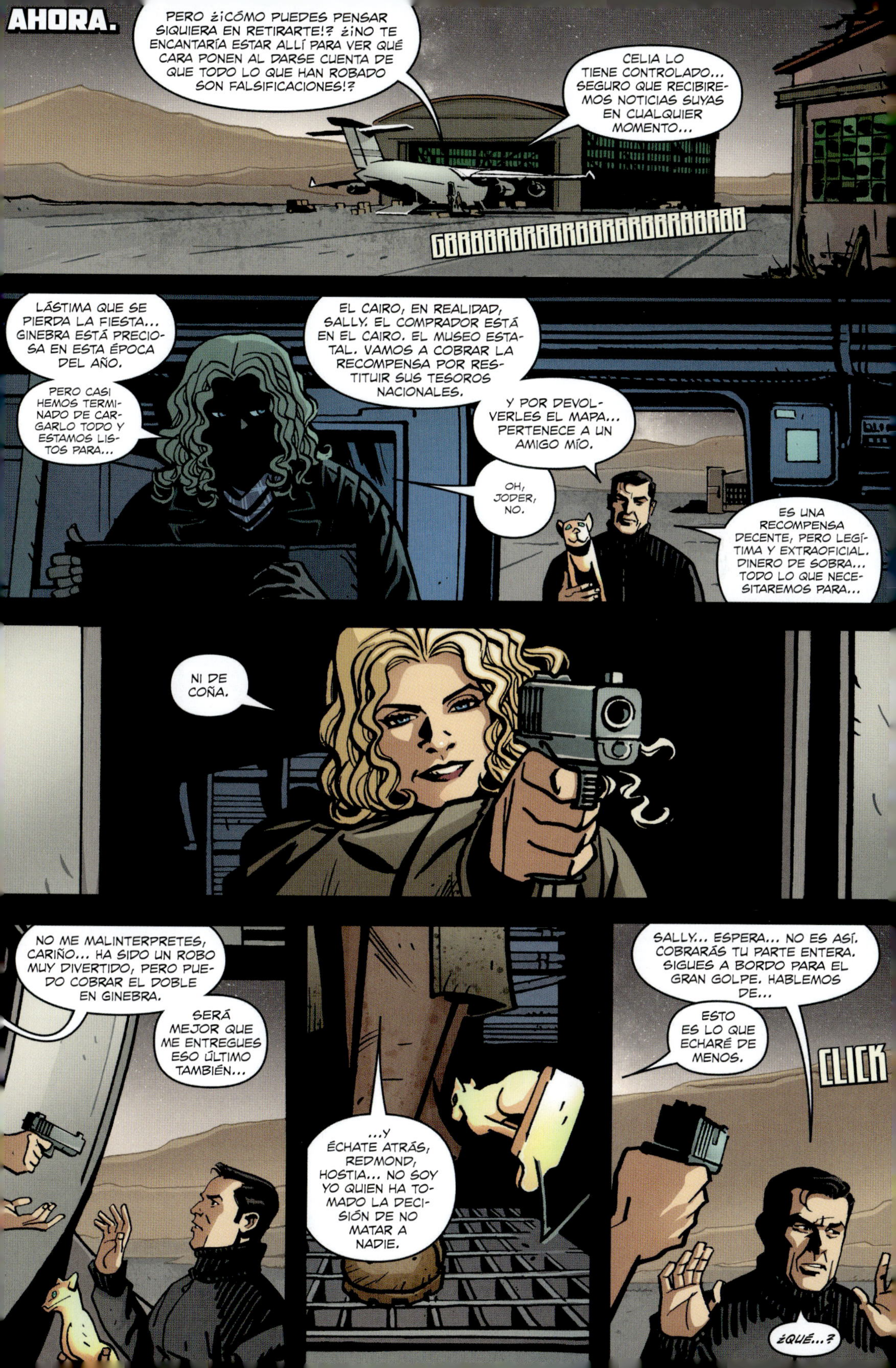
AHORA.
PERO ¿¡CÓMO PUEDES PENSAR SIQUIERA EN RETIRARTE!? ¿¡NO TE ENCANTARÍA ESTAR ALLÍ PARA VER QUÉ CARA PONEN AL DARSE CUENTA DE QUE TODO LO QUE HAN ROBADO SON FALSIFICACIONES!?
CELIA LO TIENE CONTROLADO... SEGURO QUE RECIBIREMOS NOTICIAS SUYAS EN CUALQUIER MOMENTO...
GBBBRBRBBRBBRBRBRBBRBB
LÁSTIMA QUE SE PIERDA LA FIESTA... GINEBRA ESTÁ PRECIOSA EN ESTA ÉPOCA DEL AÑO.
PERO CASI HEMOS TERMINADO DE CARGARLO TODO Y ESTAMOS LISTOS PARA...
EL CAIRO, EN REALIDAD, SALLY. EL COMPRADOR ESTÁ EN EL CAIRO. EL MUSEO ESTATAL. VAMOS A COBRAR LA RECOMPENSA POR RESTITUIR SUS TESOROS NACIONALES.
Y POR DEVOLVERLES EL MAPA... PERTENECE A UN AMIGO MÍO.
OH, JODER, NO.
ES UNA RECOMPENSA DECENTE, PERO LEGÍTIMA Y EXTRAOFICIAL. DINERO DE SOBRA... TODO LO QUE NECESITAREMOS PARA...
NI DE COÑA.
NO ME MALINTERPRETES, CARIÑO... HA SIDO UN ROBO MUY DIVERTIDO, PERO PUEDO COBRAR EL DOBLE EN GINEBRA.
SERÁ MEJOR QUE ME ENTREGUES ESO ÚLTIMO TAMBIÉN...
...Y ÉCHATE ATRÁS, REDMOND, HOSTIA... NO SOY YO QUIEN HA TOMADO LA DECISIÓN DE NO MATAR A NADIE.
SALLY... ESPERA... NO ES ASÍ. COBRARÁS TU PARTE ENTERA. SIGUES A BORDO PARA EL GRAN GOLPE. HABLEMOS DE...
ESTO ES LO QUE ECHARÉ DE MENOS.
CLICK
¿QUÉ...?

SHOT
¡ESPERA...!

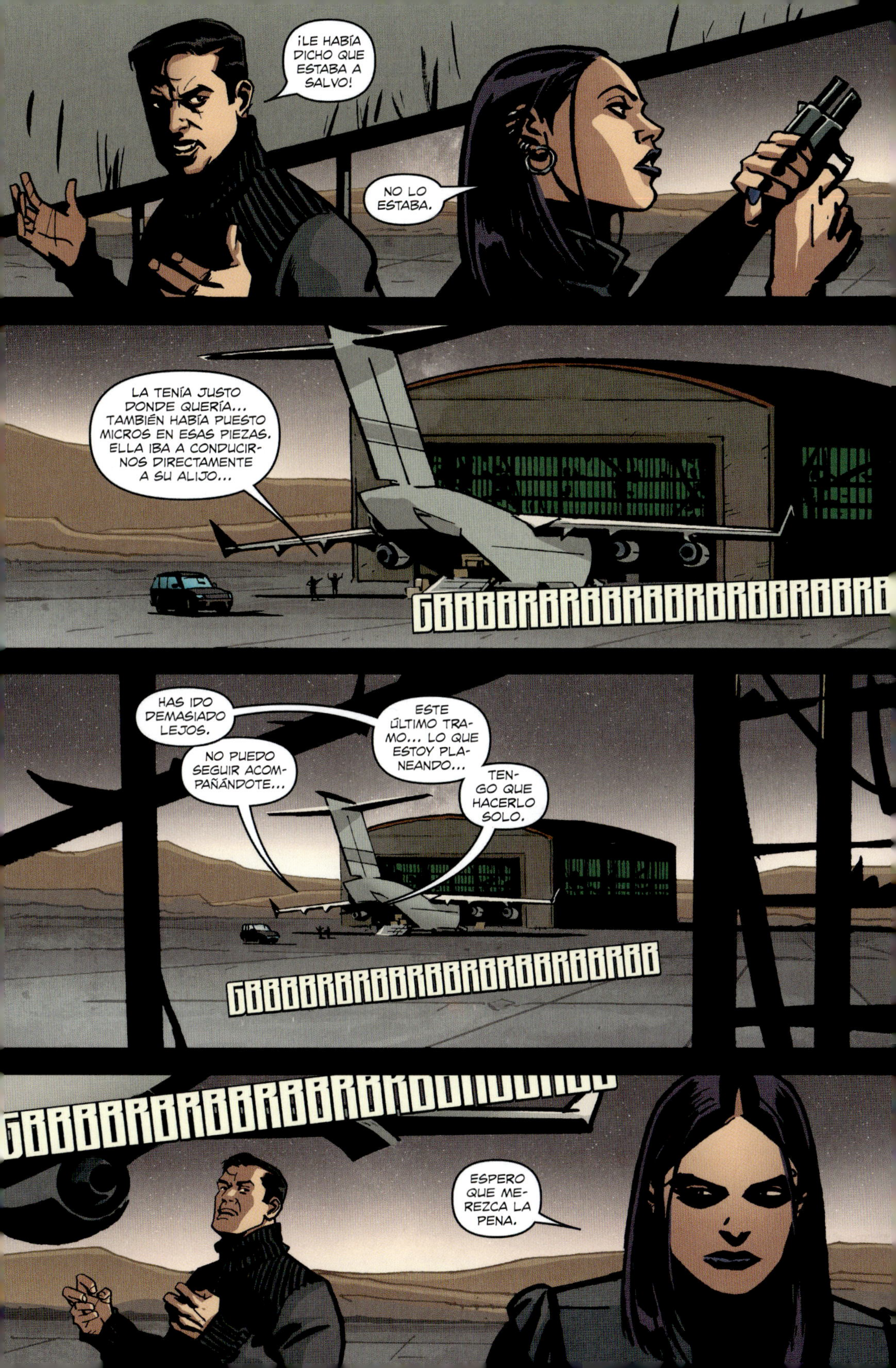
¡LE HABÍA DICHO QUE ESTABA A SALVO!
NO LO ESTABA.
LA TENÍA JUSTO DONDE QUERÍA... TAMBIÉN HABÍA PUESTO MICROS EN ESAS PIEZAS. ELLA IBA A CONDUCIRNOS DIRECTAMENTE A SU ALIJO...
GBBBRBRBBRBBRBBRBBRBBBRB
HAS IDO DEMASIADO LEJOS.
NO PUEDO SEGUIR ACOMPAÑÁNDOTE...
ESTE ÚLTIMO TRAMO... LO QUE ESTOY PLANEANDO...
TENGO QUE HACERLO SOLO.
GBBBRBRBBRBBBRBBRBBRBBRBB
ESPERO QUE MEREZCA LA PENA.

GBBBBRBRBBRBBRBRBBRBBRB
GBBBBRBRBBRBBRBRBBRBBRB
GBBBBRBRBBRBBRBRBBRBBRB

DESPUÉS DE 36 HORAS...
...LA FAMILIA DEL SULTÁN HA DECLARADO OFICIALMENTE QUE NO TENÍA NINGUNA CONSTANCIA DE LAS ACTIVIDADES DEL PRÍNCIPE COMO "LADRÓN SUPREMO"...
FALTAN NUEVE DÍAS PARA QUE REDMOND DEJE DE EXISTIR.
ESO, CLARO, TRAS LOS ARRESTOS EN DUBÁI DE OTROS DOS EMPRESARIOS IMPLICADOS EN LA RED DE CONTRABANDO INTERNACIONAL...
REPRESENTANTES DEL FBI TAN SOLO HAN AÑADIDO QUE, AUNQUE NO PUEDEN EFECTUAR DECLARACIONES SOBRE NINGUNA INVESTIGACIÓN EN CURSO, SE TOMAN "MUY EN SERIO" CUALQUIER TIPO DE TRÁFICO DE "ANTIGÜEDADES RELACIONADAS CON DELITOS DE SANGRE", QUE AHORA SE CONSIDERA OFICIALMENTE "UN ASUNTO DE SEGURIDAD NACIONAL"...
"NI UN AVISO, NI UN DESAFÍO, NI UN MANUAL DE INSTRUCCIONES."

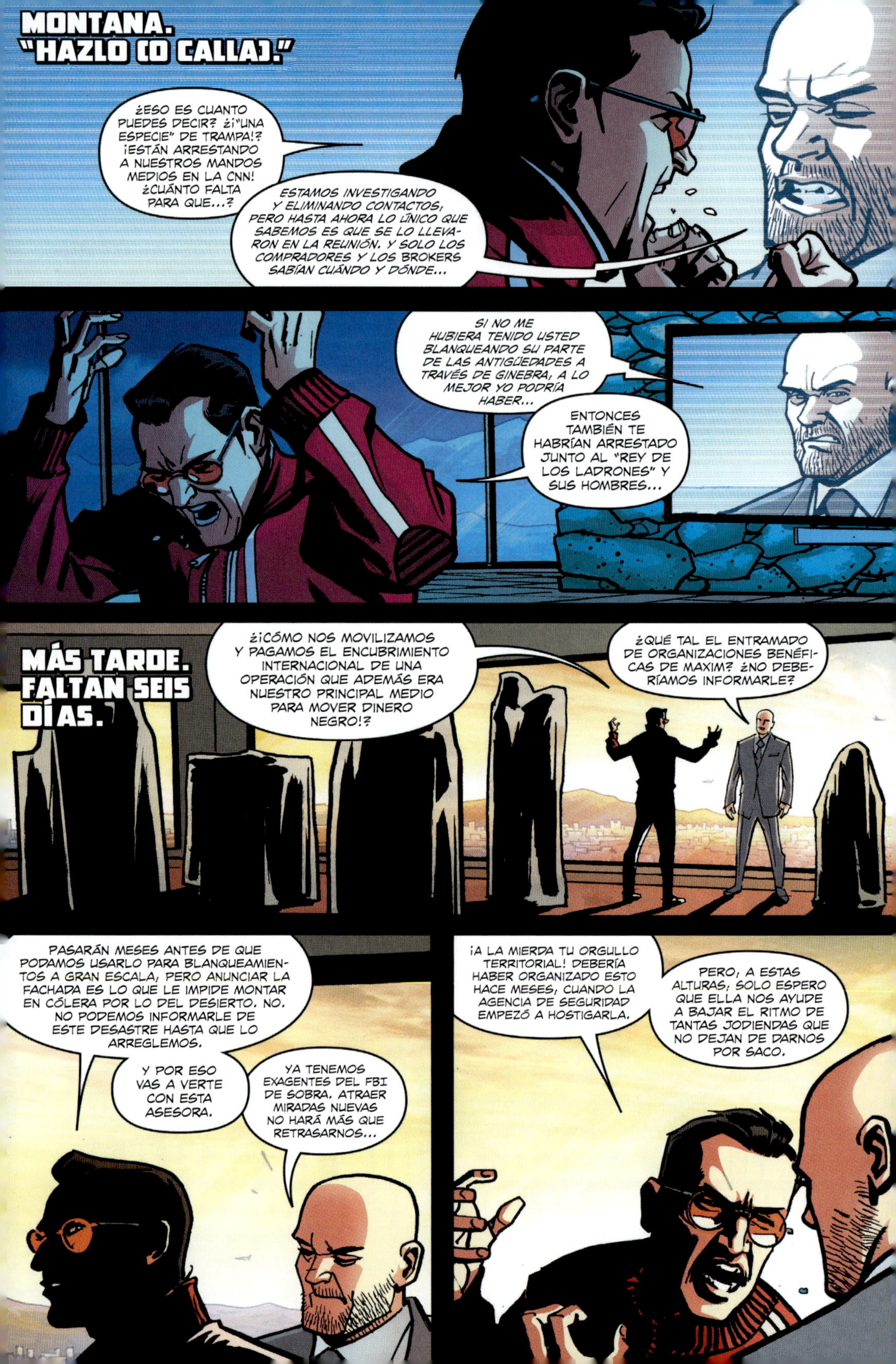
MONTANA. "HAZLO (O CALLA)."
¿ESO ES CUANTO PUEDES DECIR? ¿¡"UNA ESPECIE" DE TRAMPA!? ¡ESTÁN ARRESTANDO A NUESTROS MANDOS MEDIOS EN LA CNN! ¿CUÁNTO FALTA PARA QUE...?
ESTAMOS INVESTIGANDO Y ELIMINANDO CONTACTOS, PERO HASTA AHORA LO ÚNICO QUE SABEMOS ES QUE SE LO LLEVARON EN LA REUNIÓN. Y SOLO LOS COMPRADORES Y LOS BROKERS SABÍAN CUÁNDO Y DÓNDE...
SI NO ME HUBIERA TENIDO USTED BLANQUEANDO SU PARTE DE LAS ANTIGÜEDADES A TRAVÉS DE GINEBRA, A LO MEJOR YO PODRÍA HABER...
ENTONCES TAMBIÉN TE HABRÍAN ARRESTADO JUNTO AL "REY DE LOS LADRONES" Y SUS HOMBRES...
MÁS TARDE. FALTAN SEIS DÍAS.
¿¡CÓMO NOS MOVILIZAMOS Y PAGAMOS EL ENCUBRIMIENTO INTERNACIONAL DE UNA OPERACIÓN QUE ADEMÁS ERA NUESTRO PRINCIPAL MEDIO PARA MOVER DINERO NEGRO!?
¿QUÉ TAL EL ENTRAMADO DE ORGANIZACIONES BENÉFICAS DE MAXIM? ¿NO DEBERÍAMOS INFORMARLE?
PASARÁN MESES ANTES DE QUE PODAMOS USARLO PARA BLANQUEAMIENTOS A GRAN ESCALA, PERO ANUNCIAR LA FACHADA ES LO QUE LE IMPIDE MONTAR EN CÓLERA POR LO DEL DESIERTO. NO. NO PODEMOS INFORMARLE DE ESTE DESASTRE HASTA QUE LO ARREGLEMOS.
Y POR ESO VAS A VERTE CON ESTA ASESORA.
YA TENEMOS EXAGENTES DEL FBI DE SOBRA. ATRAER MIRADAS NUEVAS NO HARÁ MÁS QUE RETRASARNOS...
¡A LA MIERDA TU ORGULLO TERRITORIAL! DEBERÍA HABER ORGANIZADO ESTO HACE MESES, CUANDO LA AGENCIA DE SEGURIDAD EMPEZÓ A HOSTIGARLA.
PERO, A ESTAS ALTURAS, SOLO ESPERO QUE ELLA NOS AYUDE A BAJAR EL RITMO DE TANTAS JODIENDAS QUE NO DEJAN DE DARNOS POR SACO.

FALTAN CINCO DÍAS. "PAGAR POR JUGAR."
ESTE ES SU PROBLEMA.
¿¡REDMOND!? ¿SIGUE VI... POR AHÍ?
EL CAZATALENTOS LA SUBESTIMÓ, AGENTE COHEN. ¡ESTO VA UN POCO MÁS ALLÁ DE MERA "INFORMACIÓN QUE NOS CONCIERNE"!
Y HAY MUCHO MÁS, SI DECIDE CONTRATARME. MESES DE GRABACIONES DE AUDIO Y VÍDEO. SUS NOMBRES SALEN A MENUDO.
PERO LLÁMEME ELIZABETH, POR FAVOR. ESTOY RETIRADA.
EXPULSADA, EN REALIDAD.
LA ECHARON DEL FBI CON UNA ORDEN DE ALEJAMIENTO QUE LE IMPEDÍA "INSISTIR" EN SU RENCILLA PERSONAL CONTRA PAULSON. CONOZCO SU TRABAJO.
NOSOTROS... ER... TENEMOS UN PROCESO DE AUTORIZACIÓN. PRESUPUESTO, ACUERDOS DE CONFIDENCIA-LIDAD... ESTE PROYECTO SERÍA... MUY DELICADO.
NOS HARÍA FALTA REVISAR SUS MATERIALES, PERO QUIERO ESTAR PREPARA-DO POR SI REDMOND DECIDE VENIR A POR MÍ.
CON REDMOND NO SE TRATA DE "DECI-SIONES"... SINO DE COMPULSIONES.
NECESITA DEMOSTRAR SU VALÍA, PERO TAMBIÉN LE MOLESTA TENER QUE HACERLO... NECESITA DEMOSTRAR QUE ESTÁ AL MANDO.
Y AHORA SU FAMILIA Y SU EQUIPO LE HAN ABANDONADO. HA QUEMADO SU PROPIA CASA.
LO ÚNICO QUE LE QUEDA ES SU PRO-BLEMA CON USTEDES.
NO NECESITO CONOCER SUS SECRE-TOS, SR. ZUBOV. PERO USTED DEBE ACEPTAR QUE SE LE HA AGOTADO EL TIEMPO.
ÉL ESPERA AL ACECHO.
Y YA NO TIENE NADA QUE PERDER.
TODOS TENEMOS VULNERABILIDADES. PARA VENCER SOLO HAY QUE DESCUBRIR CUÁLES SON.
Y SI PUDIÉRAMOS RECURRIR A USTED, SRTA. COHEN, EN ALGUNA... CAPACIDAD LIMITADA...
TENGO MIS PREOCUPACIONES SOBRE LA ASESORÍA DE ALGUIEN CUYA ÚNICA MOTIVACIÓN ES LA VENGANZA.
LA GENTE NUNCA ESTÁ MOTIVADA POR UNA SOLA COSA. ESO ES UNA FICCIÓN PARA LOS TRIBUNALES.
AUNQUE SI TUVIERA QUE ELEGIR ALGUNA... SÍ, CLARO...
QUIERO DERROTARLE.

"EL SEÑUELO."
...EN INSTITUCIONES BENÉFICAS ZUBOV NUESTRO PRINCIPAL OBJETIVO, Y NUESTRO MAYOR DESAFÍO, HA SIDO AYUDAR CON NUESTROS RECURSOS A REGIONES EN CONFLICTO.
¡Y ESTA NOCHE ME GUSTARÍA PRESENTARLES NUEVAS TECNOLOGÍAS Y PROGRAMAS QUE YA ESTAMOS UTILIZANDO CON EL OBJETIVO DE QUE LOS FONDOS LLEGUEN DIRECTAMENTE A QUIENES MÁS LOS NECESITAN!
Y LUEGO, TRAS LA PRESENTACIÓN, LES INVITO A UNIRSE A MÍ EN CUBIERTA PARA DISFRUTAR DE...
¡POP!
¡POP!
¡POP!
¡POP!
¡POP!
¡POP!
¡POP!
¡POP!
AH.
ER... PARA... DISFRUTAR DE LOS FUEGOS ARTIFICIALES...
¡OOHHH!
¡AHHH!
¡POP!
¡POP!
¡POP!
¡POP!
¡POP!
¡POP!
¿¡POR QUÉ SE HAN LANZADO LOS FUEGOS ARTIFICIALES ANTES DE TIEMPO!?
¡OH!
LO SIENTO, SEÑOR, PERO SIGUEN PREPARADOS EN LA CUBIERTA SUPERIOR. ¡ESOS FUEGOS ARTIFICIALES NO SON LOS NUESTROS!
SEÑOR...
...QUIZÁ TENGA ALGO QUE VER CON ESTO...

REDMOND.
VIVO.
A NO SER QUE ESTÉS DISPUESTO A MATARME DELANTE DE TANTA PRENSA.
EL SISTEMA DE SEGURIDAD HABÍA FALLADO POR UNOS INSTANTES, ASÍ QUE HEMOS COMPROBADO LAS PUERTAS. LE HEMOS ENCONTRADO FORZANDO LA CERRADURA DE LA SALA GPS...
¿LA CAJA...? ¿¡MI TERMINAL!?
INTACTA. NUNCA HA LLEGADO A ACERCARSE. PERO TENÍA ESTO...
¿DE QUÉ VA ESTO? ¿SABOTAJE?
¿TU HERMANO AÚN NO TE LO HA CONTADO?
PUES SÍ QUE ESTÁ JODIDA LA FAMILIA.
¿¡ES PARA ACTIVAR MI TERMINAL!? ¿PARA BURLAR EL SENSOR DE HUELLAS DACTILARES?
QUIZÁ SEA PARA ACTIVAR UNA BOMBA. CUIDADO.
CREO QUE ESA PEQUEÑA EXHIBICIÓN DE FUEGOS ARTIFICIALES ERA TU GRAN TRUCO ESTA NOCHE. TU GRAN DISTRACCIÓN, ¿VERDAD?
LA PRIMERA, SÍ.

¿LA PRI...?
¡¡SK-BOOOM!!
ZIP
¡POP!
ZIP
¡POP!
¡POP!
ZIP
¡POP!
ZIP
¡POP!
ZIP
¡POP!
¡POP!
ZIP
¡POP!
ZIP
¡POP!
¿DÓNDE SE HA...?
¡POP!
ZIP
¡POP!
¡POP!
SE HA ESFUMADO. VE Y SUBE A MI PUÑETERO HERMANO A UN AVIÓN. VAMOS.
ZIP
¡POP!
¡POP!
ZIP
¡POP!
¡POP!
ZIP
Y ESTOS...
ESTOS SON NUESTROS FUEGOS ARTI-FICIALES.

FALTAN 32 HORAS PARA QUE REDMOND DEJE DE EXISTIR.
Y ME PREGUNTÉ: "¿POR QUÉ INTENTARÍA LLEGAR HASTA MI CAJA? ¿DE QUÉ LE SERVIRÍA MI TERMINAL?".
¡Y ENTONCES DESCUBRÍ QUE TENÍA TUS HUELLAS DACTILARES Y TU MALDITA CONTRASEÑA!
¡Y QUE TÚ SABÍAS QUE SEGUÍA VIVO, JODER!
EXPLOSIÓN EN EL YATE DE ZUBO
¿QUÉ ESTÁS SUGIRIENDO? ¡NOS LIMITÁBAMOS A COMPROBAR LA INFORMACIÓN QUE ELLA NOS HABÍA DADO!
Y LO ÚNICO QUE VEO EN LAS GRABACIONES ES A TI HABLANDO CON REDMOND EN UNA FIESTA.
¿CÓMO SÉ QUE TÚ NO ESTABAS...?
FALTAN 21 HORAS. "LA COLA MUEVE AL PERRO, COMO EN UN CUENTO."
CASI TODO SE REDUCE A LUCHAR CON SU FAMILIA HASTA QUE LE ABANDONA.
NO DEJA DE DISCUTIR Y DESPOTRICAR SOBRE USTEDES, PERO LUEGO ESTÁ ESTO... LO QUE PARECE CONCENTRAR SU ATENCIÓN ÚLTIMAMENTE...
HE PREPARADO ESTE PROTOTIPO DE LAS TERMINALES DE LA FIEBRE DEL ORO PARA SU DESPLIEGUE TÁCTICO, PERO, SIN OTRA TERMINAL, TENDRÁS QUE CONECTARTE FÍSICAMENTE A LOS SERVIDORES...
...A NO SER QUE PUEDA PERSUADIR A UNO DE ELLOS DE QUE ME PRESTE SU MALETÍN.
LA FIEBRE DEL ORO SE DISEÑÓ PARA DESTRUIR EL MERCADO DE VALORES EN SU TOTALIDAD, PERO TAMBIÉN DESTRUIRÍA LAS FORTUNAS INDIVIDUALES QUE LO COMPONEN. MI ACTIVACIÓN TÁCTICA FUNCIONA INVISIBILIZANDO LA ECONOMÍA MUNDIAL ENTERA PARA LA FIEBRE DEL ORO... EXCEPTO NUESTROS OBJETIVOS.
SI LA INTRODUCES EN SU SISTEMA, NO PARARÁ HASTA BORRARLOS POR COMPLETO.
¡EL PROTOTIPO! ¡CREÍA QUE HABÍA TERMINADO DESTRUIDO EN LA...! BLAND, ¿PODRÍA HABLAR UN MOMENTO CONTIGO?
Y EL AÑO PASADO, CREÍ QUE REDMOND HABÍA MUERTO. COMO TODO EL MUNDO.
ES HORA DE QUE DEJEMOS DE SORPRENDERNOS Y EMPECEMOS A ASUMIR QUE YA HA ENCONTRADO UNA MANERA DE ACCEDER A TODO.
CAMBIEN TODAS SUS CLAVES AHORA MISMO. EMPIECEN A ORGANIZAR LA PROTECCIÓN DE CADA SISTEMA, DE CADA RECURSO... INCLUYENDO LO QUE ÉL PERSIGUE.
LA FIEBRE DEL ORO ES UN PROGRAMA DE SEGURIDAD PROPIETARIO UTILIZADO POR NUESTRA RED. MUY VALIOSO. ÉL INTENTA ROBÁRNOSLO, PERO CONTAMOS CON UN GRAN NÚMERO DE PRECAUCI...
PING.
PING.
¡NO RECIBO NINGUNA SEÑAL!

FALTAN 10 HORAS. "SI LOS CAZAS, QUE NO ESCAPEN."
...SIGO SIN ENCONTRAR PROBLEMA ALGUNO CON SUS TERMINALES.
¡SOLO QUE NO SE CONECTAN A LA FIEBRE DEL ORO!
LOS TÉCNICOS ESTÁN SUPERVISANDO LOS SERVIDORES AHORA MISMO. TODAVÍA NO HAY SEÑALES DE QUE ALGUIEN HAYA INTENTADO UN ACCESO SIN AUTORIZACIÓN.
DICEN QUE PODRÍAN SER SOLO LAS INCLEMENCIAS DEL TIEMPO. UN PROBLEMA CON LAS TRANSMISIONES.
¡O PODRÍA SER PUTIN!
NO. SI LOS RUSOS CREYERAN QUE ESTAMOS DESPROTEGIDOS POR UN SEGUNDO, AMBOS YA ESTARÍAMOS MUERTOS.
ENVIAD MÁS TÉCNICOS Y PERSONAL DE SEGURIDAD A LA PLATAFORMA DE LOS SERVIDORES. QUE REVISEN HASTA EL ÚLTIMO CENTÍMETRO.
YA HAN SALIDO DE NUESTRA BASE EN NORUEGA.
MIENTRAS TANTO... SI NO CONSIGUEN UN ENLACE ESTABLE, ¿CÓMO REINICIARÁN USTEDES SUS CLAVES?
ESO YA SERÍA QUEDARSE MUY CORTOS. LA FIEBRE DEL ORO SE ACTIVARÁ DENTRO DE... NUEVE HORAS. ESTAMOS A SEIS HORAS DE LA PLATAFORMA.
TENEMOS QUE ESTAR LISTOS PARA REINICIAR LA FIEBRE DEL ORO MANUALMENTE. UNA INUTILIZACIÓN TEMPORAL, SI ES NECESARIO.
VIKTOR... DESACTIVA TU ESCÁNER MANUAL. BLAND Y YO IREMOS A...
SÍ, CLARO, VOY A ENTREGAROS MI MALETÍN. POR LO QUE SÉ, LOS DOS PODRÍAIS HABER ESTADO TRABAJANDO CON REDMOND DESDE EL PRINCIPIO... PARA CONSEGUIR MI MITAD DEL CÓDIGO.
NO HAY TIEMPO PARA ESTO. IREMOS LOS DOS. ME GUSTA TENERTE CERCA, DE TODAS FORMAS, HASTA SABER QUÉ OCURRE.
PREFERIRÍA QUEDARME AQUÍ Y DEJAR QUE OCURRIERA...

DESPUÉS DE SIETE HORAS.
AL OESTE DEL MAR DE BARENTS.
DEBERÍAMOS HABER TRAÍDO EL HELICÓPTERO, MAXIM. TENGO VÓMITO CONGELADO EN EL CUELLO.
¡JAMÁS QUISIMOS QUE FUERA UN LUGAR DE FÁCIL ACCESO! Y EL FRÍO BENEFICIA A LOS SERVIDORES.
PERO APÁRTATE DE MÍ SI VAS A VOMITAR OTRA VEZ.
¡DEPRISA! HEMOS LOCALIZADO EL PROBLEMA, PERO NO PODÍAMOS CONTACTAR CON USTEDES. LAS COMUNICACIONES HAN FALLADO...
LO SABEMOS. VAMOS.
ESPERE AQUÍ ABAJO.
HACE UN FRÍO DEL CARAJO.
¡ÉL NO ESTABA AHÍ ANOCHE...!
LE TENEMOS ACORRALADO, PERO YA HA ACCEDIDO AL ORDENADOR PRINCIPAL. HA DICHO QUE ACTIVARÍA LA FIEBRE DEL ORO SI INTENTÁBAMOS CUALQUIER...
POR DIOS, ¿¡QUÉ COÑO...!?
¿SORPRENDIDO, REDMOND? ¿CREÍAS QUE NO TE ENCONTRARÍAMOS TAN PRONTO? ¿QUE SEGUIRÍAMOS DISCUTIENDO? ESE ERA EL PLAN, ¿NO? ¿HACER QUE NOS ENFRENTÁRAMOS?
BUENO, ¡PUES LA FAMILIA SIEMPRE DA CON UN MODO DE SALIR ADELANTE UNIDA EN UNA CRISIS!
TENEMOS ESTO CONTROLADO. Y TÚ ESTÁS AQUÍ FUERA, SOLO...
"EL MEJOR LADRÓN DEL MUNDO"...
¡AUNQUE NO SE TE DAN TAN BIEN LAS FUGAS!
¿¡QUÉ COJONES CREES QUE ESTÁS HACIENDO!?

EL COLAPSO:
EL HERMANO DE MI EXMUJER, JAMES, ME ENSEÑÓ QUE CUALQUIER GOLPE CONSTA DE CINCO PASOS...
UNO: IDENTIFICAR UN OBJETIVO. DOS: FORMAR UN EQUIPO DE CONFIANZA. EL TERCERO ES DAR EL GOLPE EN SÍ. EL CUARTO, ESCAPAR. Y EL QUINTO... EFECTUAR EL COBRO.
EL PRIMERO ES FÁCIL. EL SEGUNDO... LO HE INTENTADO A MENUDO. MI FAMILIA, MI BANDA, MI SOCIA.
EL TERCERO... JAMES ME ADVIRTIÓ SOBRE EL TERCERO. DIJO QUE LOS AFICIONADOS SIEMPRE SE CENTRAN EN "EL GOLPE". CREEN QUE ES LO MÁS GRANDE. EL FINAL.
PERO CUALQUIER IDIOTA PUEDE DAR EL TERCER PASO. SIN EL CUARTO O EL QUINTO, NO ES NADA.
ÉL ME LO ADVIRTIÓ, PERO ME LO TOMÉ COMO UN RETO.
Y LOGRÉ QUE LE MATARAN.
HE SEGUIDO INTENTANDO DEMOSTRAR QUE SE EQUIVOCABA. COMO SI PUDIERA VOLVER ATRÁS EN EL TIEMPO... Y SALVARLE. SI PUDIERA "ENMENDAR" LAS COSAS... DAR UN GOLPE PERFECTO... LLEVAR A CABO ALGO PRECIOSO...
...PODRÍA ARREGLAR TODO LO QUE HE ROTO.
NUNCA SE TRATÓ DEL DINERO, PARA MÍ. EL ROBO DE LA FIEBRE DEL ORO...
SOLO QUERÍA UN ÚLTIMO ATRACO PERFECTO PARA DESPEDIRME. MI *MONNA LISA*. MI VIAJE A LA LUNA...
ME LO IMPEDISTEIS.
Y AQUÍ ESTAMOS.
YA ME DAN IGUAL EL CUARTO O EL QUINTO. ME DA IGUAL TODO.
SOLO QUIERO HACEROS DAÑO.
SI LE ABATIMOS A TIROS AHORA, ¿CUÁNTO TARDARÍAMOS EN RECABLEAR EL SISTEMA...?
NO HAY FORMA DE ASEGURARLO HASTA COMPROBAR LO QUE HA MANIPULADO.
AL CONTRATAR A *HACKERS*... SIEMPRE DEJARÁN ABIERTA UNA PUERTA TRASERA.
MATADME, JAMÁS LO IMPEDIRÉIS.
YA ESTÁ AHÍ FUERA, HACIÉNDOOS PEDAZOS.
AHORA MISMO ESTÁ REVENTANDO VUESTROS ACTIVOS NAVIEROS.
¡IMPOSIBLE! AUNQUE TENGAS NUESTRAS CLAVES, NAVIERAS ZUBOV ESTÁ PERF...
¡JODER...! ¡NO! ¡TIENE RAZÓN, LAS ACCIONES CAEN! ¡EN PICADO!
"SR. BLAND", DÉJALE VIVIR.

¡URRRFF!
LA VELOCIDAD SE INCREMENTA. SUFRIMOS PÉRDIDAS EN TODOS LOS FRENTES.
¿ES QUE NO VEIS LO QUE HACE?
PARECE ESTAR DEJANDO A SUS EMPRESAS SIN ACTIVOS, AQUÍ, Y LUEGO EL VALOR TERMINA... ¿LO VEN? AQUÍ. LO ESTÁ TROCEANDO Y DISPERSANDO TODO DE FORMA ALEATORIA.
DIOS SANTO. ¡YA LO VEO...! O SEA, ¿¡CÓMO!? ¿NO PODEMOS APAGARLO? ¿Y SI NOS LIMITAMOS A DESENCHUFARLO?
¡YO NO...!
¡...LO...!
¡...HARÍA!
Puerto
22/tcp
Estado
abierto
ssh
¿SEGURO QUE QUIERE ACTIVAR LA FIEBRE DEL ORO?
ACEPTAR CANCELAR
ción (1 servidor activo) escaneada
. con éxito.
Reiniciando contraseña principal como
CRC32 ...con éxito.
Sistema abierto: Nivel de acceso <9>
ssh 10.2.2.2 -
JODER... BLAND, ESPERE. ¡PARE...!
¡SNAP!
¡SNAP!
¡SCHWANZLUTSCHERRRR!
LLAME ABAJO Y QUE SUBA NUESTRA ASESORA.
MENCIONE QUE NOS ESTÁN ROBANDO Y RETENIENDO COMO REHENES.

SESGO DE COMPROMISO.
ESTÁS COMPLETAMENTE SOLO EN UN MAR CONGELADO.
DESACTIVA TU DISPOSITIVO, REDMOND. DÁNOSLO Y VIVIRÁS.
DE HECHO... MUÉSTRANOS DÓNDE HAS METIDO NUESTRO DINERO E INCLUSO TE LO RECOMPENSARÉ ECONÓMICAMENTE. ¿SIGUES QUERIENDO TUS 100 MILLONES?
YA HA RETIRADO LOS 100 MILLONES QUE ME DEBÍAIS.
AHORA ESTÁ TRABAJANDO EN LOS 100 MILLONES QUE PAGARÉIS POR HABER MATADO A FAUSTO.
Y LUEGO HABRÁ OTROS 100 MILLONES SOLO POR JODER.
UN TOTAL DE 300 MILLONES PERDIDOS. ESA ES LA RECOMPENSA.
SI INTENTÁIS DETENERME ANTES DE QUE TERMINE, ACTIVARÉIS LA FIEBRE DEL ORO. OS CARGARÉIS LA ECONOMÍA MUNDIAL.
¡NO NOS HARÍAS DAÑO SOLO A NOSOTROS! SI LAS BOLSAS SE DERRUMBAN, LA CIVILIZACIÓN TAMBIÉN. DISTURBIOS, GUERRAS... ¡EXTERMINARÍAS A MILLONES DE PERSONAS!
PERO PERDERÍAIS IGUAL. ASÍ QUE ADELANTE, DISPARAD CONTRA MÍ... QUE TODO SE VAYA AL INFIERNO.
¡CALMAOS TODOS!
¡NADIE VA A MATAR A NADIE!
¿BETH? ¿QUÉ HACES TÚ...? NO ENTIENDES LO QUE ES ESTO. LÁRGATE DE AQUÍ.
¿QUÉ COÑO DICES, CONRAD? CÁLLATE Y ECHA UN VISTAZO A TU ALREDEDOR. ES EL FIN.
PODEMOS DETENERTE DE SEIS FORMAS DISTINTAS.
Y VOSOTROS, CHICOS, POR FAVOR... ¡MIRADLE! ¡HA PERDIDO LA CABEZA!
VOY A LLEVÁRMELO CON VIDA.
TIENE RAZÓN. LA CUENTA ATRÁS SIGUE... Y NO PODEMOS MATARTE HASTA QUE SEPAMOS CÓMO MANEJAR ESE TRASTO...
DE HECHO, "BETH", YA QUE ESTÁS AQUÍ... A LO MEJOR PUEDES SER DE AYUDA.
GUARDA, POR FAVOR, APUNTA A LA SEÑORITA COHEN A LA CABEZA.
ADQUIRIMOS SUS EXPEDIENTES DEL FBI AL INVESTIGARTE POR PRIMERA VEZ... LO SABEMOS TODO ACERCA DE VUESTRA OBSESIÓN MUTUA.
¿NO TE IMPORTAN UN MILLÓN DE PERSONAS, REDMOND? ¿Y QUÉ TAL UNA?

JODER.
VALE... ESPERAD.
NO PODÉIS INTERRUMPIRLO DE REPENTE... SIN ACTIVAR MI SALVAGUARDA.
PERO, SI DESACTIVÁIS LA FIEBRE DEL ORO POR COMPLETO, CUANDO SE REINICIE, MI DISPOSITIVO TÁCTICO NOS PERMITIRÁ MODIFICAR LOS OBJETIVOS. PUEDO ENSEÑAROS CÓMO CAMBIAR EL ORIGEN Y EL DESTINO DEL DINERO. CON LAS CUENTAS QUE QUERÁIS.
PUES DATE PRISA.
FALTAN 24 MINUTOS PARA EL APOCALIPSIS DE LA FIEBRE DEL ORO.
EL BLOQUEO DEL ACCESO ES TOTAL, PERO ÉL YA ESTÁ CONECTADO DIRECTAMENTE AL SISTEMA, ASÍ QUE LO HEMOS CABLEADO PARA AUTORIZAR EL USO DE SUS TERMINALES...
ACCEDIENDO A LA FIEBRE DEL ORO: CONTROL DE SEGURIDAD 00 HORAS:18 MINUTOS
¿SEGURO QUE QUIERE DESACTIVAR LA FIEBRE DEL ORO?
DESACTIVAR CANCELAR
EN CUANTO VUELVA A FUNCIONAR, INTRODUCID ESTOS NÚMEROS DE CUENTA.
¿POR QUÉ TARDA TANTO...?
ESTÁ TRANSFIRIENDO EL CONTROL...
VIKTOR...
POR FAVOR, INFÓRMAME EN CUANTO TENGAMOS EL CONTROL COMPLETO.

EL HOMBRE ESTÁ EN EL BOSQUE.
¡CHA-CHACK!
¿QUÉ...?
¡SUELTA ESE GATILLO, CAPULLO!
¡TÚ!
¿¡Y NUESTRAS MEDIDAS DE SEGURIDAD!?
¿CÓMO COÑO QUIERES QUE LO SEPA?
CÓMO COÑO LO SABE.
HACE TRES DÍAS, EN EL YATE DE MAXIM.
VALE, TRANSFIRIENDO EL CONTROL... YA.
HECHO. AHORA SAL DE AHÍ Y PROCURA QUE QUEDE BIEN CUANDO TE PILLEN. ¡LOS DE SEGURIDAD ESTÁN EN MARCHA!
ZUBOV
HACE OCHO HORAS.
EL OTRO EQUIPO DE SEGURIDAD HA LLEGADO, SR. BLAND. ESTAMOS REGISTRANDO EL RESTO DE LA PLATAFORMA...
AHORA.
A UNA DISTANCIA DE 820 MILLAS NÁUTICAS (EL OCÉANO ÁRTICO).
POR RADIO TAMPOCO ENCONTRAMOS LA PLATAFORMA...
NO OBSTANTE, ¿EL GPS VUELVE A INDICAR QUE CASI HEMOS LLEGADO?
PERO SI ES LA MISMA DIRECCIÓN EN LA QUE ÍBAMOS.

¡NO SOLTÉIS LAS ARMAS! SOLO USAN DARDOS TRANQUILIZANTES... DISPARAD SI ELLOS LO HACEN.
NO UTILICÉ DARDOS AL DISPARAR CONTRA ESE MONTÓN DE FUEGOS ARTIFICIALES QUE HABÍA EN LO MÁS ALTO DE VUESTRA HORTERADA DE BARCO.
¿FUISTE TÚ?
SOLO UN JUEGO DE PISADAS DESDE EL PRINCIPIO, HIJO DE PERRA.
COMO DECÍAIS, LA FAMILIA SIEMPRE DA CON UN MODO DE SALIR ADELANTE UNIDA.
COMO EL PUTO TERMINATOR LÍQUIDO.
ENTONCES ESTAMOS EN TABLAS HASTA QUE ESE TEMPORIZADOR LLEGUE A CERO.
NO POR TANTO TIEMPO...
ECHAD UN VISTAZO... ¿VEIS ESE ROMPEHIELOS?
ES EL FBI, Y TIENE UNA ORDEN DE ARRESTO DE LA INTERPOL EN VUESTRA CONTRA.
¡PERO TÚ ODIAS A REDMOND! ¡A-ACTIVAREMOS LA FIEBRE DEL ORO!
IDIOTA. ACABAMOS DE DESARMAR LA FIEBRE DEL ORO. TODO ERA UNA FARSA.
¡NUNCA HA ESTADO SOLO! HASTA SU PUTO HIJO DEBE DE ANDAR POR AQUÍ.
"NO... ÉL ESTABA HOY EN GINEBRA. GUIANDO A LA INTERPOL HASTA VUESTROS ALMACENES. Y CHIVANDO A VUESTROS PRINCIPALES INVERSORES QUE ESTABAIS A PUNTO DE CONVERTIROS EN PRÓFUGOS."
"¿QUÉ...? ¿¡CÓMO!?"
IGUAL QUE ATRAPAMOS A VUESTRO HOMBRE EN DUBÁI... TODA LA MIERDA DEL TEMPLO TENÍA RASTREADORES.
OS RELACIONABA CON EGIPTO. CON GINEBRA. Y AHORA CON LA FIEBRE DEL ORO...
¡BLAND! ¡PROTEGE NUESTRA HUIDA!
¡TENEMOS ABOGADOS POR TODAS PARTES! ¡EN UNA DOCENA DE PAÍSES QUE RECHAZARÁN CUALQUIER ORDEN DE LA INTERPOL!
¡PODEMOS PAGAR PARA LIBRARNOS DE LO QUE SEA!

ENTONCES. FUE "LA HUCHA" Y UN JUEGO DE INGENIERÍA INVERSA.
YYYY... HEMOS TERMINADO.
DE ACUERDO, AUGUSTUS, ESTO ES TU ESPECTÁCULO. VEAMOS LO QUE TIENES.
NO PODEMOS ACCEDER A LA FIEBRE DEL ORO HASTA QUE INTRODUZCAN SUS CLAVES... PERO, CON SU GPS, PODEMOS HACER QUE EL SISTEMA SEA INCAPAZ DE DETECTAR SUS TERMINALES... Y PODEMOS RETRASAR CUALQUIER OTRA INFORMACIÓN QUE HAYA EN ELLAS, O EN CUALQUIER DISPOSITIVO DE LA EMPRESA.
HABRÁN VISTO ESAS CHORRADAS DE VIGILANCIA SOBRE EL FUNCIONAMIENTO DE NUESTRO "PROTOTIPO", PERO, EN REALIDAD, NUESTRA PANTALLA SOLO MUESTRA QUÉ ACCIONES SUYAS CAEN EN ESE MOMENTO... Y LUEGO, UN MINUTO DESPUÉS, CUANDO VEAN LA MISMA CAÍDA EN SUS PANTALLAS...
...PARECERÁ QUE NUESTRA CAJA ESTABA HACIENDO PERDER VALOR A LAS ACCIONES.
EN CUANTO SE TRAGUEN ESE CAMELO, ESTARÁN VIENDO NUESTRA PANTALLA... Y PODREMOS MOSTRARLES LO QUE SEA... QUIZÁ INCLUSO PINTARLO AÚN PEOR...
PERO ENTONCES LES LANZAS UNA CUERDA... LES DAS ESPERANZA. "ENCUENTRAN" UNA FORMA DE IMPEDIRLO... QUIZÁ EMPIEZAN A PENSAR QUE PUEDEN APROVECHARLA.
Y EN CUANTO SE CONECTEN A NUESTRO FILTRO, TENDREMOS CUALQUIER COSA A LA QUE ACCEDAN POR SUS TERMINALES. ENCAPSULAREMOS LA FIEBRE DEL ORO... Y RECURRIREMOS A BOTS BURSÁTILES PARA TUMBAR TODOS SUS ACTIVOS.
EN MINUTOS... PERDERÁN MILES DE MILLONES.
¿LA CAÍDA INICIAL PARECERÁ BASTANTE ATERRADORA? TIENEN MUCHAS ACCIONES AHÍ FUERA.
LA MITAD DE LAS ACCIONES ESTÁ CONTROLADA POR CINCO BANCOS. ¿Y SI TODOS RECIBIERAN LA INFORMACIÓN DE QUE ESTÁN A PUNTO DE ARRESTAR A LOS ZUBOV?
EN TAL CASO TODO SE REDUCIRÁ A UNA INCURSIÓN BAJISTA... SOLO SERÁ CUESTIÓN DE PROPICIAR UNA SUMA QUE PERJUDIQUE A SUS ACCIONES.
PERO SERÁ DIFÍCIL DAR CON EL MOMENTO OPORTUNO, Y SI EL RESTO DEL PLAN NO FUNCIONA, NOS SALDRÁ EL TIRO POR LA CULATA...
Y TODO EL DINERO QUE PONGAMOS EN JUEGO SE EVAPORARÁ.
BIEN, PUES... ¿CUÁNTO DINERO EN EFECTIVO OS QUEDA DEL GOLPE DE VENECIA?

AHORA.
PARECEN BASTANTE SEGUROS DE QUE NO LE QUEDA NADA POR LO QUE VIVIR.
¿TIENEN RAZÓN, SR. BLAND? ¿NO HAY NADA EN ESTE MUNDO QUE QUIERA VOLVER A VER?
¿NI UNA COSITA PEQUEÑITA?
¡TOSS!
SÍ. A VECES USAMOS DARDOS.
¡THWIPP!

REDMOND DEJA DE EXISTIR.
VAMOS, CONRAD... PODEMOS DAR CON OTRO MODO...
ES EL ÚNICO MODO.
NADA MÁS SERVIRÁ PARA METER TODOS LOS JUGUETES DE NUEVO EN LA CAJA.
ES DEMASIADO.
JAMÁS LO CREERÍAN.
LA CIA... LOS RUSOS... CUALQUIER OTRO GILIPOLLAS.
SI YO HUYERA O "MURIESE"... NO DEJARÍAN DE IR A POR VOSOTROS.
SI TODOS DESAPARECIÉRAMOS, NUNCA DEJARÍAN DE BUSCARNOS.
ASÍ, TODO SE ESFUMA. Y MI HIJO NO ES UN TERRORISTA A LA FUGA...
SABEN A QUIÉN CULPAR.
TIENEN QUE SABER QUE TODO FUE OBRA DE REDMOND.
Y QUE REDMOND SE HA TERMINADO.
TODOS TIENEN QUE CREERLO.
NO HAY OTRO MODO.

ENTONCES. MESES ATRÁS...
MIERDA.
LO HA ENCONTRADO.
Condolencias
CONRAD... ESPERA. VALE, ¿QUÉ PASA...? ¿QUIERES QUE ME ARRESTEN POR INCUMPLIR MI ORDEN DE ALEJAMIENTO? ¿QUÉ ME ESTÁS PROPONIENDO?
PENSABAS QUE DEBÍA LLEGAR A UN ACUERDO. ¿EN QUIÉN IBA A CONFIAR PARA ESO?
SOLO EN TI.
NO QUIERO HACER NADA ILEGAL...
...APARTE DE LO HABITUAL, QUERRÁS DECIR, ¿VERDAD? NO, TÚ SIGUE HACIENDO LO QUE HAS ESTADO HACIENDO.
PERO TAMBIÉN DEJA QUE MI NUEVO JEFE DE SEGURIDAD TE DÉ UN EMPLEO. UNO SOLO.
LO QUE HE "ESTADO HACIENDO" ES INTENTAR METERTE EN UNA CELDA, Y SABES QUE NO VOY A PARAR.
SÍ, TAL VEZ... PERO SOLO SERÍA YO. Y NO HAGO ESTO POR MÍ. ES PARA ARREGLAR LAS COSAS. ES POR MI HIJO.
PERO NO HAY OTRO MODO. O TERMINAS ENTRE REJAS O ME NIEGO.
SOLO TÚ. VALE.

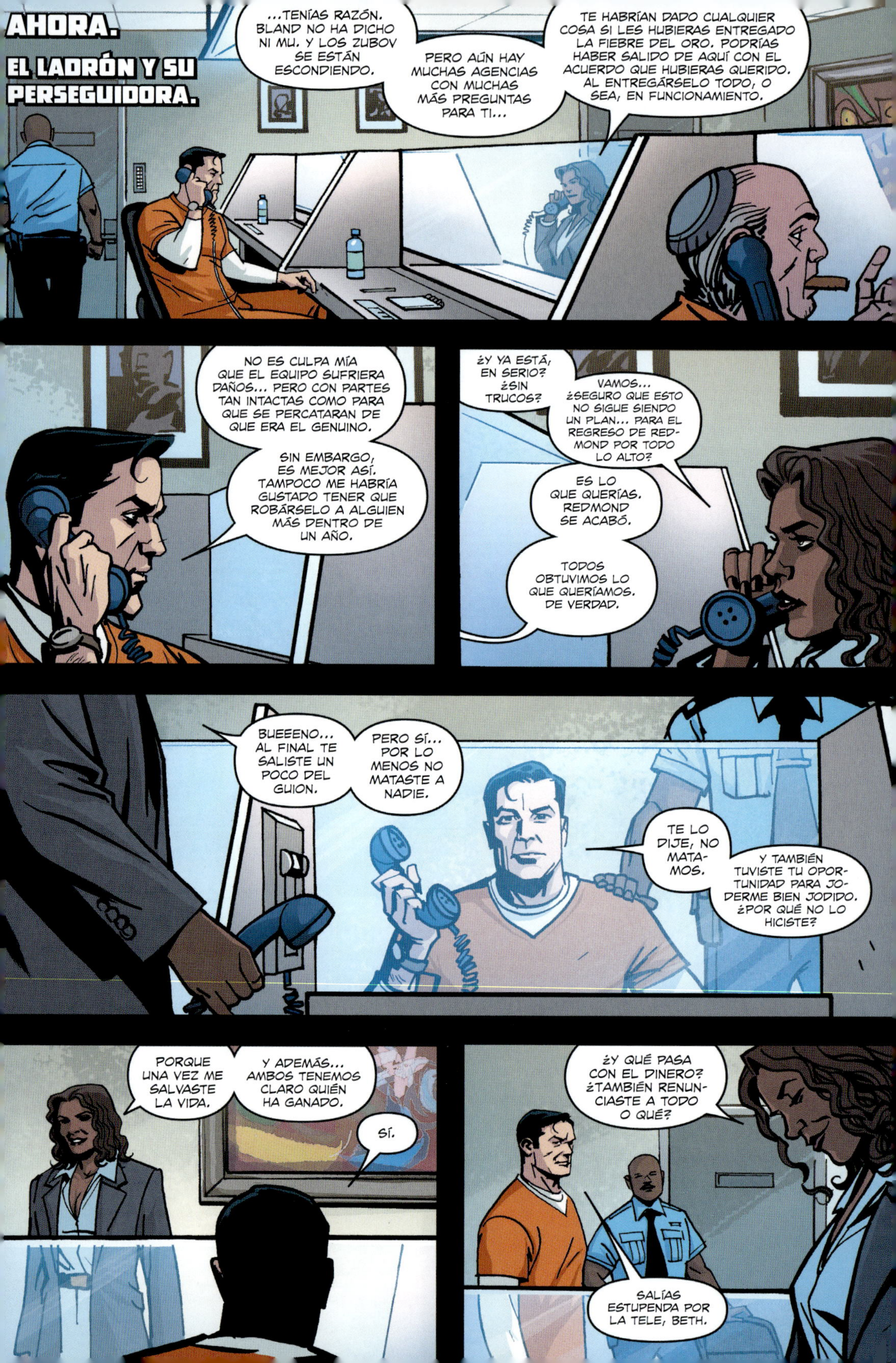
AHORA.
EL LADRÓN Y SU PERSEGUIDORA.
...TENÍAS RAZÓN. BLAND NO HA DICHO NI MU. Y LOS ZUBOV SE ESTÁN ESCONDIENDO.
PERO AÚN HAY MUCHAS AGENCIAS CON MUCHAS MÁS PREGUNTAS PARA TI...
TE HABRÍAN DADO CUALQUIER COSA SI LES HUBIERAS ENTREGADO LA FIEBRE DEL ORO. PODRÍAS HABER SALIDO DE AQUÍ CON EL ACUERDO QUE HUBIERAS QUERIDO. AL ENTREGÁRSELO TODO, O SEA, EN FUNCIONAMIENTO.
NO ES CULPA MÍA QUE EL EQUIPO SUFRIERA DAÑOS... PERO CON PARTES TAN INTACTAS COMO PARA QUE SE PERCATARAN DE QUE ERA EL GENUINO.
SIN EMBARGO, ES MEJOR ASÍ. TAMPOCO ME HABRÍA GUSTADO TENER QUE ROBÁRSELO A ALGUIEN MÁS DENTRO DE UN AÑO.
¿Y YA ESTÁ, EN SERIO? ¿SIN TRUCOS?
VAMOS... ¿SEGURO QUE ESTO NO SIGUE SIENDO UN PLAN... PARA EL REGRESO DE REDMOND POR TODO LO ALTO?
ES LO QUE QUERÍAS. REDMOND SE ACABÓ.
TODOS OBTUVIMOS LO QUE QUERÍAMOS. DE VERDAD.
BUEEENO... AL FINAL TE SALISTE UN POCO DEL GUION.
PERO SÍ... POR LO MENOS NO MATASTE A NADIE.
TE LO DIJE, NO MATAMOS.
Y TAMBIÉN TUVISTE TU OPORTUNIDAD PARA JODERME BIEN JODIDO. ¿POR QUÉ NO LO HICISTE?
PORQUE UNA VEZ ME SALVASTE LA VIDA.
Y ADEMÁS... AMBOS TENEMOS CLARO QUIÉN HA GANADO.
SÍ.
¿Y QUÉ PASA CON EL DINERO? ¿TAMBIÉN RENUNCIASTE A TODO O QUÉ?
SALÍAS ESTUPENDA POR LA TELE, BETH.

CÓMO SALE BETH POR LA TELE.
...EL FBI LE HA ATRIBUIDO EL MÉRITO DE ESTE LOGRO, LA MAYOR INCAUTACIÓN DE ANTIGÜEDADES RECUPERADAS EN LA HISTORIA MODERNA... USTED HA PROVOCADO LA CAÍDA DE MULTIMILLONARIOS, DE TERRORISTAS Y DE UN CÉLEBRE LADRÓN DE OBRAS DE ARTE...
POR SUPUESTO, AHORA SUS SERVICIOS SON LOS MÁS SOLICITADOS DE ESTA LUCRATIVA ESPECIALIDAD...
¿Y ESTÁ CONSIGUIENDO TODO ESTO SOLO POR SU CUENTA, COMO INVESTIGADORA PRIVADA?
NO PUEDO DARLES INFORMACIÓN COMPROMETEDORA SOBRE MIS OPERATIVOS, PERO LES GARANTIZO QUE TRABAJO CON UN AUTÉNTICO EXPERTO EN OTRAS FACETAS DE PREVENCIÓN DEL CRIMEN...
A AUGUSTUS LE GUSTÓ RESTITUIR LOS CUADROS ROBADOS.
ESTÁ BIEN... TIENE SU PROPIA TELEVISIÓN... PERO ENTIENDES QUE ES MEJOR ASÍ, ¿VERDAD? MEJOR SI DEJÁIS PASAR UN TIEMPO ANTES DE RETOMAR EL CONTACTO.
¿HAS VISTO ESO DE HOY DEL TREN?
CARAY... ¿NO QUIERES DESCANSAR UN POCO DE TANTO CRIMEN? ¿SIN METERTE DE LLENO OTRA VEZ? ¿O ES QUE... DE VERAS QUIERES EMPEZAR CON ALGO TAN GORDO DE NUEVO?
BUENO, ES LA ÚNICA VIDA QUE HE CONOCIDO...
PAUL AUGUSTUS
ESPECIALISTA EN RECUPERACIONES
Y LO APRENDÍ TODO DEL MEJOR.

"NOSOTROS NO MATAMOS."
(SEIS HORAS DESPUÉS DE SU HUIDA)
AHORA PARECE INDICAR QUE VOLVEMOS A ALEJARNOS DE LA COSTA.
DEBERÍAMOS HABER PASADO POR NUESTRA BASE EN NORUEGA HACE UNA HORA... PRONTO NOS QUEDAREMOS SIN COMBUSTIBLE...
¡MAXIM! ¡MIRA!
¡ESTAMOS SALVADOS!
BIEN, ME MUERO POR ENTRAR EN CALOR CON UNA BUENA...
‹¡ALTO!›
‹APAGUEN EL MOTOR Y SALGAN CON LAS MANOS ARRIBA. INMEDIATAMENTE, O ABRIMOS FUEGO.›
TENÍAMOS TANTO...

"¿Y QUÉ HAY DEL DINERO?"
¿ME TOMAS EL PELO CON ESTA MIERDA, CONRAD?
LOTERÍA BENÉFICA MONDO-RED
SEÑORA DELGADO... ¿QUÉ ES ESO?
CIEN MILLONES DE DÓLARES DE PARTE DE LOS AMIGOS DE MI HIJO FAUSTO.
¿Y MI MADRE TAMBIÉN VA A VENIR?
ESPERA SOLO UN POCO MÁS, CARIÑO. AÚN ESTÁ TRABAJANDO. TE ECHA DE MENOS...
¿ERA EL PUÑETERO PLAN DESDE EL PRINCIPIO...?
¿NO ME DISTE EN EL CORAZÓN A PROPÓSITO PARA QUE CONRAD PUDIERA SALVARME... PARA QUE LE AYUDASE...?
¿QUIERES EL PUTO DINERO O NO?

"REDMOND YA NO EXISTE."
...TRAS EL HALLAZGO DE UN TREN NAZI ENTERO LLENO DE TESOROS REQUISADOS EN AQUEL TÚNEL.
SIN EMBARGO, REPRESENTANTES GUBERNAMENTALES AFIRMAN QUE ES IMPOSIBLE A ESTAS ALTURAS CONFIRMAR SU PROCEDENCIA Y NO TIENEN NINGUNA INTENCIÓN DE RESTITUIR LAS ANTIGÜEDADES SAQUEADAS...
¿QUÉ TAL ESTÁS HOY, CONRAD?
...ERA TODO LO QUE TENÍAMOS, PERO ¿QUÉ PODÍA HACER MI PADRE? SE ENFRENTABA A LOS MEJORES LADRONES DEL MUNDO... Y AHORA SU PATRIMONIO SE HA PERDIDO PARA SIEMPRE...
SE RECHAZAN LAS PETICIONES DE LAS FAMILIAS SOBRE LAS OBRAS DE ARTE
ESA FORMA DE HABLAR ME OFENDE.
¿SABES QUÉ, MIKE...? AL FINAL HE CAMBIADO DE OPINIÓN...
"CREO QUE ME GUSTARÍA ESCRIBIR UNA CARTA..."

MATERIAL ADICIONAL

Epílogo

Y se acabó. Llevábamos mucho tiempo en la montaña rusa que eran los puntos álgidos y los más bajos de nuestro querido ladrón, pero, al igual que cualquier viaje, también este debe llegar a su fin. Bueno, ¿qué os ha parecido? Los Zubov han recibido lo que merecían, Beth por fin ha cazado a su hombre y Celia y Augustus pueden alejarse cabalgando hacia el crepúsculo mientras Conrad pasa el resto de su vida entre rejas y deja atrás a Redmond. Seguro que Conrad jamás saldrá de esa celda. Al haberse publicado ya el último episodio, hay que agradecer a un número considerable de personas que nos hayan traído aquí.

Y con eso nos acercamos al final del camino. Aunque yo llegué a la serie hace muy poco, no soy capaz de insistir suficiente en lo genial que ha sido trabajar en ella. Un dato curioso: esta fue la primera colección en la que colaboré al desembarcar en Skybound. Para mí siempre ha supuesto una especie de presencia constante y reconfortante. No obstante, me he ceñido a las labores de edición. Un montón de gente ha hecho posible el cómic. Desde el principio, del capítulo inicial al último, dos personas han permanecido aquí en todo momento. Para empezar, **Shawn Martinbrough** merece la máxima gratitud posible por lo que ha conseguido en esta serie. Dibujar con tal destreza los 43 números de la colección y dotarla de un aspecto tan alucinante no es moco de pavo, pero Shawn ha logrado que parezca fácil. Y en cuanto a la rotulación, **Rus Wooton** ha llevado a cabo una de las mejores obras de su especialidad que he visto en los cómics. ¡Que alguien le dé un Eisner a ese hombre! Aparte de eso, no estaríamos aquí sin el trabajo de **Robert Kirkman** y **Nick Spencer** en los primeros episodios. Siguiendo sus pasos, **James Asmus**, **Andy Diggle** y **Brett Lewis** han convertido el mundo de ***Ladrón de ladrones*** en un sitio mucho más rico. Añadiendo color a ese mundo, tanto **Félix Serrano** como **Adriano Lucas** transforman cada página en una puñetera obra maestra. Y aquí va un saludo dedicado a los demás editores de esta serie, que tan especial la han vuelto. **Sina Grace** y **Sean Mackiewicz** (¡con la ayuda de **Arielle Basich**!) han posibilitado la existencia de este cómic; yo me he limitado a asegurarme de que todo siguiera en marcha. De ahora en adelante me resultará extraño no seguir trabajando en esta colección. Sin embargo, dicho eso, me gusta pensar que, aunque esto sea el fin de la serie, las aventuras de Redmond continuarán. Ese tipo siempre tiende a volver para dar un último golpe. Gracias a todos por leer. ¡Renuncio!

Jon Moisan
Editor de ***Ladrón de ladrones*** entre 2016 y 2019

En esta página y en la siguiente, primeros diseños de los hermanos Zubov y de su mansión.

VIKTOR
MAXIM

A partir de esta página, se muestran ejemplos de composición de página correspondientes a ***Thief of Thieves*** núms. 38, 40 y 42 USA.

18.

19.

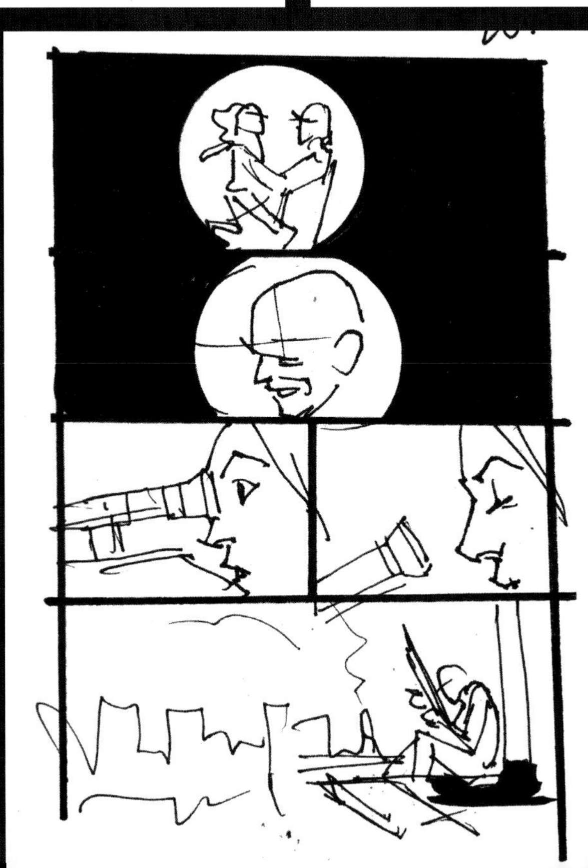

6.

8.

Portada *Thief of Thieves* núm. 26 USA

MARTINBROUGH
ADR.

TDT 28 COVER

COHEN
LOOKING
REALLY
UNHINGED

Portada *Thief of Thieves* núm. 28 USA

29.

- CONRAD SHADOW

- AUGUSTUS ADJUSTING TIE W/ BLOODY HANDS.

LOGO

Portada *Thief of Thieves* núm. 29 USA

Portada *Thief of Thieves* núm. 30 USA

PAINTING IN BKGD

CONRAD'S FACE SMILING IN CHAMPAGNE.

TOT #31

Portada *Thief of Thieves* núm. 31 USA

TDT 32

CELIA + CONRAD
IN FREEFALL
CONTRABAND ALL AROUND THEM

Portada *Thief of Thieves* núm. 32 USA

TOT 33 COVER SKETCH

— TINY VERSION OF CONRAD AND CELIA FROM COVER #32

— ZUBOV BROS HOLDING RUSSIAN HAMMER AND SICKLE

Portada *Thief of Thieves* núm. 33 USA

Portada alternativa *Thief of Thieves* núm. 33 USA

Portada alternativa *Thief of Thieves* núm. 33 USA

TOT 34 COVER DESIGN

SALLY PIKE

TOT COVER 34 SKETCH

TOT 34 COVER SKETCH REVISED

TOT 34 COVER REVISION

REMOVING REMAINING PUMP

Portada *Thief of Thieves* núm. 34 USA

COVER SKETCH

Tintas de la ilustración de portada de *Thief of Thieves* núm. 35 USA

Portada *Thief of Thieves* núm. 35 USA

36 COVER DESIGN

36.

— RUSSIAN GENERAL SITTING ON THRONE OF GOLD BRICKS IN A MISSLE SILO.

CONRAD + CELIA FALLING

...tas de la ilustración de portada de *Thief of Thieves* núm. 26 USA

Portada *Thief of Thieves* núm. 36 USA

TOT 37 COVER DESIGN
CONRAD ALONE
TOT 37 COVER DESIGN
CONRAD ALONE

Tintas de la ilustración de portada de *Thief of Thieves* núm. 37 USA

Portada *Thief of Thieves* núm. 37 USA

Portada *Thief of Thieves* núm. 38 USA

Portada *Thief of Thieves* núm. 39 USA

Portada *Thief of Thieves* núm. 40 USA

Portada *Thief of Thieves* núm. 41 USA

Portada *Thief of Thieves* núm. 42 USA

TOT
THE KISS OFF
HANDCUFF

TOT FINAL COVER
TOT

TOT FINAL COVER

Portada *Thief of Thieves* núm. 43 USA

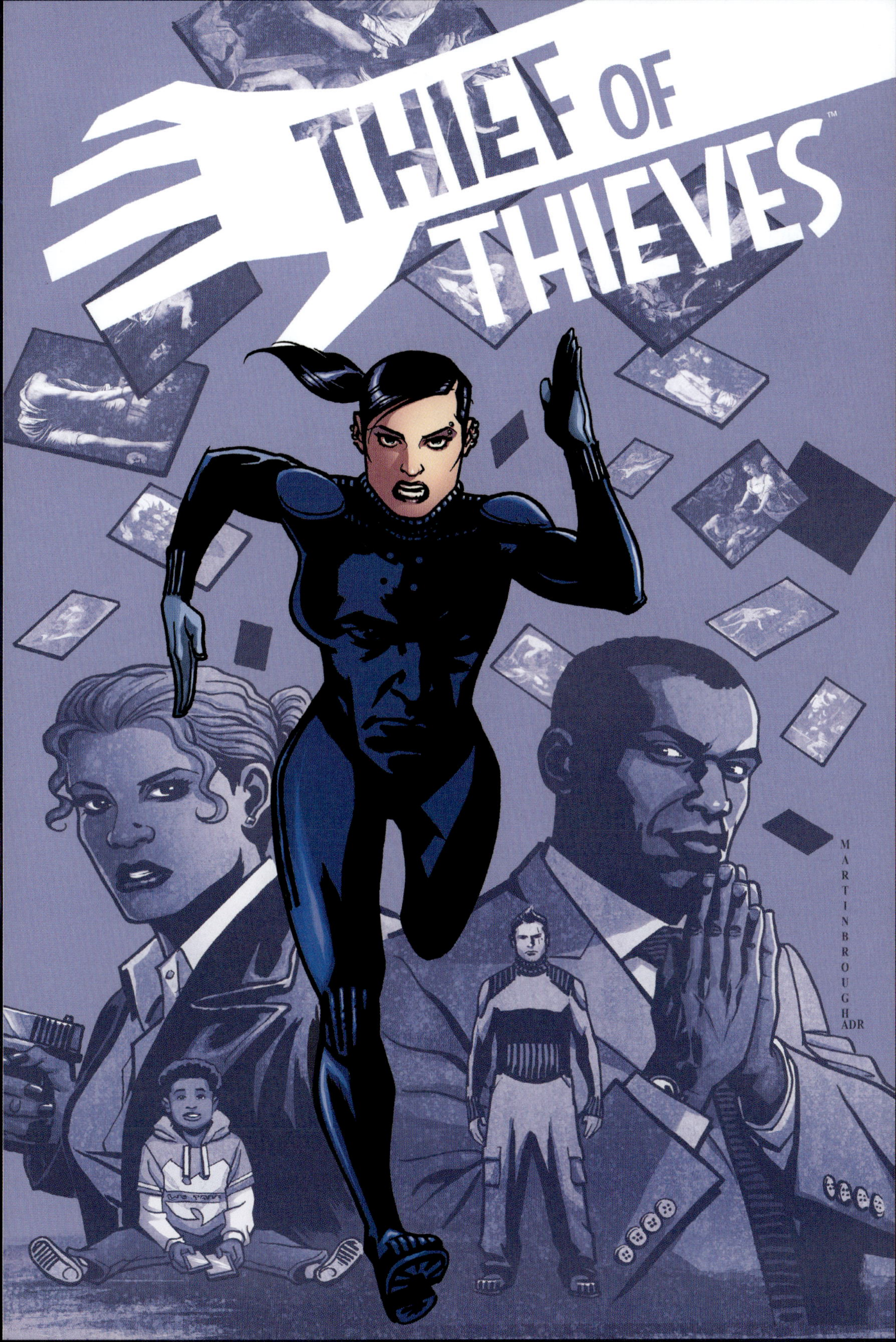

Portada *Thief of Thieves vol. 5: Take Me* USA

Portada *Thief of Thieves vol. 6: Gold Rush* USA

Portada *Thief of Thieves vol. 7: Closure* USA

LADRÓN DE LADRONES